Catherine
Hermary-Vieille

Der Großwesir der Nacht

Roman

Aus dem Französischen übersetzt
von Bettina Runge

Büchergilde Gutenberg

5

Wenn der Minister dem König an Reichtümern, Ansehen und Macht gleichzukommen sucht, so muß der König ihn stürzen; tut er es nicht, so wird er von ihm gestürzt.

Ibn Qutaiba

Es war in alter Zeit, vor Jahren und Jahrhunderten, als in der Runden Stadt mit den drei Festungsmauern, in der Stadt des Heils, jener Gottesgabe auf Erden, ein Bettler, ein Mann ohne Besitz und Stand, im ockerroten Staub eines späten Sommernachmittags sich anschickte zu sterben. Er war so alt, so von Falten zerfurcht, so gleich schon dem braungelben Mauerwerk, welches die Stadt mit drei hochmütigen Wällen umgab, daß er damit verschmolz wie eine Goldmünze im Sonnenuntergang. Achmed starb, und mit ihm starb die Erinnerung an eine längst vergangene Zeit.

Lange schon war das Haupt Dschafar al Barmakis auf jener Brücke, an die man es genagelt hatte, zu Staub zerfallen. Die Vögel, die Hitze und der Strom der Zeit hatten über seine Schönheit, seinen Hochmut gesiegt. Achmed dachte zurück. Wie oft war er an den sterblichen Resten dieses Mannes vorbeigeschritten, dieses Mannes, den er so leidenschaftlich geliebt hatte? Wie oft hatte er ihm insgeheim seinen Gruß entrichtet – stumm, weil er schweigen mußte, denn die Augen und Ohren des Kalifen Al Mutawakkil waren überall. Dschafar war tot, gebrochen sein Auge, leblos seine Lippen, versiegt sein lauer Speichel, starr seine liebkosenden Hände, kalt seine braune Haut, die so zart einst war unter der Berührung, erloschen seine Stimme, die brannte, rauh und schmeichelnd, wie der Ostwind, und mit dem Tode Dschafars war auch er, Achmed, sein Diener und Geliebter, gestorben. Wie sich erinnern? Wie es noch einmal herauswürgen, dieses Gift, das ihn nicht getötet, sondern nur aus dem Rachen seiner Vergangenheit gespien und zum Bettler gemacht hatte, ihn, dem nichts geblieben war, als die

Tage und die Jahre zu zählen, die ihn noch von seinem Herrn trennten.

Ungezählte Tage und ungezählte Jahre, Durst und Hunger, ausgestreckte Hände, flehende Stimmen: »Im Namen Allahs, im Namen Allahs, des Allbarmherzigen« – und Schweigen.

Und jetzt, an der Schwelle des Todes, drängte es ihn zu sprechen. Der Sommernachmittag neigte sich seinem Ende zu, und der Platz, der große Platz des Handwerkerviertels, begann sich zu beleben. Achmed, der am Boden hockte, richtete sich kerzengerade auf, seine kühne Haltung und seine Stimme kehrten zurück – Haltung und Stimme von einst, als er noch aufrecht und vernehmbar durch die Menge schritt, jene Menge, die er so verachtete und die ihm jetzt nicht einmal aus dem Wege ging, sondern sein Elend und Siechtum mit Füßen trat.

Zu ihnen wollte er sprechen, zu ihnen, die ihm nichts bedeuteten – Schatten nur, um seine Einsamkeit zu lindern und den Vorhang des Todes zu senken – Schlußmonolog, Schweigen im Grunde. Vor diesen Menschen gab es keine Geheimnisse mehr, nur noch Murmeln und Musik im Abendwind, Klang einer Stimme, die sich mit den Resten Dschafars auf der Brücke von Bagdad vermengen würde und sie in der lauen Nacht erschaudern ließe. Nur wenige Tage noch blieben ihm zu leben, und mit dem Faden dieser wenigen Stunden würde er seinem Herrn ein Totenhemd weben, ein Tuch aus Sanftmut und Zärtlichkeit, um Gewalt und Haß, Schreie und Flüstern der Liebe für immer einzuhüllen – dazu jenen Ehrgeiz ohne Maß, maßlos wie Dschafars Schönheit. Harun al Raschid hatte ihn geliebt, Harun al Raschid hatte ihn getötet. Auch er war nun längst tot: Sie alle fanden sich in einer schweigenden Runde wieder, die in der Sommerbrise wogte, unstet wie ein Schatten, ungreifbar, entschwunden schon.

Menschen, wenige zuerst, waren vor Achmed stehengeblieben, der zu erzählen anhob, von Vergangenem, von einer Zeit, als Bagdad, die goldene Stadt, seine Herren, die Barmakiden, umschmeichelte wie eine zärtliche Geliebte, schmachtend und liebkosend, unterwürfig und erfahren, fügsam und Lust verschenkend – Bagdad, nun verlassen von seinem Kalifen, gleich einer gealterten Mätresse, unnütz, aufgeschwemmt, schwerfällig, schläfrig und längst schon unfruchtbar.

Mehr, immer mehr Menschen blieben stehen, neugierig auf diesen Erzähler, aus den Tiefen ihrer Vergangenheit aufgetaucht. Sie umringten Achmed in einem murmelnden Kreis, der sich um ihn schloß, wie nun sein Lebenskreis – Krone des Triumphes oder des Todes, die ihn umfangen und in Worte hüllen würde, Worte wiederholt von einer Generation zur nächsten, bis in alle Ewigkeit.

»Ich lebte«, so begann Achmed, »zur Zeit eurer Herren, der Barmakiden . . .«

Abbasiden

(Regierungszeit in Klammern)

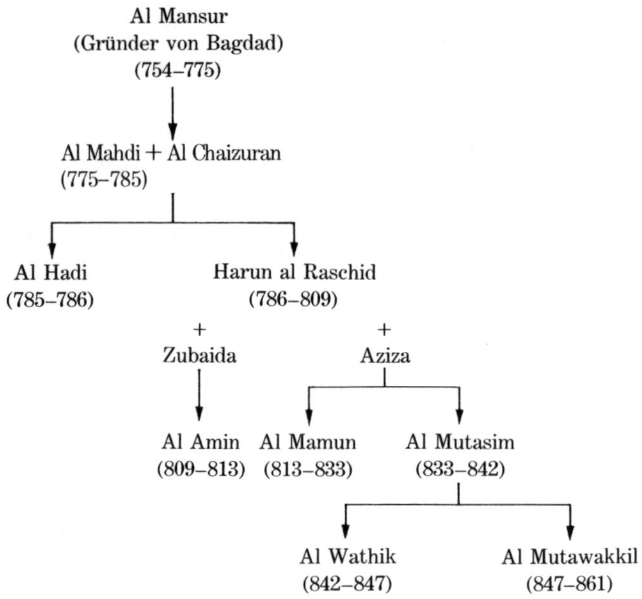

Barmakiden

Jahja al Barmaki (Vormund Harun al Raschids)
Fadl al Barmaki (sein älterer Sohn und Vormund Al Amins)
Dschafar al Barmaki (sein jüngerer Sohn und Vormund Al Mamuns)
Al Abbas (Sohn Fadl al Barmakis)

Fadl al Rabi (der Syrer, Feind der Barmakiden)
Jahja ben Abd Allah (der Alide, Freund der Barmakiden, Feind des Kalifen)

Erster Abend Achmeds

Harun, euer Kalif, und Fadl, der Bruder meines Herrn Dschafar, hatten an derselben Brust getrunken und wuchsen gemeinsam im Palast Al Mahdis auf; groß und mächtig schon waren die Barmakiden. Erinnert euch jener Familie, laßt das Bild ihrer Würde aus der engen Kammer eures Gedächtnisses strömen, so wie süßer Duft dem Halse des Flakons entströmt. Erinnert euch der Herrscher Al Barmaki, Jahja war bereits Wesir von Bagdad. Er wußte alles, er ahnte alles, alt durch Weisheit, noch ehe sein Haupt ergraute. Voll zärtlicher Liebe blickte er auf Harun, den jungen Prinzen, und Dschafar, seinen eigenen Sohn, im Traum sah er beide als Könige, gleich einem doppelköpfigen Falken, und mit seinen Händen schuf er ihnen ein Reich. Hinterlassen wollte er seinen Söhnen und seinem Mündel nichts als seinen Durst nach Erkenntnis und nach Freiheit, denn Adel, Reichtum und Ruhm waren ihnen schon in die Hände gelegt.

Achmed blickte in die Runde, niemand rührte sich, und in den Augen seiner Zuhörer entdeckte er jenen Funken der Neugier, der in den Augen unserer Kinder glimmt, wenn wir ihnen ein Märchen erzählen, eine Geschichte von Dämonen, die sie erschreckt mit in den Schlaf nehmen. Vielleicht schliefen auch sie schon – hatten sie nicht immer schon geschlafen? Konnte sich auch nur einer von ihnen das Leben am Hof des Kalifen in jenen Tagen ausmalen? Und was wußten sie von Dschafar, von seinem Mund und von seinen Augen, so schmachtend in der Lust, was wußten sie von dem Mund und den Augen Dschafars, auf der Brücke Bagdads den gierigen Schnäbeln der Vögel ausgeliefert –

derselbe Mann, dieselbe Wahrheit, Frage des Augenblicks nur und des Lichtes, vielleicht auch der Liebe, das weiß Allah allein. Mild ist im Sommer die Abenddämmerung, mild die Nacht, die glühende Hitze des Tages verströmt und verliert sich, Rhythmus wie der Herzschlag eines Vogels, der sich in die Lüfte schwingt.

Ich wuchs an der Seite Dschafar al Barmakis auf; Harun und Fadl, älter als wir, lebten in einer anderen Welt. Wir aber waren durch eine Freundschaft verbunden, die der Liebe glich. Ich war der Sohn seiner Dienerin, sein Diener also, doch mehr noch war ich sein Freund. Wir lasen Gedichte zusammen, wir rauften mit bloßen Händen, galoppierten zu Pferde über die roten Ebenen um Bagdad, teilten das kühlende Wasser am Brunnenrand. Wir betrachteten uns und fanden uns schön, zart und seidig war unsere Haut, voll und weich unsere Lippen, liebkosend unsere Hände. Wer hätte es nicht gesehen? Dschafar träumte von einer Frau, wenn er mich umschlungen hielt, ich aber träumte von ihm. Schwül waren die Sommernächte, wir konnten nicht schlafen. Entsinnt euch eurer Jünglingsjahre!

Eines Tages erfuhren wir durch eine Amme, daß die Königin Al Chaizuran, die Berberin, Jahja al Barmaki in ihren Palast hatte rufen lassen. Viele Stunden sprachen sie. Die Berberin wollte die Macht für Harun, ihren jüngeren Sohn: Es galt, Al Hadi, den älteren, den nicht gewünschten, den schwachen, den grausamen Al Hadi auszuschalten, den Sohn, dessen Ohren taub waren für die Worte seiner Mutter; es galt, den Kalifen zu überzeugen, daß Harun der Herrschaft würdiger war als sein Bruder. Jahja liebte Harun, seinen Falken – fast sein Sohn –, er trug ihn voll Stolz auf seiner Faust und sah ihn im Traume schon die Flügel ausbreiten, sich in die Lüfte schwingen. Er, Jahja, würde ihm helfen. Er verbündete sich mit der Berberin, gemeinsam wollten sie Harun zum Kalifen machen, zum absoluten Herrscher, zu ihrem Meisterwerk – einem goldenen Standbild mit dem Meißel ihres Ehrgeizes geformt. Al Mahdi war alt, er wußte nicht mehr, was zu tun war, was richtig war und was falsch, was gerade war und was krumm. Er hatte den Krieg geliebt und die Gewalt, jetzt wollte er sich nur noch ausruhen. Al Hadi war fern, Gouverneur der Provinz Dschurdschan, taub gegen die Volkesstimme Bagdads. Es galt, ihn von den Vorzügen Haruns zu überzeugen, ihm einzureden, daß allein Frieden und Einvernehmen zwischen den Brüdern zählten, ihm süße einlullende Worte ins Ohr zu flüstern. Al Chaizuran wollte es so, und was die Königin wollte, das wollte auch der Kalif. Also suchte er seinen Sohn auf. Dschafar und ich waren zugegen, als unser Herr seine Reise antrat, prachtvoller Zug im Staub eines Sommermorgens. Ocker- und rosafarben umschmeichelte das Dämmerlicht die roten Mauern Bagdads, die grauen Minarette der Moschee und die grüne Kuppel des Königspalastes, gekrönt von seinem goldenen Reiter. Das Volk war da, es begaffte die schwarzen und die weißen Pferde, die Sättel aus Gold und Silber, den stolzen Gang derer, die sie bestiegen, Prinzen und Offiziere, Würdenträger und Geistliche. Ein heißer Wind blies von Osten her und wickelte das schwarze Banner der Abbasiden um seinen Fahnenschaft, während von den Souks Gerüche von Gewürzen und Leder, von Duftwässern und Unrat aufstiegen. Al Mahdi verließ Bagdad, er würde es nicht wiedersehen, er verließ den Himmelsgarten, um die Gärten des Todes zu betreten; die goldene Kugel entglitt seinen Händen und rollte fort, für immer. Al Mahdi wandte sich um und blickte ein letztes Mal auf seine Stadt.

Schon stieg am Horizont das Flimmern der Hundstaghitze auf. Ein Reiter nach dem anderen verschwand darin, zwischen Traum und Wirklichkeit blieb allein der Begleitzug der Diener in ihren grauen, schwarzen und weißen Gewändern. Der aufwirbelnde Staub hüllte sie ein, verschluckte sie dann – einem Traumgebilde gleich, das sich in der Morgenröte auflöst. Wir machten kehrt und liefen in die Stadt zurück.

In den Nächten dieses ungewissen Julimonats schaute Dschafar zu den Gestirnen und sprach: »Achmed, alles steht fest, der Ruhm meines Vaters oder sein Tod, und unser aller Tod. Alles steht dort oben geschrieben, doch wir können es nicht lesen.

Unwissend oder blind, was ändert es schon! Wir haben die Augen in unser Inneres gerichtet.«

Fadl und Harun wandelten lange durch die Gärten des Palastes, bisweilen gesellte sich Jahja zu ihnen. Alle drei hatten das Lachen verloren, sie redeten, grübelten, sahen sich an und wußten sich durch ein Band vereint, das von nun an sehr eng geknüpft war, so eng, daß ich manchmal den Eindruck hatte, sie müßten daran ersticken.

Die Tage verstrichen, es wurde August, die kühlende Frische der Innenhöfe und das nächtliche Rauschen des Windes auf den Terrassen hielten uns gefangen. Wir alle warteten. Auf was? Vielleicht auf unser Schicksal. Die Luft roch nach Staub, nach Kümmel, nach Talg, und dann und wann wehte der Duft der unzähligen Rosen aus den Gärten Bagdads zu uns herüber, Rosen, die wie wir aus Persien kamen, um sich unter dem Himmel des Irak zu entfalten.

Ja, so wisset denn, ihr Leute, die ihr meinen Worten lauscht, die Barmakiden und ihre Diener kamen aus Persien, und deshalb liebtet ihr uns nicht. Nichts konntet ihr uns zur Last legen – nur daß wir älter waren als ihr, überlegen an Weisheit, die wir gern mit euch teilten. Denn unsere Liebe galt eurem Land.

Achmed hielt inne. Er war durstig, durstig nach Wasser und nach all den ungesagten Worten, die er so lange schon in sich trug. Man reichte ihm einen Schlauch aus brauner Ziegenhaut, er trank und schaute zu den Sternen – es waren dieselben wie in jenem August des Jahres 168*, dieselben. Nichts hatte sich geändert, bis auf den Tod seiner Herren und sein eigenes Alter. So wenig im Grunde ... in seiner Einsamkeit aber hielt er es in liebender Erinnerung. Liebe und Erinnerung ... zwei armselige Gefühlsregungen, so flüchtig, so vergänglich. Achmed glaubte, sie nicht mehr zurückhalten zu können, er mußte sie ausströmen lassen, um schließlich selbst in ihnen aufzugehen und zu zerfließen.

* 785 n. Chr.

Die Nacht war schwarz, der Geruch von brennendem Holz vermischte sich mit dem süßlichen Duft des Ölbackwerks, das hier und da auf dem Platze zubereitet wurde. In wenigen Stunden würde jeder heimgehen, sich auf seiner Terrasse ausstrekken, das Gesicht dem Himmel zugewandt, während die Nachtvögel auf den Minaretten Wache hielten. Im Morgengrauen, beim ersten Ruf des Muezzin, würde das Leben einen neuen Anfang nehmen.

Achmed fuhr fort. So wenige Tage und so viel Ungesagtes noch, Erinnertes und Vergessenes, das ans Licht mußte, bevor er seinen eigenen Tod gebar, bis er sich gänzlich entleerte, um nichts mehr zu sein. Ein Bild, ein sehr klares Bild, ließ ihn plötzlich erschaudern: Wie konnten so viele Jahre in einem einzigen Augenblick erlöschen? Er weilte an Dschafars Seite, sie lauschten der Musik, es war früher Morgen, Vögel badeten im Brunnenbecken des Innenhofes; die Wasserperlen, die sie umspielten, schillerten im Lichte der noch tiefstehenden Sonne. An der Mauer kauerten die blinden Musikanten, liebkosten die Instrumente mit ihren zerbrechlichen Fingern; Dschafar hielt seine Hand. Die Musik war sanft, Moschus- und Sandelduft lag in der Luft. Er erinnerte sich ganz genau: Es war ein Montag, sie waren achtzehn Jahre alt. Und plötzlich Schritte auf dem Marmor, beide waren aufgesprungen, ihre Hände hatten sich getrennt. Vor ihnen stand Fadl, aufrecht, steinern. »Der Kalif ist tot«, sagte er nur, »er wurde ermordet.« Damit wandte er sich ab und ging. Die Vögel waren davongeflogen, die Musik war verstummt. Achmed hörte noch die Stille, bis heute dröhnte sie in seinen Ohren. Dschafar hatte erneut seine Hand ergriffen, doch statt sie wie vorher zu liebkosen, hielten seine Finger sie nun fest umklammert. Die Sonne stieg ihre Bahn empor; ihr Licht, warm schon und golden, lag wie ein Honigstrom auf den blauen Fayencen des Brunnenbeckens. Ein Musikant ließ seine Finger über die Laute gleiten. »Wir sind verloren«, sagte Dschafar, »Al Hadi wird uns nicht verzeihen.« Der Delphin aus Jade in der Brunnenmitte spieh seinen Wasserstrahl aus, der in Tausenden von

Perlen an der türkisblauen Beckenwand erstarb; nur wenige erreichten den Rand und breiteten sich in kleinen transparenten Lachen auf dem weißen rosagesprenkelten Marmor aus. Dschafar erhob sich, tauchte die hohle Hand ins Wasser und trank. Es glänzten seine Lippen und seine Augen.

»Ich trinke«, sprach Dschafar, »auf unseren neuen Kalifen. Der Trank wird mich so wenig berauschen wie seine neuerworbene Macht.«

»Oh, Herr, die Musikanten hören zu«, hatte er geflüstert.

»Spielen sollen sie«, hatte Dschafar erwidert, »und der Kalif soll herrschen.«

Von dieser Erinnerung würde Achmed der lauschenden Menge nichts erzählen; er begnügte sich damit, seine Zuhörer anzusehen. Er war müde, er wollte schlafen. Sein Leben war ein Traum gewesen, gefolgt von einem langen, tiefen Schlaf, der seinem Tod vorausging. Seit der Ermordung Dschafars hatte er nie mehr die Gewißheit gehabt, wirklich zu leben, ein Ahnen nur manchmal, wenn er im Frühling den ersten Duft des Jasmin einatmete oder die schwarze Silhouette eines Falken am blauen Himmel kreisen sah. Dann schloß er Augen und Nase, um jene letzten Zeichen eines Lebens abzuwehren, das er längst nicht mehr leben wollte. Krätze, Fieber, Lumpen – nichts anderes wollte er von sich selbst noch annehmen. Jedes dieser Übel war eine Goldmünze, um für Dschafars Tod zu zahlen, Balsam für seinen verstümmelten Körper, eine Liebesgabe. Achmed versuchte noch einmal, sich aufzurichten, seine Hände ruhten am Boden, um seinen Körper zu stützen, er öffnete die Augen und fuhr fort:

Gehüllt in eine Staubwolke, vom Galopp seiner Pferde aufgewirbelt, kehrte Al Hadi nach Bagdad zurück. Er drang in den Kalifenpalast ein und erhob sich zum Herrn über jene, die ihn nicht liebten. Die Königin, seine Mutter, wurde in ihren eigenen Gemächern eingeschlossen, Harun und Jahja gefangengenommen, Fadl und Dschafar aus Bagdad verbannt. Das Herz der Stadt hörte auf zu schlagen. Überall Raunen und Aufruhr, man mordete im Palast, man mordete die Schiiten, Unduldsamkeit und Haß – allerorten blitzten Al Hadis goldene Armreifen auf.

Und wir, wir warteten. Wir wußten, daß diese Gewalt einem Sandsturm glich, einem Leichentuch, das den Kalifen einhüllen würde. In unserem ockerfarbenen Palast, der sich, weit östlich von Bagdad, aus der wüstengleichen Ebene erhob, sahen wir die Wolken vorbeiziehen, Sinnbild der Vergänglichkeit alles Irdischen. Fadl studierte, las, empfing würdevolle Männer, die uns, Dschafar und mich, nicht zur Kenntnis nahmen, wenn wir, von der Sonne gebräunt, schlank, fiebrig, zu Pferde dem roten Staub nachjagten. Oft sprachen wir mit den Schäfern; waren sie nicht weiser als die Gäste Fadls? Sie zeigten uns die Gestirne, ließen uns saure Milch und gezuckerten Tee trinken. Unsere feuchten Lippen fanden sich bisweilen, wenn wir spät nachts zum Palast zurückkehrten. Ich war von großer Leidenschaft zu Dschafar entbrannt, und wenn wir uns liebten, so träumte ich manchmal, ich sei eins mit ihm geworden, ganz in ihm verloren. Er aber, fern schon, dachte an anderes als die Kraft meiner Arme und die sanfte Glut meiner Haut: Er träumte von Macht und vielleicht schon von Harun. Der Winter war rauh, wir trugen Pelzkappen und glichen den Mongolen. Lang waren die Tage und kurz die Nächte mit meinem Herrn. Fadl stieß mich wie ein Tier beiseite, wenn sich unsere Wege kreuzten; in seinen Augen stand schon der Stolz des Prinzen geschrieben. Er teilte das Lager mit einer Frau, mit seiner Frau, Sproß eines noblen arabischen Stammes, und mit seinen Konkubinen, beflissenen Sklavinnen, die ihm nachspürten, um ihn besser zu beherrschen. Ich verachtete sie alle. Mein Begehren war allein, meinem Herrn zu dienen, ihm gefällig zu sein, gehorsam und ergeben, ein Geschenk, ein flüchtiger Augenblick der Liebe. Manchmal sah Dschafar den Sklavinnen nach, er lachte mit ihnen, war still und nachdenklich, wenn er sie verließ. Ich haßte ihn dann, wußte ich doch, daß ihn mir eine von ihnen entreißen würde, für einen Augenblick, vielleicht auch länger, nicht aber für immer. Zauber des Weibes, unentrinnbar wie eine Droge: Ich fühlte mich rein. Dschafar erzählte mir nie von seinen großen Hoffnungen; ich wußte, daß ich nicht Teil daran hatte.

Frühling, erster Jasmin mit seinem betörenden Duft – wenn wir die Augen schlossen, konnten wir uns fast in Bagdad glauben. Weniger Staub nur und weniger Düfte, ein anderes Empfinden der Zeit, die verstreicht. Eines Abends kam Dschafar nicht zu mir. Er war bei einer Afghanin mit unterwürfigem Hundeblick. Ich zerdrückte den Jasmin, im Garten gepflückt, in den Händen und rieb ihn über mein Gesicht, um den Geruch dieser Frau auszulöschen. Dschafar und sie, der Schweiß vermengt, Körper an Körper, Mund an Mund, im Rausche vereint – für mich war es wie der Tod. Ich weinte nicht, mein Herr tat, was ihm gefiel; am folgenden Tag war er wieder bei mir.

Achmed blickte auf; es standen nur noch Kinder bei ihm und ein Mann, der ihm starr in die Augen blickte. Ein Perser, er ahnte, er wußte es.

»Friede sei mit dir«, sagte der Mann.

»Und mit dir Friede«, erwiderte der Greis.

Der Mann trat näher und hielt ihm eine Silbermünze hin. Als er dicht vor ihm stand, murmelte er:

»Mein Vater kam aus dem Hause der Barmakiden. Mögest du eine friedliche Nacht verbringen.«

»Morgen«, sagte Achmed, »zur selben Stunde, wirst du den weiteren Verlauf meiner Geschichte kennen.«

»Ich werde hier sein«, erwiderte der Mann.

Damit wandte er sich ab und ging.

Achmed betrachtete die Silbermünze in seiner Hand, Tränen quollen aus seinen fast geschlossenen Augen. Seitdem er ein Greis war, besaß er nicht mehr die Kraft, sie zurückzuhalten.

Zweiter Abend Achmeds

Rot war der Himmel über Achmeds Haupt, Rot und Blau der Nacht, einer Nacht, die in wenigen Augenblicken, von West nach Ost, Bagdad in jene ungewissen Farben tauchen würde, welche die alten Frauen am Abend ihres Lebens auflegen. Der Bettler hatte sich am selben Ort eingefunden, auf dem großen Platz des Handwerkerviertels, unweit eines jener Tore, die bei Revolten geschlossen wurden und die einzelnen Stadtteile abriegelten. Es hieß, Harun und Dschafar seien häufig in der Dunkelheit durch dieses gewöhnliche Viertel gestreift. Achmed war ihnen nur ein einziges Mal gefolgt. Wenn der Kalif und sein Herr beisammen waren, streckte er sich auf dem Lager Dschafars aus, um auf seine Rückkehr zu warten. Immer. Und Dschafar kehrte zurück. Immer.

Dann sprach er zu ihm: »War dir die Zeit lang ohne mich, Achmed?«

»Du weißt es, Herr«, antwortete er.

»So ist es gut«, sagte Dschafar. »So verlangt es die Pflicht des Dieners.«

Zum Schlafen ließ sich Achmed am Fußende des Nachtlagers oder vor der Tür seines Herrn nieder.

Langsam begannen sich die Leute um Achmed zu sammeln, dieselben Augen, dieselben Ohren des Vortages. Achmed hielt nach dem Perser Ausschau, er entdeckte ihn und nickte ihm zu. Groß mußte die Familie dieses Mannes gewesen sein und groß ihr Niedergang; sein Blick war der eines Prinzen, seine Kleider die eines Armen. Wie viele Adelige in Bagdad waren so an den Bettelstab gekommen? Händler mit den Augen des Dichters, Erzähler mit der Gabe des leichten Wortes, das dem Winde glich,

Straßenmusikanten mit den Fingern der Kurtisane, wie viele Erinnerungen in einer Geste, in einem Blick!

Achmed fröstelte trotz der drückenden Hitze; gern hätte er sich ausgestreckt und geschlafen. Wozu sprechen? Was würden diese Leute von seiner Geschichte verstehen? Und dennoch, sie waren unerläßlich, diese Worte, wie die Wolken, wie die Düfte, wie die Liebe – armselige Wesenheiten, Träger aller Wahrnehmungen. Er sprach.

Jener Sommer wollte nicht enden. War es der Anfang unseres Lebens oder sein Ende? Allah ist groß und gibt seine Geheimnisse nicht preis. Wir wußten durch unsere Boten, daß Jahja und Harun noch immer Gefangene waren. Oder waren sie tot? Warum sonst kam der Reiter so eilig auf unser rotes Ziegelgefängnis zugesprengt? War es unser Ende, das er, tiefgebeugt über sein schweißbedecktes graues Pferd, uns überbringen würde? Sein schwarzer Umhang flog im Wind, verhüllt war sein Gesicht. Wir waren auf die höchste Terrasse gestiegen, um ihn herannahen zu sehen. Rascher Hufschlag des Pferdes, heftiges Flattern der Kleider im Galopp – eine Ahnung stieg in mir auf, fast eine Hoffnung. Dieser Mann brachte uns das Leben! Al Hadi war tot, eingehüllt in das Leichentuch seiner Gewalt und seines Hasses. Al Raschid würde unser Kalif, unser Herrscher sein. Der Falke, der so lange Zeit friedlich auf der Faust Jahjas gesessen hatte, würde sich endlich in die Lüfte schwingen. Harun verließ sein Gefängnis, verharrte noch reglos, um seine Umgebung, die Dinge und Menschen, zu beobachten, wie auch der Vogel, befreit von seiner Kappe, zunächst verwirrt auf der Hand seines Herrn verweilt. Plötzlich aber die unbegrenzte Ferne, Freiheit und Azur des Himmels, Gleiten im Wind, prickelnde Wärme der Sonne, Augenblick des Rausches vor der Jagd, der Gewalt und des Todes.

Fadl machte sich unverzüglich auf den Weg nach Bagdad zu seinem Milchbruder, der aus derselben Hoffnung geboren war wie er, die zweite Hälfte ihrer goldenen Frucht. Wir brachen erst später auf, in Begleitung unserer Diener; nach der gemeinsamen Verbannung würden sie nun auch die Gärten der Wonnen mit uns teilen. Unter ihnen war die Afghanin, sie hielt ihre Augen gesenkt – nichts wollte sie mit mir teilen, nicht einmal einen Blick.

Endlose Reise in der glühenden Hitze des Sommers. Als wir uns Bagdad näherten, ließen wir das Gefolge zurück und stürmten im Galopp auf die Runde Stadt zu. Blendwerk am Ende des Weges, war es nicht immer dasselbe? »Allah ist groß«, mehr sagte Dschafar nicht, als wir das Osttor des äußeren Walls durchschritten. Und da soeben der Ruf des Muezzin zum Abendgebet ertönte, warfen wir uns zwischen den beiden Mauern in den Staub. Nie werde ich dieses Gebet vergessen. Mit seiner rechten Hand nahm Dschafar von der Erde Bagdads und führte sie an seine Lippen – Reinwaschung oder Kuß, Tilgung des Makels oder Erwartung von Sinnenlust? Er erhob sich, seine Augen waren verklärt, wie in der Liebe.

»Vorwärts«, sprach er, »mein Vater erwartet uns.«

Aufrecht neben seinem Vater stand Fadl. Ich entfernte mich – würde Dschafar doch nur einmal meine Abwesenheit bemerken! Noch am selben Abend erfuhr ich alles: vom beschlossenen Tode Jahjas und Haruns, geplant für denselben Tag der Ermordung des Kalifen; von Al Chaizuran, die zu raschem Handeln gezwungen war und ihre Entscheidung traf: den sofortigen Tod eines Sohnes, auf daß der andere lebe und herrsche, blitzschneller Austausch, wie ein Zauberkunststück. Harun sah sich zu Dankbarkeit und Gehorsam verpflichtet. Jahja und seine Mutter würden sein Schicksal in die Hand nehmen, es zu dem ihren machen.

Nachts blieb Dschafar fern, ich grübelte. Der Aufstieg meines Herrn ging einher mit meinem eigenen Niedergang – langsames Reifen im Dunkel meiner selbst, bis er schließlich ans Licht brechen und mich dabei zersprengen würde. Zu gering war ich nun, um ihn länger zu halten; nichts blieb mir, als ihm mit meinen Blikken zu folgen und ihm die Arme entgegenzustrecken, wenn es ihn nach mir verlangte. Nichts fordern, niemals, um nicht abgewiesen zu werden, nur da sein und warten – Kraft des Unbewegten, des Minerals; ich war ein Stein unter den Füßen Dschafars, ein Stein, tief verankert im Reich seiner Erinnerungen.

Lang waren die Tage, die folgten, und kurz die Stunden. Jahja und die Königin hatten die Zügel des Schicksals fest in der Hand, Fadl und Harun, verborgen und unsichtbar, bereiteten sich auf den großen Tag vor, und Dschafar wußte, daß sein Platz künftig an ihrer Seite war. Woher? Er wußte es.

Der Sommer hatte seinen Höhepunkt erreicht, schwüle Hitze lastete auf den Straßen und Dächern, den Lehmziegeln, von der Sonne gebrannt, eine Hitze, so wie heute, über Dächern wie hier. In diesem Dampfkessel, umschlossen von dem Festungswall der Stadt, erwuchsen das Kalifat Haruns und der Glanz der Barmakiden. Ein Augenblick der Pracht, ein jäher Lichtstrahl am Himmel Bagdads sollte für siebzehn Jahre die Stadt mit den drei Ringmauern erleuchten und sich auf das gesamte Abbasidenreich ausbreiten. Siebzehn Jahre, Ende des ersten Lebensabschnitts, Übergang zum Mannesalter, oder Ende des Daseins, Tod und Vergängnis. Leute von Bagdad, ihr allein seid Zeugen: Mit dem Tod meiner Herren hat auch mein Verstand mich verlassen.

Das Treuegelöbnis der Obersten Würdenträger sollte nach dem großen Freitagsgebet stattfinden. In allen Vierteln der Stadt herrschte emsiges Treiben. Auf diesem Platz hier stand abends die Menge so dicht gedrängt, daß die Zahl der Sterne am Himmel gering erschien. Überall wurden Kuchen gebacken, Hammel am Spieß gebraten, Kräuter und Gewürze zu Pulver zermahlen. Menschen, die sich nicht kannten, sprachen miteinander, andere, die sich kannten, schienen einander vergessen zu haben. Überall das Lachen der Frauen, die Kinder liefen aus den Häusern zu den Souks, zwängten sich zwischen Greisen und würdevollen Turbanträgern hindurch. Gold wanderte von Hand zu Hand, und das Lächeln erstarrte, wenn die Finger sich rasch um die begehrte Münze schlossen. Monde und Abermonde würden vergehen müssen, bis Bagdad erneut in solchem Reichtum erstrahlte.

Im Palast wurden Vorkehrungen zum Fest getroffen. Vermag mein Mund zu schildern, was meine Augen sahen? Hat eure Vorstellung Raum für all das Gold, den Purpur, das leuchtende Rot, das Schwarz und das Weiß, das Geschmeide und die Stickereien, die Musik, die Wohlgerüche, süß und herb? Seht ihr die Beduinen, für wenige Stunden zu Emiren geworden, bis sie der Wind ihrer Träume davontrug? Seht ihr Harun, unseren Imam, im Glanz seiner Jugend und seiner neuerworbenen Macht, inmitten jener seidenbehangenen Kamelreiter, jener Krieger, unbeweglich in ihren langen schwarzen, goldgesäumten Gewändern, grausam ihr Blick, gebeugt ihre Haltung? Stellt es euch vor, und wenn ihr es nicht zu ersinnen vermögt, so träumt! Träume, vergeßliches Volk, und erinnere dich morgen daran; die Welt ist nichts als ein Traum, und wir weigern uns zu schlafen. Schließ die Augen, und du siehst die Moschee, die große Moschee, am Tage des Gebets und des Gelübdes, die Leuchter, die Teppiche, die Rauchwolken, die den Onyx- und den Jadeschalen entsteigen und durch die geschnitzten Holzgitter der Maksura dringen, einziger Zeuge der Anwesenheit des Kalifen, dem Auge der übrigen verborgen. Verschwiegene und geheime Anwesenheit, wie ein Liebesgedanke im Herzen eines Mannes, Verlangen oder Vergessen, Rauchspiralen, die zur Kuppel aufsteigen, veränderlich und unwirklich, um mit dem blassen Schein der Leuchter sich zu vermengen an jenem Sommermorgen, da die schrägen Strahlen der Sonne auf dem leuchtenden Blau der Mosaiken erstarben, verschluckt vom Wasser der zahlreichen Fontänen.

Harun, allein in der Maksura, auf dem Haupt die Krone aus Gold und Edelsteinen, in der Hand das Zepter, am Finger das Kalifensiegel, schlicht gekleidet im weißwollenen Kalifenmantel, der Burda, Harun wandte sich an Allah, um ihm zu danken, seine Gnade zu erflehen. Oder dachte er nur an sein eigenes Schicksal, suchte er Wege, es unmerklich den Händen Jahjas, des Barmakiden, und seiner Mutter, der Berberin, zu entziehen, um es allein mit seinen Armen zu umfangen?

Die Schönheit Dschafars an jenem Tag der tausend Wunder

war unbeschreiblich, selbst eure Träume könnten sie nicht ersinnen, denn wer die Gabe besitzt, die Schönheit auf Erden zu sehen, verzehrt sich vor Liebe und stirbt daran. Seit langem schon hat mir die Erinnerung an meinen Herrn die Lust am Leben geraubt, und der Tod, den ich bald empfangen werde, ist mir seit jenem Tag versprochen, jenem Freitag in der großen Moschee von Bagdad.

Harun war der Imam, der Beherrscher der Gläubigen, Jahja wies ihm den Weg, und Fadl war an seiner Seite, zwei Schatten, bald würden es drei sein, für einen einzigen Menschen. Und wisset, ihr, die ihr meinen Worten lauscht: Von Anfang an suchte Fadl sich einzureden, daß sein Milchbruder denselben Idealen der Reinheit, der Frömmigkeit und der Gerechtigkeit huldigte wie er selbst. Er kannte ihn gut, kannte das Licht, aber auch die Schatten, die in der Seele seines Freundes wohnten. Fromm war er wohl, der neue Kalif, kühn, gebildet und klug, aber auch heuchlerisch, ausschweifend und grausam, wie die Schwachen es sind. Schon mit zwanzig Jahren kannte er Haß, Gefangenschaft, Todesnähe, war er Zeuge von Verschwörung, Verrat und Mord. Er kannte die Angst, war beim Anblick des Blutes erschaudert – aber hatte es nicht auch seine Augen aufleuchten lassen, das Rot, so erregend im Schwarz der Nacht eines Kindertraums? Gewiß, er liebte seine Mutter, seinen alten Lehrmeister, seinen Milchbruder, gewiß, er liebte sie . . . Doch das Innerste des Menschenherzen, nur Allah kennt es.

Harun, schweigsam und gedankenverloren, lauschte den Worten Fadls, und er begriff, daß ihre Jugendjahre nicht mit demselben Faden gewoben waren; der seine war schillernd und zart, gern berührte er ihn mit seinen Fingern oder Lippen, der Fadls dagegen war spröde und grau, Stoff des Wanderers, der eine endlose Reise angetreten hat. Früher oder später mußten Dschafar und Harun sich finden, und Fadl würde dem Kalifen farblos erscheinen. Das Schicksal liegt allein in den Händen Allahs.

Der Sommer ging seinem Ende zu; im Palast, in den Häusern,

überall neue Frische, neue Kraft, so als wollte in jenem Jahr der Frühling auf den Sommer folgen. Ein junger Kalif, geführt von einem alten Weisen, was konnte der Gemeinde der Gläubigen Besseres widerfahren? Vom Höchsten bis zum Niedrigsten spürte ein jeder, daß der ruhige Fluß der Tage von einer neuen mitreißenden Woge erfaßt war.

Im Palast war die Freude eingekehrt, Zauberkünstler und Dichter, Musikanten und Gelehrte, alle eilten herbei, um sich an dem neuen Quell zu laben. Jahja und Fadl versammelten die weisesten Männer um sich, Harun die lebensvollsten, Jünglinge zwanzigjährig wie er, die unter den feinen Zügen ihrer edlen Gesichter den Appetit von Riesen verbargen. Die Frauen waren schön, Harun wollte sie alle und gab sie dann an seine Freunde weiter, um besser über ihre Vorzüge plaudern zu können. Die Königin sah dem Treiben ihres Sohnes mit Wohlwollen zu, die Tage und Nächte waren zu kurz, um ihn schon jetzt seinen Anteil an Verantwortung tragen zu lassen. Dafür war später Zeit, sehr viel später. War er nicht gerade erst zwanzig Jahre alt?

Es kam der Tag Dschafars. War er gesegnet von Allah oder verflucht? Ich weiß es nicht zu sagen, doch dieser Tag war schuld daran, daß ich heute in Lumpen vor euch stehe – ein Überlebender glücklicherer Zeiten oder ein Sinnbild der Strafe?

Kürzere Tage, mildere Luft, der Herbst zog ins Land. Die Rosen in den Gärten, schwer von vergangenen Stunden, neigten sich über die Becken, die in flüchtigem Widerschein ihre Farben zum Leuchten brachten; ihre Blüten, im Winde sich wiegend, erzählten den Frauen des Harems von der Liebe. Unbegreiflich waren sie, diese Frauen, in ihrer erwartungsvollen Unterwürfigkeit, gewaltig und verschlingend wie das Feuer, ehrgeizig um der Frucht ihres Leibes willen, Körper und Herz aufwühlend, eine feuchte und zügellose Welt, zärtlich und verderbt, die mit dem Winde Bagdads den Duft der Rosen in sich einsog. Schon beim Gedanken an sie richtete Dschafar sich auf, ich aber krümmte mich gleichsam, um nicht Zeuge dieses Verlangens zu sein, das ich nicht teilte.

Harun hatte ein Gastmahl für seine Freunde anordnen lassen, die Festlichkeiten fanden in einem der Palastgärten statt, denn die Nacht war mild. Der Sternenhimmel diente als Dach, die Rosen- und Lorbeersträucher als Mauern, unzählige Teppiche in den prunkvollsten Farben zierten den Boden, überall hingen Lampen mit wohlriechenden Ölen und Käfige aus Flechtrohr und Schmiedeeisen mit afrikanischen und indischen Vögeln. Hoch über den Samt- und Brokatkissen, auf denen die Geladenen Platz nehmen würden, war ein schwarzer, silberdurchwirkter Baldachin gespannt, wie eine Stickerei am Himmel, Schwarz für das Blau der Sommernacht, Silber für das Funkeln der Sterne, Harmonie zwischen dem Universum und der Größe der Abbasiden.

Die Tür, durch die der Kalif eintreten würde, war hinter einem halbdurchsichtigen Vorhang verborgen, perlmuttern schimmernd wie die Öffnung einer Muschel, silbrig, rosa oder bernsteinfarben, je nach Laune des Windes. Der Kalif würde als letzter erscheinen, und seine Gäste erwarteten schweigend sein Kommen. Sein Platz war ein wenig abseits, und wenn er ungestört sein wollte, konnte man einen Stoffvorhang vor ihm herablassen. Befestigt an zwei Stangen aus Ebenholz: die Abbasidenflagge. Mit ihrer Schwärze liebkoste sie das kostbare Holz und erschauderte in der nächtlichen Brise, wie die Haut einer Nubierin in der wollüstigen Umarmung eines Geliebten. Die Musikanten, verborgen hinter einer Trennwand aus Kacheln und Stuck, erwarteten unbewegt hockend die Weisungen des Imam – fügsame Automaten, die ein Befehl zum Spielen brachte. Über ihren weißen Turbanen schaukelte eine Öllampe in unzüchtigem Tanze und leuchtete diesen gleichgültigen Gestalten, die längst schon die Mauer der Zeit überschritten hatten, bevor sie in die Gärten des Kalifen fielen; alle waren sie Greise, alle waren sie blind.

Einer nach dem anderen trafen die Geladenen ein und ließen sich nieder. Blüte der arabischen Jugend, Söhne der nobelsten Familien und mächtigsten Stämme, scharf geschnittene Profile wie ein Dolch, oder weich wie eine Sommerfrucht. Ob groß oder klein, dunkel- oder hellhäutig, eines hatten sie gemeinsam: ihren Blick, den sie vor niemandem senkten. In schlichten Abajas oder prunkvoll gewebten Kaftanen, mit Dolchgurten aus Kamelleder, glitzerndem Geschmeide, saßen sie auf den seidenen Polstern und glichen Falken auf blühenden Büschen. Dschafar erschien ganz in Weiß, wie ein Araber: Seine weiße Kufija war mit einem aus Goldfäden geflochteten Band eng am Kopf gehalten, kein Geschmeide zierte ihn; an den Füßen nur goldbestickte Sandalen. Auch ich war weiß gekleidet, ohne jeglichen Schmuck; barhäuptig stand ich hinter ihm, jederzeit bereit, ihm zu dienen. Fadl war nicht zugegen, er war aufgebrochen, um Streitigkeiten an der byzantinischen Grenze zu schlichten. Der Kalif wollte keinen Krieg, noch nicht. Die Abwesenheit Fadls, das Fehlen seines stets auf ihm ruhenden Blickes, seiner unendlichen Zuversicht, seines Vertrauens in ihn, sollte Harun die Freiheit geben, ganz er selbst zu sein, ein junger Mann von zwanzig Jahren, fasziniert von der Schönheit und Intelligenz eines achtzehnjährigen Jünglings, Dschafar al Barmaki, meines Herrn. Dschafar hatte gegenüber der Tür Platz genommen, durch die der Imam eintreten würde, das Mondlicht fiel auf seinen Rücken und ließ auf dem Weiß seiner Abaja den saphirbesetzten Dolch aufblitzen. Auf dem Dolchknauf zwei goldene Leoparden, aufgerichtet auf ihren Hinterpfoten, einander umschlingend. Ein Pfau schritt an ihm vorbei und streifte ihn mit seinen Federn. Dschafar wartete; ich glaube, er wußte.

Plötzlich begannen die Musikanten zu spielen, eine sanfte Weise, die den Schleier vor der Tür erschaudern ließ; Harun trat ein. Er blickte in die Runde, alle erhoben sich und grüßten. Dschafar, die Hand am Herzen, erhob sich als letzter. Wer hätte es übersehen? Jetzt hatte Harun ihn entdeckt. Langsam entfaltete Dschafar seinen hochgewachsenen Körper, und ohne den Blick von Harun zu wenden, neigte er sich zum Gruß. Dies war ein Augenblick von entscheidender Bedeutung, ich ahnte es – ein Wind hatte diese beiden Wesen angehaucht, um sie mit seinem Atem davonzutragen. Wohin? In ein Land, das mir unerreichbar war. »Nimm Platz neben mir, Dschafar!« sprach Harun. Und die jungen Leute ringsum schauten ihn an. Warum er? Warum jetzt? Dschafar richtete sich auf, und in dem vom schwarzen Baldachin gedämpften Mondlicht waren nur das goldene, eng um seinen Kopf gewickelte Band, seine Augen, sein Mund und sein Dolch deutlich zu erkennen. Die beiden waren jetzt Seite an Seite und schauten sich doch nicht an, Haruns Hände zitterten leicht, er beugte sich ein wenig vor und schien den persischen Teppich unter seinen Füßen zu betrachten.

»Ich kenne dich kaum, Dschafar«, sprach er schließlich, »und das bedaure ich.« Er hob die Augen, sie begegneten denen meines Herrn. »Du gleichst deinem Bruder nicht, Allah segne ihn.«

Die Diener trugen Schalen aus Kupfer und glasiertem Ton herbei. Unter den Duft der Rosen und des milden Wassers der Brunnen mischten sich die Gerüche von Fleisch und Gewürzen, Tauben in Honig, Lamm in Zimt, Fisch in Safran. Ein sanfter Windhauch ließ den Vorhang hinter dem Kalifen erzittern. Harun aß wenig, Dschafar hatte noch gar nichts zu sich genommen. Sie sahen sich nicht an, sprachen nicht miteinander, die anderen Geladenen redeten im Flüsterton und tauchten ihre Hände tief in die vor ihnen stehenden Schüsseln, die hockenden Musikanten spielten weiter, ihr leerer Blick schien alles zu durchdringen, wie die Strahlen des Mondes.

Da nahm der Kalif ein Stück Lammfleisch von einem Teller und reichte es Dschafar; ich stand dicht hinter meinem Herrn, ich war der einzige, der Haruns Worte hörte. »Iß, mein Bruder«, sprach er, »ich wünsche es.« Dschafar streckte die Hand aus, ihre Finger streiften sich, und ich wußte, welches Verlangen in ihrem vereinten Blick lag. Mir wurde kalt, ein Brechreiz überkam mich, so als wollten die Krallen eines Raubtieres mir das Herz zerreißen. Ich blieb aufrecht, unbeweglich stehen und sah doch meinen eigenen Körper sich krümmen, bis er vor meinen Füßen zusammensank. Von den beiden Wesen, die in mir wohnten, blieb nur der Diener am Leben, und ich mußte schweigend zusehen, wie der andere starb. Unvermittelt brach das Spiel der Musikanten ab, alles schien in der Schwebe, Totenstille, die Gäste waren verstummt, die Diener standen reglos da, traumgleicher Augenblick; nichts war zu hören als der Wind im Rosengarten und die kleinen Wasserwellen, die an den Rand der blauen Brunnenbekken schlugen. Harun und Dschafar blickten sich noch immer in die Augen.

Plötzlich brach der Kalif in lautes Lachen aus und klatschte in die Hände – er war glücklich. Jäh setzte die Musik wieder ein, die Diener erwachten aus ihrer Erstarrung, die Geladenen redeten durcheinander, eine verwirrende Sinnlichkeit und echter Frohsinn hatte sie ergriffen, auch Dschafar lachte, er aß und trank, während mein Blick auf ihm ruhte.

Das Fest dauerte bis in den frühen Morgen. Die jungen Leute lagen jetzt ausgestreckt auf den Kissen, die heißen Gerichte und die Gewürze ließen ihre Augen glänzen. Sie waren schön, und trotz der späten Nachtstunde war die Hitze noch groß.

Harun klatschte erneut in die Hände, die Musikanten unterbrachen ihr Spiel, erhoben sich und verschwanden, um anderen Platz zu machen, die eine schwungvollere und feurigere Musik spielten. Sie sangen ein kurzes Lied, begleitet vom Händeklatschen der Geladenen. Plötzlich huschten von allen Seiten, hinter den Brunnenbecken, den Lorbeerrosen, den Marmorsäulen des Innenhofes, die Tänzerinnen hervor. Sie waren jung, schön, fast nackt und zogen lockend ihre Kreise um die Gäste des Kalifen, begleitet vom Klirren des Goldgeschmeides, das ihre Stirn, ihre Arme und ihre Fesseln umgab. Ein starker Duft von Moschus und Jasmin entströmte ihren Brüsten, ihren Achseln, ihren Nakken. Ihre vollen Lippen öffneten sich im Rhythmus des Tanzes, legten ihre strahlenden Zähne frei, und ihre khôlumrandeten Augen fixierten die Männer, eine stumme Aufforderung. Alle Gäste hatten sich aufgerichtet, sie sprachen nicht mehr, lachten nur bisweilen, und ihre Blicke waren fast schmerzerfüllt, so stark war ihr Verlangen. Auch Harun musterte sie, seine Hände zitterten, seine Augen waren starr und leuchtend, seine Finger hielten Dschafars Hand umfaßt und schienen auf meinen Herrn die Sinnlichkeit zu übertragen, die ihn selbst beim Anblick dieser Mädchen ergriffen hatte. Er winkte eine Tänzerin herbei, sie näherte sich und kniete vor ihm nieder. Harun beugte sich über sie, seine Hände suchten ihre Schultern, ihre Brüste, sein Atem ging schnell, ich sah den Schweiß auf seinen Schläfen und seiner Stirn glänzen. Die junge Sklavin lag jetzt auf dem Rücken, sie war unterwürfig und gefügig, Harun küßte sie und bot sie Dschafar an. Und mein Herr, sein Blick in den des Kalifen getaucht, küßte sie lange.

»Nimm sie!« sagte Harun.

Dschafar bebte am ganzen Körper; er war seiner selbst nicht mehr Herr. Mit einer Hand zog er die Tänzerin an sich, mit der anderen zerrte er den Schleier beiseite, der ihre Hüften umgab, und zwang sie, sich niederzuknien. Sie bewegte sich nicht. Als Dschafar von hinten in sie eindrang, zuckte sie zusammen, sträubte sich aber nicht; mein Herr ließ Harun nicht aus den Augen. Da sprang der Kalif auf, umfaßte Dschafar und riß ihn von der Tänzerin fort.

»Komm«, sagte er, »laß uns gehen.«

Und seine Stimme war so leise, daß ich sie kaum vernahm.

Dschafar richtete sich auf, bleich in seiner weißen Abaja.

»Bleib, Achmed!« befahl er. »Und warte hier auf mich.«

Ich rührte mich nicht von der Stelle. Die übrigen Geladenen teilten die Tänzerinnen unter sich auf, während die Musik zu einem rasenden Wirbel anschwoll. Der Anblick der feilgebotenen Frauen ließ mich gleichgültig.

Dritter Abend Achmeds

Achmed war allein. Es war früh am Abend, die Straßen waren noch menschenleer. Den ganzen Tag hatte er vor sich hingedämmert, im Schatten, an einer Mauer hockend, und so wußte er schon jetzt, daß ihm eine lange, schlaflose Nacht bevorstand. Das abnehmende Licht fiel in schrägen Strahlen durch das Flechtwerk der Äste, die den Souk wie ein Dach überzogen, und ließ den Staub unter den Hufen der Esel tanzen. Ausgedörrte Erde, Hitze, Fliegen, ein schwebendes Gemisch, das seit langem auf einen Windhauch wartete, Verschmelzung von Licht, Gerüchen, Geräuschen, eingehüllt in den Schlummer der Stadt. Rot- und Gold-, Schwarz- und Brauntöne, verschwommen unter dem Safrangelb der Sonne, Umrisse, verwischt von der Hitze, die alle Dinge unstet und vergänglich macht, die den Beduinen von seinem Lager sich erheben läßt, um vergebens den Horizont seiner Wüste zu suchen. Die dunklen Tore zwischen den Stadtvierteln standen offen, Weiß der Straßen, Saphirblau des Himmels – wie ein Mosaik, eingerahmt in Zedernholz.

Achmed zog einen Zipfel seines Gewandes vor sein Gesicht, er lauschte der Stille. Sein Leben lang hatte er gewartet, auf ein Geräusch, einen Schritt, eine Stimme; nun wartete er nur noch, daß sich keine Hoffnung mehr in ihm regen würde, niemals. Er erschauderte nicht mehr, sein alter Körper hatte verlernt, zu fühlen, doch war seine Unbewegtheit selbst nicht wie ein Gefühl, das Erinnerungen in ihm weckte? Wie vergessen? Gebrochen waren nun die Augen Dschafars, und ihr Blick irrte ziellos in seinem Inneren umher. Bisweilen sah Achmed darin einen Vorwurf, einen Ruf oder eine Sehnsucht, dann schloß er die Lider, um seinen Herrn zu befreien, doch er würde die Tiefen seines Inneren nie verlassen, das wußte er. Dschafar war jetzt sein Körper, ein jämmerlicher Körper, in den Staub Bagdads geworfen, letzte Zuflucht dieses einstmals so großen Herrn. Vor vielen, sehr vielen Jahren stand er dort, am Rande dieses Platzes, zusammen mit Harun, beide als Händler verkleidet. Er lachte, seine Zähne leuchteten weiß, so weiß wie später sein Schädel, gebleicht von Wind und Sonne auf der Brücke Bagdads – derselbe Glanz, dieselbe Liebe, Harun hatte beides gewollt. Aufblitzen des Säbels, Aufblitzen der Lust in den Augen des Kalifen, Augenblicke der Verschmelzung, schnell, gebieterisch, absolut – von kurzer Dauer nur im Strom der Zeit.

Achmed verjagte eine Fliege mit dem Rücken seiner Hand, der Perser stand vor ihm.

»Friede sei mit dir, Greis. Bin ich der einzige, der dir heute abend lauscht?«

»Die Menschen sind wie der Sand, getrieben vom Winde des Zufalls. Ich werde für dich sprechen.«

»Komm in mein Haus«, sagte der Perser und trat noch näher. »Wirf deine Vergangenheit nicht diesen Hunden vor. Ich werde Männer um dich versammeln, die deine Worte wie Milch trinken. Die Barmakiden werden wieder unter uns leben.«

»Die Barmakiden sind tot, mein Freund. Die Stimme ist alles, was mir bleibt, laß sie mir, bevor ich sterbe.«

»Für wen, Greis, für was?«

Achmed richtete sich auf und trocknete die Stirn mit dem Zipfel seines Gewandes.

»Für das Volk von Bagdad und damit Dschafar für immer zurückkehren kann. Hier ist seine wahre Heimat, und mir obliegt es, ihn von seinem verschwundenen Palast zu diesen bescheidenen Häusern zu führen, Häusern, die bleiben. Dort wo das Leben ist, dort ist auch mein Herr.«

Schon sammelten sich Menschen um Achmed, der Perser zögerte, kehrte ihm dann den Rücken und ging. Der Greis wußte, er würde ihn nicht wiedersehen. Ein weiterer Abschied. So war er verdammt, allein zu bleiben, gekettet an Dschafar, ausschließlich und ewig.

Die Kinder setzten sich am Boden nieder, die Männer stellten sich im Kreis auf, mehrere Frauen blieben stehen, verborgen hinter ihren Schleiern; nur ihre Augen sah er, verklärt durch die Erinnerung an diesen Toten, den alle so geliebt hatten. Ob sich die älteren an diesen Körper, dieses Gesicht, dieses Lächeln erinnerten? Waren sie überhaupt fähig, Schönheit wahrzunehmen? Die Kinder sind es, die als erste den Duft des Jasmin im Frühling erahnen, noch bevor seine Knospen aufgesprungen sind; sie kennen seinen Duft. Wenn sich der Jasmin dann entfaltet und jeder den Kopf hebt, ist er schon im Begriff zu verwelken.

Also begann, fuhr Achmed fort, der Glanz der Barmakiden. Alles geschah durch sie und für sie. Bagdad wurde ein Diadem, das auf ihrer Stirne prangte, und jeder Stein, der es zierte, war eine Liebesgabe. Die Schwäche des Kalifen und seine Abhängigkeit machten die Perser mächtig und hochmütig, doch ihr müßt wissen, daß die Liebe von einer Hand zur anderen wechselt, daß der letzte, der sie hält, seine Finger an ihr verbrennt. Dschafar wurde ein Opfer seiner Selbstgewißheit. Fadl hatte das erkannt, doch er wußte, daß es längst zu spät war, daß die Achtung, die Harun ihm entgegenbrachte, seiner Liebe zu Dschafar nur im Wege stand; also beschloß er, ihn aus der Ferne zu lenken, sich nicht aufzudrängen und doch immer da zu sein. Für seinen Bruder empfand er eher Mitleid als Neid, ahnte er doch, daß die Stellung Dschafars weitaus gefährdeter war als die seine und sein Glanz vergänglicher. Dschafar regierte den Körper und das Verlangen, er, Fadl, dagegen die Seele, den wertvolleren Teil des Kalifen. Würde der Ruhm seiner Familie die Leidenschaft seines Herrn überdauern? Er glaubte die Antwort nicht zu kennen, bisweilen aber war sein Blick, wie hart er sonst auch schien, getrübt von einem zarten Schleier des Zweifels.

Das Jahr floß dahin in Frieden und Zuversicht. Jahja und seine beiden Söhne herrschten machtvoll über Bagdad. Nahe am Fluß hatten sie einen Platz gefunden, wo sie ihren Palast errichten wollten. Die Pläne der Architekten genügten ihnen nicht, die Linien waren nicht rein, der Baustoff nicht edel genug; man ließ andere Baumeister aus allen Teilen des Reiches kommen. Der Wohnsitz der Barmakiden sollte ein Wasser sein, in dem sich der Ruhm der Welt spiegelte, blasser Widerschein ihrer Herrlichkeit. Es wuchsen die Mauern, es formten sich die grünen Kuppeln zwischen den grauen Wolken der winterlichen Stadt, es breiteten sich endlos die Gemächer und Säle, die Küchen und Ställe aus. Rosen- und Lorbeersträucher säumten die Marmoralleen und umrahmten die Zierbrunnen in den Gärten. Das Blau der Fayencen – persisches Blau – fügte sich wie ein Juwel in den weißen Stuck der Mauern, in die Flure, in die Innenhöfe. Mosaiken zierten die Marmorböden und verliehen ihnen buntes Leben mit all den Blumen und Vögeln, die in ihnen wucherten und wimmelten. Die Zederndecken mit ihren feinen Schnitzereien schauten auf das samtene Feuer der Teppiche herab. Gold- und silberbestickte Kissen schmiegten sich in die weichen Rundungen der Diwane, so als wollten sie durch ihre Anmut die Eitelkeit derer, die sie schuf, vergessen machen. Der Bau des Barmakiden-Palastes wurde vor den ersten Frühlingsfesten vollendet. Hier empfing Dschafar den Kalifen, in Schwarz gekleidet, wie ein Beduine in seinem Zelt aus Ziegenfell, und der Kalif sah nur ihn, trank nichts als die Milch seines Blickes, den Honig seines Mundes. Jahja und Fadl, umworben wie Prinzen, betrachteten alles mit Heiterkeit; ich selbst war nur Auge und Ohr, ich wertete nicht.

Nachts, wenn mein Herr bei dem Kalifen weilte, durchlief ich die Säle und Flure; die Finsternis verlieh den Räumen noch eindrucksvollere Ausmaße. Hier und da glimmten Reste von Räucherhölzern, ihr Duft glitt durch die Dunkelheit wie eine Hand. Ich folgte ihm bis in die Gärten, wo er sich mit den Wohlgerüchen der Blumen vermengte. Dann ließ ich mich am Rand eines Brunnens nieder und schaute ins Wasser. Es spiegelte mein Gesicht wider, jung noch und schön, aber ungeliebt; meine Finger liebkosten es, Illusion von Zärtlichkeit, doch es erschauderte nicht, und meine Lippen blieben geschlossen. Ich ließ meine Hand ins Wasser gleiten, es war kalt und unbewegt wie ich, ein Freund, ein Bruder, ich verspürte das Verlangen, mein Gesicht hineinzutauchen, um mit ihm zu verschmelzen, auf daß die beiden Bildnisse meiner selbst eins würden ... Ich zog meine Hand zurück und rieb sie sanft über meine Wangen, meinen Mund, meine Augen, um sie wieder zum Leben zu erwecken, doch nur meine Augen gaben Antwort. Wer unter euch hat nie geweint?

Achmed verstummte, seine Stimme zitterte, er war müde. Die Menge vor seinen Augen verschwamm, verwischte sich, selbst die Kinder, ganz dicht vor ihm, wurden unstet und bewegt wie Wolken. All diese Menschen verschwanden, tauchten wieder auf, mit den Tränen, die seine Augen füllten, kleine zerbrechliche Schiffe auf dem Fluß seiner Erinnerungen. Wie wohltuend wäre es, sich auf dem Strom seiner Liebe auszustrecken, sich von ihm wiegen zu lassen und dann sanft darin einzutauchen, für immer. Achmed richtete sich auf, der Augenblick war nicht gekommen, noch nicht. Mit einem Zipfel seines grauen Gewandes, grau von all dieser Zeit des Elends, trocknete er seine Augen, und da tauchten sie wieder vor ihm auf, klar und deutlich, anklagend oder staunend, streng oder wohlwollend, gewöhnliche Menschen, die Achmeds Worten lauschten.

Die Gemächer Dschafars waren die meinen, hier lebte ich, hier schlief ich, horchte auf bei dem geringsten Laut, bei dem leisesten Schritt. Da ich mich weigerte, mit den anderen Dienern oder den Frauen zu sprechen, war ich gänzlich allein. Ich bereitete für Dschafar ein Nachtlager vor, auf dem er sich nicht ausstreckte, Speisen, von denen er nicht aß, Träume, die er nicht mit mir teilte. Er war fern, im Palast, in der Provinz, beim Heere; dort wo Harun war, da war auch er. Jahja und Fadl regierten, und es erstrahlte das Reich der Abbasiden.

Ich erinnere mich an das Lachen Dschafars, an seine glänzenden Augen, wenn er heimkehrte, er war glücklich, er besaß alles: Ehre, Reichtümer, Schönheit, Intelligenz und die Liebe des Kalifen. Er wollte aus seinem Leben ein großes Leben machen, die Kraft, die ihm innewohnte, würde ihn so hoch tragen, daß er glauben könnte, ein Vogel zu sein. Dschafar wollte alles, und alles war möglich, er hielt in der hohlen Hand den Goldstaub aller Träume, Staub, der berauscht und blind macht, Staub auch, der das Trugbild des erschöpften Wanderers am Ende seines Weges auslöscht. Zärtlichkeit und Leidenschaft, die Bande, die Dschafar an Harun fesselten, waren leicht wie die Feder und schwer wie Blei, und er betrachtete sie lachend, die Bande aber, die mich an meinen Herrn fesselten, waren nichts als Ketten an meinen Handgelenken, und sie machten mich weinen. Oder war es nur der Sand des Wüstenwindes und die Sonne, die meine Augen reizten, nur das grelle Mittagslicht, das meinen Mund austrocknete und meine Lider schloß, damit ich besser von der Frische der Quellen und der Frühlingsnächte träumen konnte? Ein Verlangen überkam mich bisweilen, mein Pferd zu satteln und davonzusprengen, unendlich weit über den roten Staub zu galoppieren, umspielt von den zahllosen Sternen des sommerlichen Himmels. Und, wer weiß, vielleicht wartete am Ende des Weges der Frieden auf mich, eine Oase voller Datteln und Milch, wo ich mich ausstrecken würde, um mich nie mehr zu erheben, mich zu wiegen in sanftem Schlummer, so wie einst in den Armen meiner Mutter, lang ist es her. Tamburine und Flöten, keuchende Stimme eines Mädchens, ich sehnte mich nach dem Kommenden, um Vergangenes zu vergessen.

Und dann, aufrecht vor mir, Dschafar, mein sehnlicher Wunsch, eins mit ihm zu sein, mich selbst auszulöschen, mein eigenes Verlangen abzustreifen, um nur noch der Spiegel seiner Begierden zu sein – Liebe? Nennt es, wie ihr wollt, Worte haben keine Bedeutung mehr.

Laßt eure Blicke schweifen, seht die Mauern aus Lehm, die euch umgeben, schaut auf zu der Kuppel des Kalifen-Palastes, Staub und Marmor, getrockneter Schlamm und edle Metalle. Ihr seid nichts als die Augen des Lebens. Ich aber, ich habe gelebt. All dies wird einmal verschwunden sein, fortgefegt vom Wüstenwind und von den Hufen derer, die einst aus dem Norden geritten kommen; eure Gebeine werden bleichen auf den Friedhöfen des Vergessens, und über den zurückgekehrten Gottesfrieden wird sich der Schatten Dschafars legen wie eine Palme, Frische und Ruhe spendend. Die Schönheit hat ewige Gültigkeit.

Und dann begann Dschafar, von einem eigenen Palast zu träumen. Die Barmakiden hatten sich im östlichen Teil von Bagdad niedergelassen, wo sich schon der Wohnsitz Jahjas, der Ksar al Tin, erhob, ein ocker- und blaufarbenes Wunderwerk mit prächtig geformten Kuppeln, die sich in den grauen Wassern des Tigris, nahe dem Basra-Tor, spiegelten. Dschafar begehrte einen Palast für sich, so wie man eine Frau begehrt, schwärmerisch und leidenschaftlich. Noch prunkvoller leben konnte er nicht, vielmehr war ihm daran gelegen, seine Residenz von der seines Vaters und seines Bruders zu trennen, und somit seine Unabhängigkeit und Sonderstellung, die ihm die Liebe Haruns gab, zu betonen. Entsinnt ihr euch des Stolzes und der Anmaßung Fadls? Demut und Bescheidenheit waren sie, verglichen mit der Arroganz meines Herrn! Dschafar durchdrang die Menschen mit seinem Raubvogelblick. Doch bisweilen ruhten seine Augen auf mir, und es lag eine Zärtlichkeit in ihnen, etwas unendlich Zerbrechliches, das mich erschaudern ließ.

Und wieder strömten Baumeister, Maurer, Tischler, Künstler aus allen Teilen des Reiches herbei. Das Gold floß von einer Hand zur anderen, wie ein unerschöpflicher Quell. Dschafar, von Natur aus großzügig, wurde verschwenderisch; für die Zuneigung des Kalifen wollte er die Schönheit auf Erden, jeder Stein seines Palastes war ein Wort der Liebe. Es wuchsen die Lehmmauern, die bogenförmigen Tore, die Marmorkolonnaden, durch Schneckenkapitelle miteinander verflochten, die Decken aus Zedernholz, in das Verse aus dem Koran geschnitzt waren. Dann kamen die Handwerker, die Stück für Stück die Mosaiken zusammenfügten: auf den Mauern der Innenhöfe, wo persisch-blaue Vögel mit türkisen Schnäbeln weiße Rosen mit Herzen aus Jade weit hinabneigten, und in den Brunnenbecken, in deren Mitte schwarze Marmordelphine mit smaragdenen Augen standen. Die Steine der Fußböden bildeten den Rahmen für immer neue Blumen, und ihre leuchtenden Farben ließen den Himmel tief über den Palast Dschafars sich wölben.

Allah war mit ihm.

Und inmitten all dieser Pracht nahm sich das Gemach meines Herrn unglaublich schlicht aus, wie das Zelt eines Beduinen, der niemals seßhaft wird. Teppiche, ein Nachtlager, blaue und goldene Kissen, und, über der mit Zedernholz eingerahmten Tür, die ersten Verse eines Gedichtes, geschrieben in persischer Sprache:

Seht die Berggazelle dort, wie sie eilig über die Felder springt!
Keinen Freund hat sie, wie kann sie leben ohne Freunde?

An der Wand gegenüber wiederholte ein Spiegel diese Worte ins Unendliche, so wie er Dschafars Antlitz zurückwarf, wenn er, bar seiner Staatsgewänder, vom Kalifen kam und die Hände über sein Gesicht gleiten ließ – Liebkosung oder Reinwaschung? Für eine Nacht, eine einzige Nacht, blieb Harun bei Dschafar. Als ich ihnen Früchte und Wein brachte, sah ich die Augen des Kalifen auf dem persischen Gedicht ruhen.

»Hast du nichts Besseres in arabischer Sprache gefunden, Dschafar?«

Mein Herr, der aufrecht vor ihm stand, neigte das Haupt.

»Die Poesie, o Imam, ist ohne Grenzen.«

Harun musterte ihn, ein hartes Licht blitzte in seinen Augen auf.

»Ich kann es nicht dulden, Dschafar, daß man mir und meiner Rasse so wenig Achtung zollt.«

Dschafar sank vor dem Kalifen nieder, es war das erste Mal, daß ich ihn in einer solch demütigen Haltung sah. Harun ließ ihn eine Weile am Boden knien, den Blick abgewandt. Dann, langsam, streckte er die Hand aus und legte sie auf die Schulter seines Freundes. Und jetzt geschah etwas Außergewöhnliches: Bei der Berührung mit dem Körper Dschafars verwandelte sich plötzlich sein Blick, seine harten Augen wurden weich, flehend fast, Dschafar hob den Kopf, und sie sahen sich lange an. Mein Herr war ganz ruhig, kühl, die Mundwinkel des Kalifen, seine Hände begannen zu zittern. Ich ahnte, welche Macht mein Herr über ihn hatte, und ich zog mich zurück.

Sie verbrachten die ganze Nacht zusammen, und als ich ihnen früh morgens Datteln und Milch herbeitrug, sah ich die Unterwerfung in den Augen des Kalifen. Sie machte mir Angst. Harun ging, und bevor sich Dschafar schlafen legte, sprach er zu mir:

»Der Kalif wird sich vermählen, er nimmt eine arabische Prinzessin zur Frau, die Prinzessin Zubaida. Wir werden ein Fest feiern, ein unvergeßliches Fest, Zubaida ist eine Enkelin Al Mansurs.«

»Bist du beunruhigt, Herr, fürchtest du die arabische Prinzessin?«

Dschafar lachte hell auf, seine Zähne waren spitz wie die eines Schakals.

»Ich habe Harun völlig in der Hand.«

Bei diesen Worten formte er seine Hand zu einer Faust, betrachtete sie und räkelte sich.

»Ich bin müde, Achmed, massiere mich.«

Lange ließ ich meine Hände über seinen Rücken, seinen Bauch und seine Schenkel gleiten. Als er sich nicht mehr rührte, wußte ich, daß er eingeschlafen war.

Das Hochzeitsfest von Harun und Zubaida dauerte sieben Tage. Schwarze Zelte mit goldenen Schnüren waren in den Gärten für die Geladenen aufgestellt worden. Der Kalif hielt sich mit den Prinzen, den Geistlichen, Jahja, Fadl und Dschafar unter einem golddurchwobenen Baldachin auf, an dessen Spitze das schwarze Banner der Abbasiden flatterte. Das Geschirr für den Kalifen und die Seinen war aus Gold, das für seine Gäste aus Silber, überall Sträucher mit rosaroten Rosen und weißem Flieder, deren sinnlicher Duft sich mit dem der Gewürze und Räucherhölzer vermischte, die sich verzehrten, wie die Braut, die starr und bleich unter ihrem durchschimmernden, mit goldenen Perlen übersäten Schleier saß. Ein einziges Mal, am letzten Festtag, sah sie sich Dschafar gegenüber, und ihre Augen, die allein unter ihrem Schleier sichtbar waren, musterten ihn herausfordernd. Mein Herr hielt diesem Blicke stand und lächelte. Verstand sie die Ironie in seinem Lächeln? Gleichviel, nie wieder schenkte sie ihm einen Blick, nie, und der Haß, den sie gegen ihn hegte, sollte nie erlöschen.

Schluchzen der Flöten, Rhythmus der Tamburine unter dem Mond, jeder Fels der Wüste war ein Meilenstein der wachsenden Macht des Kalifen. Die Karawanen hielten an, und die Gesichter der Kameltreiber richteten sich gen Bagdad, Ziel und Anlaß aller Reisen. Die Hochzeitsfestlichkeiten ließen die Augen der Händler aufleuchten und die jungen Mädchen hinter ihren holzvergitterten Fenstern träumen. Sie lachten im Schutze ihrer braunen Hände, und die Jünglinge blieben auf der Straße stehen. Welche Verheißung, welche Glückseligkeit hinter so hohen Mauern! Das Unmögliche in Reichweite, und die Hitze, die alles so drückend, so glühend machte, bis an die Grenzen des Schmerzes. In dieser Nacht würde Harun Zubaida aufsuchen, die, wie eine Opfergabe geschmückt, massiert, enthaart war – in dieser Nacht würde Dschafar allein bleiben.

Er stand vor dem Spiegel in seinem Gemach, den Rücken mir zugekehrt. Ich fragte:

»Kann ich dir dienen, Herr?«

Dschafar wandte sich um, er war bleich, doch, vielleicht war er nur erschöpft von dem langen Feste. Würde er mich bitten zu bleiben? Mein Herz tanzte in meiner Brust.

»Hol mir die Afghanin«, befahl er und sah mir dabei in die Augen.

Ich senkte die meinen – Dschafar sollte mich nicht weinen sehen – und trat rückwärts gehend zur Tür hinaus. Der Harem des Palastes lag am anderen Ende der Gärten, ich durchquerte sie mit langsamen Schritten. Warum diese Frau? Was gab sie ihm, das ich ihm nicht zu geben vermochte? Die Rosensträucher liebkosten mich mit ihrem sanften Zauber, es weinten die Mäuler der schwarzen Marmordelphine, ihre smaragdenen Augen musterten mich blicklos durch den Schleier ihrer blinden Pupillen. Ich ließ mich für eine Weile nieder und trank, meine Kehle hatte Durst nach all dem Zauber, nach all den Liebkosungen.

Die Eunuchen des Harems in ihren schwarzblauen Gewändern begrüßten mich.

»Mein Herr verlangt Amina, die Afghanin.«

Sie verbeugten sich, ihr Blick war ohne jeden Ausdruck, lebende Statuen, der Zeit entrückt. Die Nachtstunde war fortgeschritten, die Frauen schliefen; ich wartete, an den Fuß einer Säule gekauert, Augenblick des Friedens in der milden Frische des Innenhofes, der ferne Gesang eines Mädchens ließ mich die Augen schließen. Lockgesang oder Dankeslied? Amina stand vor mir, in einem langen purpurfarbenen Kleid, der Schleier gehalten von zwei rubinbesetzten Spangen, einem Geschenk Dschafars. Triumph in jeder ihrer Gesten, in jedem ihrer Blicke, ich aber verachtete sie zu sehr, um zu leiden.

Dschafar erwartete sie, ausgestreckt auf seinen Kissen; er stützte sich auf einen Arm und forderte sie auf, näherzutreten. Er grüßte sie nicht.

»Entkleide dich!« sagte er nur.

Amina streifte ihr Kleid ab, ließ ihren Schleier fallen. Ihr bernsteinfarbener, gänzlich enthaarter Körper wurde vom Licht- und Schattenspiel der Lampen umschmeichelt wie von einer Nachtschlange. An Armen und Füßen blitzten Goldkettchen. Ich wollte mich zurückziehen.

»Bleib, Achmed«, sprach Dschafar, »du sollst sehen, wie man ein Mädchen nimmt.«

Amina trat auf Dschafar zu, kniete nieder, ergriff seine Hand und küßte sie.

»Laß ihn gehen, Herr, mach dich nicht über ihn lustig, er ist dein treuer Diener.«

Dschafar blickte mich wortlos an; ich verstand und ging.

Diese Nacht war es, in der Dschafars Tochter gezeugt wurde, dieselbe Nacht, in der auch Al Amin, der Kronprinz, Sohn Harun al Raschids und Zubaidas, gezeugt wurde.

Eine Wolke verschleierte den Mond hoch über dem Haupt Achmeds, der verstummte. Ohne sein mildes Licht wirkte der große Platz geheimnisvoll, bedrohlich. Seit dem Tode Dschafars fürchtete Achmed das Dunkel der Nacht. Ein Wind erhob sich, er wirbelte den Staub zwischen den Warenauslagen der Händler auf, hier und da glomm noch die Glut in den Kohlenbecken, bewegliche Schatten und Lichter unter der nächtlichen Brise. Ein jeder zog einen Zipfel seines Gewandes vor den Mund und eilte davon. So also endete der dritte Abend Achmeds.

Vierter Abend Achmeds

Wie lange schon weilte Achmed auf dem Platz, als sich die Menschen um ihn zu sammeln begannen? Ihm war, als hockte er schon ewig hier auf dem gestampften Boden, am Fuß der Mauer, seit dem Vortag oder länger noch. Hatte er geschlafen? Das Vergessen löschte die Gegenwart aus, kaum daß sie in seinem Gedächtnis Gestalt annehmen konnte, gleich dem Wind, der die Dünen der Wüste verwischt, sie voranbewegt, aufbläht und ebnet. Mit dem Tod seines Herrn waren Achmeds Erinnerungen verblichen. Er aß, was hier und da ein Händler ihm reichte, trank vom Wasser der Brunnen, betete, wo immer er sich aufhielt, das Gesicht gen Süden gerichtet. Manchmal sprach er mit sich selbst, Worte ohne Zusammenhang, die sich am Abend erst zu Sätzen formen würden. Also richtete er sich auf vor denen, die ihm lauschten, und begann:

Nur zwei Nächte blieb Harun an Zubaidas Seite, dann kehrte er zu meinem Herrn zurück, der vor ihm niederkniete und den Saum seines Gewandes küßte. Der Kalif zog ihn zu sich empor, und alles nahm wieder seinen gewohnten Gang. Bisweilen ließ Harun die schon schwangere Königin oder eine seiner Konkubinen zu sich kommen, und Dschafar verbrachte die Nacht mit der Afghanin oder einer anderen Frau, meist aber mit Amina, deren Bauch runder und deren Brüste schwerer wurden. Harun und Dschafar trennten sich nur, um sich wiederzufinden, und der Kalif hätte es nicht vermocht, mehr als zwei Nächte ohne meinen Herrn zu sein. Ihr Verhältnis war anders als das zu den Frauen, viel inniger, viel vertrauter auch, denn sie zollten sich gegenseitige Achtung und Bewunderung. Doch war Haruns Abhängigkeit größer. Sie teilten alles, Sinnenfreude, Studien, Arbeit, alles, selbst ihre entferntesten Gedanken, und die Tage verstrichen zwischen Gespräch und Lachen, Politik, Gebet und lustvollem Spiel.

Im Palast Dschafars, am Ende der Gärten, am Fuß des Mauerrings, befand sich das Falkengehege. Täglich kam Dschafar hierher, um dem Abrichten seiner Jagdfalken beizuwohnen. Er selbst wählte die Vögel aus, die angriffslustigsten und zugleich gefügigsten, solche, die vor Zorn erbebten und doch beim Ruf des Falkners auf seine Faust geflogen kamen.

Zwischen Tarek und Dschafar bestand sofortiges, restloses Einvernehmen. Tarek war ein weißer, graugesprenkelter Vogel, jung noch, feurig und gefügig – Falke und Herr waren wesensverwandt. Sie erschauderten beide, wenn sie sich berührten, und die Stimme Dschafars war dem Vogel ein unabdingbarer Befehl. Dschafar selbst dressierte ihn jeden Morgen, allabendlich suchte er ihn auf, strich sanft mit der Hand über sein Gefieder und formte Laute mit den Lippen, die der Vogel verstand. Freundschaft und gegenseitige Achtung. Eines Tages nahm ihn Dschafar mit hinaus vor die Stadt, um ihn mit der Weite, den Dimensionen des Himmels über dem unendlichen Ocker der Ebene, vertraut zu machen. Erwartungsvoll bebte der Vogel auf seiner behandschuhten Faust; ich folgte Dschafar, wir waren allein. In der sich neigenden Sonne wuchsen unsere Schatten zu schwarzen Lachen, die der Boden nicht aufsog, und in dem goldenen Licht, hoch auf seinem weißen Roß, den Falken auf der Faust, glich Dschafar einem mythischen Wesen, einem Traum des Schönen, von Allah selbst ersonnen. Die helle Kufija umfloß sein blasses Gesicht, seine schwarzen Augen, seine gerade Nase, seinen sinnlichen Mund, seine strahlend weißen Zähne, er lachte, er ergriff meine Hand, er war glücklich.

Weit in der Ebene vor Bagdad, so weit, daß die Mauern der Stadt kaum noch zu erkennen waren, hielt Dschafar sein Pferd an. Seite an Seite durchforschten wir die langen, steinigen Dünen, die einer bizarren Landschaft aus rötlichen, gelben und braunen Schatten glichen. Ein Stück Wild, wir brauchten jetzt ein Stück Wild. Da entdeckte ich eine Palmenratte, die aus einem dornigen Busch hervorsprang, um zu einem anderen schützenden Versteck zu huschen. Dschafar auf seinem Pferd verharrte regungslos, er hatte das Tier gesehen. Mit einer knappen Handbewegung befreite er Tarek von seiner Lederkappe, die ganz schlicht war, ohne Zierrat, ohne Federbusch. Nur die Leine hielt den Vogel noch an seinem Arm fest, er löste sie, das Klicken des Hakens war kurz und klanglos. Ich rührte mich nicht. Der Falke blinzelte mit den Augen und spähte, den Kopf gesenkt, nach allen Seiten.

»Auf, Tarek!« rief Dschafar. »Auf, mein Schöner!«

Und er begleitete den Flug des Vogels mit einer weitausholenden Bewegung des Armes. Die Flügel ausbreitend schwang sich Tarek in die Lüfte, drehte bei, er hatte die Ratte entdeckt.

Dschafar und ich saßen reglos im Sattel, unsere Pferde berührten sich, und Dschafar hielt meine Hand in der seinen.

»Er wird sie fangen, Herr, gegen Tarek hat die Ratte keine Chance.«

Die Palmenratte schlug einen blitzschnellen Haken und huschte nach links. Witterte sie die Gefahr? Der Vogel, der noch immer seine Kreise zog, verlor langsam an Höhe. Erneut änderte die Ratte ihre Richtung, lief nach rechts, dann wieder nach links. Dschafar drückte fest meine Hand, ich betrachtete sein vollkommenes Profil; kein Muskel bewegte sich in seinem Gesicht. Plötzlich stürzte Tarek, wie ein strafender Pfeil, auf seine Beute herab, seine Klauen bohrten sich in ihre Flanken, sein Schnabel suchte nach den Augen, schon rührte sich die Ratte nicht mehr. Mit einem Druck seiner Knie trieb Dschafar sein Pferd vorwärts und lenkte es zu dem Falken.

»Hierher, auf die Faust, Tarek!« befahl er.

Der Falke hob verdutzt den Kopf, zögerte, das Blut, das aus den Wunden seiner Beute quoll, setzte rote Farbtupfer auf sein Gefieder, das fast einer Maske aus Granatsteinen glich.

»Hierher, auf die Faust!« rief Dschafar noch einmal.

Der Vogel breitete seine Schwingen aus und ließ sich auf dem Handschuh seines Herrn nieder. Da lächelte Dschafar.

»Hast du gesehen, Achmed, hast du meinen Falken gesehen? Er jagt zum erstenmal und läßt von seiner Beute ab, um mir zu gehorchen. Gib ihm seine Belohnung.«

Ich zog ein Stück rohes Fleisch aus dem Futtersack, Tarek entriß es mir mit einem Schnabelhieb. Dschafar stülpte dem Vogel die Kappe über, und wir kehrten im Schritt nach Bagdad zurück. Honig- und bernsteinfarben leuchtete der Himmel, und der Wind, der uns umspielte, roch nach Thymian und wildem Kümmel.

Als wir uns der Stadtmauer näherten, trieb Dschafar sein Pferd zum Galopp an. »Morgen«, rief er, »morgen werden wir mit dem Kalifen jagen. Dann wird sich zeigen, ob seine Falken es mit Tarek aufnehmen.«

Und mit einem wilden Schrei, den Vogel noch immer auf der Faust, sprengte er auf seinem weißen Pferd dem Kufa-Tor entgegen.

Ich blieb zurück, sah ihn auf die Lehmmauern zufliegen; seine weiße Silhouette, die sich deutlich von dem hanffarbenen Gemäuer abhob, schien mir ein Bild der Ewigkeit. Sanftmut und Gewalt, vollkommene Klarheit und grenzenlose Undurchsichtigkeit – Dschafar.

Am folgenden Tage, schon im Morgengrauen, herrschte emsiges Treiben im Falkengehege. Man richtete die Tiere für die Jagd des Kalifen her, hielt die bestickten Kappen, die Federbüsche und die ziselierten Vogelstangen bereit. Die Vögel, erregt durch den Lärm, senkten die Köpfe und schlugen mit den Flügeln. Ein Diener füllte einen Futtersack mit Brocken rohen Fleisches, Belohnung für die Falken. Der Geruch des Blutes ließ die Raubvögel unruhig auf ihren Stangen tänzeln – seit vierundzwanzig Stunden hatten sie keine Nahrung bekommen. Trotz der frühen Tageszeit war die Hitze schon groß und beißend der Geruch.

Dschafar trat ein, in Stiefeln und Jagdkleidern: über seiner gebauschten Hose ein blaues Hemd, in der Taille gerafft mit einem Ledergürtel; daran hing ein Dolch aus ziseliertem Gold, ohne Edelsteine, ein Jagddolch; auf seinem Kopf ein Turban vom gleichen Blau wie sein Hemd, schlicht und schmucklos; er wollte Tarek selbst für die Jagd vorbereiten. Der Falke erkannte ihn, wurde fiebrig. »Mein schöner Tarek«, sagte Dschafar und trat an den Vogel heran, der gleich auf seine Faust fliegen wollte. Ein Diener reichte Dschafar einen Handschuh, mein Herr streifte ihn über. Mit einem Satz sprang der Falke auf die ausgestreckte Faust, und seine Klauen gruben sich in das schützende Leder. Er breitete seine Schwingen aus und schüttelte sie.

»Ganz ruhig, mein Tarek, ganz ruhig, mein schöner Vogel«, sprach Dschafar. »Gleich kannst du dem Kalifen zeigen, wie gut du dein Handwerk verstehst.«

Draußen wurden die Pferde gesattelt; Dschafar sollte Harun vor dem Kalifenpalast treffen. Scharen von Dienern drängten sich im Hof vor dem Falkengehege. Das Tor aus Zedernholz, verziert mit geschnitzten Raubvögeln, umrahmte die hochgewachsene Gestalt Dschafars, den Falken auf der Faust.

»Auf die Pferde«, rief er, »der Kalif soll nicht warten!«

Tarek trug eine blaue, mit Perlen bestickte Samtkappe, auf dem Kopf einen Busch Kolibrifedern und am Bein eine Leine aus nachtblauem Leder, das mit winzigen Goldnägeln beschlagen war. Ein Diener führte Dschafars weißen Hengst am Zügel herbei, über dessen Rücken eine Satteldecke aus blauem, goldbefranstem Samt gelegt war; ein Vollblutpferd, nervös und störrisch, das sich nur der Hand seines Herrn beugte. Ich hatte es einmal zu reiten versucht, doch ehe ich mich versah, hatte es mich abgeworfen.

Wir schwangen uns in die Sättel, Dschafar ritt voraus, ich an seiner Seite, hinter uns Freunde, die mit uns jagen wollten, ihre Falken auf der Faust, die Diener beschlossen den Zug. Wir verließen den Palast, das Volk in den Straßen wich zur Seite, die Kinder drängten neugierig heran; man bestaunte die Vögel, die

Pferde, die Reiter. Die Frauen hinter ihren vergitterten Fenstern folgten Dschafar mit den Blicken und stellten fest, daß er wirklich so schön war, wie man sich erzählte. Er aber, Dschafar, sah niemanden. Aufrecht auf seinem Pferd, den Falken auf der Faust, hing er seinen Gedanken nach. Dachte er wohl, daß er nicht zu dieser Gattung von Menschen gehörte, nicht ihr Schicksal teilte? Langsamer Schritt der Pferde, Halbdunkel der Straßen, von schattenspendenden Palmen gesäumt, Spiel des Lichtes auf den Mauern aus Lehm, auf den Ständen der Händler, Früchte wie aus buntem Wachs, Gewürze in den Farben des Wüstensandes, und, hier und da, aus einem Brunnen sprudelnd, der Wasserstrahl einer Quelle, Tropfen, die den Staub benetzten.

Dort, wo sich grünliche Streifen durch das Grau des Wassers zogen, überquerten wir den Fluß. Der Sommer war fortgeschritten, wie Schädel ragten überall die Steine aus dem Wasser, rundgeschliffen von den Jahren im meergrünen Licht der Gräber. Hier, an diese Brücke, würde einst das Haupt Dschafars genagelt sein – den Raben, dem Wind und der Sonne preisgegeben.

Achmed hielt inne und murmelte ein Gebet. In der Menge herrschte tiefes Schweigen. Die Zuhörer standen noch ganz im Banne der Erzählung, einem Zauber, dem sich schon in grauer Vorzeit, seit den ersten Feuerstellen im Herzen der Wüste und den kurzen Sommernächten unter zahllosen Sternen niemand zu entziehen vermochte. Der Araber versteht es, zuzuhören, und sein Traum, der aus dem Wort erwächst, wird ihm vertraut, fruchtbar, zum Keim neuer Träume, neuer Hoffnungen, von Mund zu Mund weitererzählt, von Geste zu Geste, von Schweigen zu Schweigen. Achmed neigte sich dreimal zur Erde und fuhr fort.

Vor uns erhob sich der Wohnsitz des Kalifen, der Dar adh Dhaab, der Goldene Palast, umgürtet von seiner hohen Lehmmauer, die grüne Kuppel der Kubbat al Khadra, rund wie ein schützender

Bauch, und der goldene Reiter, gleich einer Verheißung der Ewigkeit. Harun ritt aus dem großen Bronzetor, umgeben von seiner schwarzgekleideten Leibwache aus Chorasan, gefolgt von den Falknern, den Dienern und einer unberittenen Schar. Das schwere Tor wurde geschlossen, die beiden Züge bewegten sich langsam aufeinander zu. Da trieb Dschafar sein Pferd an und ritt, eine Hand zum Herzen führend, allein dem Kalifen entgegen. Auge in Auge musterten sich die beiden Männer. Harun, klein eher und stämmig, auf seinem schwarzen Pferd, Dschafar, hochgewachsen, schlank, auf seinem Schimmel. Die Tiere schnaubten, warfen die Köpfe zurück; dicht hinter ihnen warteten schweigend die anderen.

»Mögest du den Morgen im Wohlsein verbringen, Dschafar«, sprach schließlich der Kalif.

»Und du im Frieden, o Beherrscher der Gläubigen!«

Da lächelte Harun, und es lächelte auch Dschafar; sie hatten sich erst vor wenigen Stunden verlassen, und ihrer beider Haut entströmte noch der gleiche Geruch.

»Das also ist dein Falke, Dschafar.«

»Ja, es ist Tarek«, erwiderte Dschafar; er bewegte die Hand, und der Vogel breitete seine Flügel aus.

»Wir wollen ihn Arim gegenüberstellen, komm, mein Freund, und begleite mich.«

Dschafar lenkte sein Pferd herum und ritt an der Seite des Kalifen. Der Sklave Haruns, ein großer, schweigsamer Schwarzer, und ich folgten ihnen, hinter uns die Garde.

Wir durchquerten Bagdad, mit Peitschenhieben teilten die Chorasaner die gaffende Menge. Dicht war der Staub um uns, unerträglich die Hitze, lästig die Fliegen, obgleich die Sklaven unentwegt ihre langen Fächer aus Straußenfedern schwangen. Tamburine ertönten in der Ferne, eine Stimme begann zu singen – eine Hochzeit, eine Geburt? Wir setzten unseren Weg fort. Die Tore des inneren Walls waren geöffnet, wir gelangten in den Raum zwischen den beiden Festungsringen, vor uns, jenseits des zweiten Tores, das unendliche Ocker, rötlicher Teppich unter dem Blau des Himmels. Ein leichter Wind strich durch das Buschwerk und spendete Frische, Ziegen stoben davon, gejagt von zwei fast nackten Kindern. Ein Hund folgte knurrend dem Pferd des Kalifen; der schwarze Diener hob seinen Säbel und durchtrennte mit einem Hieb seinen Nacken, der Hund sank lautlos zu Boden, wo er in Zuckungen verendete. Bald rührte er sich nicht mehr, und das Blut breitete sich rings um ihn aus, schwarz auf dem Rot der Erde.

Lange ritten wir dahin, ließen Bagdad weit hinter uns. Harun, Gefangener seiner Garde und seiner Sklaven, konnte nicht sprechen; bisweilen schaute er Dschafar an – sein Blick war nicht der eines Gebieters. Noch immer saß Tarek auf der Faust seines Herrn; er war schwer, doch Dschafar ermüdete nicht. Ein Diener hinter uns führte den schwarzen Falken des Kalifen auf einer Vogelstange aus Ebenholz mit sich. Arim trug eine schwarze, silberverzierte Seidenkappe, jede Feder seines Kopfschmuckes war mit einer Perle und einer kleinen Kugel aus schwarzem Onyx versehen; er drehte ständig den Kopf hin und her und schien nervös, Tarek dagegen bewegte sich nicht.

In einem Palmenhain, den wir durchquerten, sprudelte eine Quelle, deren Wasser in hölzernen Rinnen geführt wurde. Harun wandte sich an seinen Sklaven, er war durstig. Der Schwarze sprang vom Pferd und eilte zur Quelle. Mit einem goldenen Becher schöpfte er das Wasser und trug es zu seinem Herrn. Harun ergriff das Gefäß, trank und reichte es Dschafar. Ihre Hände berührten, ihre Blicke vereinten sich, und selbst als er trank, waren Dschafars Augen tief in die des Kalifen getaucht. Wie zwei Blinde hingen die beiden Männer voneinander ab, zwei Blinde, die sich beim Gehen stützen; strauchelt der eine, so glaubt der andere, sich nicht mehr aufrecht halten zu können, und groß ist sein Erstaunen, wenn er feststellt, daß er auch allein seinen Weg gehen kann.

Schließlich erreichten wir die Mulde, wo die Jagd stattfinden sollte. Ringsum spärlich bewachsene Hügel, Büschel vertrockneten Grases, ausgedörrte Kakteen und Felsen, Geröll, ein hauchfeiner Staub, der an unseren Lippen, unseren Lidern und am Fell unserer Pferde haften blieb. Ein Wind hatte sich erhoben, ein heißer und trockener Wind, der aus dem Süden kam, aus Arabien, dem Land, dem wir uns alle fünfmal täglich entgegenneigten, wie einer Verheißung. Die Falken wurden unruhig, selbst Tarek schüttelte den Kopf und breitete die Flügel aus, er ahnte den baldigen Flug, die Jagd, das Blut, die Belohnung. Die Pferde scharrten mit den Hufen, das Fieber der Tiere steckte uns an, versetzte auch uns in Erregung. Die Jagdtreiber schlugen den Erdboden mit ihren langen Gerten und stießen dabei rauhe, wilde Kehllaute aus. Die jüngsten Falken wurden von ihren Kappen befreit, sie erhoben sich in die Lüfte. Palmenratten und Kaninchen stoben davon, eine Trappe ergriff mit schwerem Flügelschlag die Flucht, die Raubvögel zogen ihre Kreise, warfen sich im Sturzflug nieder, die Abrichter eilten herbei, entrissen ihnen die Beute und hielten ihnen Brocken rohen Fleisches hin. Dschafar und Harun, ein wenig abseits, sahen zu. Der Augenblick war noch nicht gekommen, da sich Arim und Tarek messen sollten. Als Schutz gegen den Wind hatte man Arim einen Umhang aus schwarzer Seide am Hals befestigt. Tareks Gefieder war unbedeckt; Dschafar ließ sich eine silberne Vogelstange reichen, die mit einem kleinen Kissen aus blauem Samt gepolstert war, hängte sie an den Sattel seines Pferdes und setzte den Falken darauf.

Da endlich eilte ein Treibjäger herbei.

»Eine Gazelle, Beherrscher der Gläubigen, eine junge Gazelle!«

Gleichzeitig stießen Harun und Dschafar einen gedehnten Freudenschrei aus, sie streiften ihren Vögeln die Kappen und den Umhang ab und nahmen sie auf ihre Faust; die Falken bebten, sie streckten und beugten ihre kräftigen Krallen und warteten ungeduldig auf das Klicken der Haken, das sie von ihrer Leine befreien würde. Mit einem heftigen rauhen Schrei ließen der Kalif und mein Herr ihre Vögel frei, sie erhoben sich in die Lüfte, schwarze und graue Silhouetten, gleich Kormoranen über den Fluten. Als erster entdeckte Tarek die Gazelle, in langen, hastigen Sprüngen flüchtete sie gen Süden – bernsteinfarbene Silhouette, die sich aus dem flammenden Rot der Erde erhob, um ins Saphirblau des Himmels einzugehen. Auch Arim hatte sie jetzt gesehen, seine weiten Zirkel, die er noch über Tarek zog, wurden enger, je tiefer er schwebte; Tarek kreiste weiter, verlor aber noch nicht an Höhe.

»Arim!« rief Harun, aufrecht in seinen Steigbügeln, »auf, Arim!«

Dschafar verfolgte schweigend den Flug seines Vogels; ihm war heiß, Schweißperlen rannen aus seinem Turban über seine Schläfen bis hinab zu seinen Mundwinkeln. Gern hätte ich sein Gesicht getrocknet, doch ich durfte mich nicht bewegen. Harun beschattete seine Augen mit der Hand und stieß zornig einen Sklaven zurück, der ihm frische Luft zufächeln wollte. Arim, fast senkrecht über der Gazelle, zog seine Kreise immer enger. Tarek schwebte jetzt über Haruns Falken, schon sah ich keine Chance mehr für ihn, als erster die Beute zu fassen. Dschafar, die Finger in die Mähne seines Pferdes gekrallt, war völlig beherrscht, nur dann und wann durchlief ihn ein Schauder. Haruns Augen leuchteten, er lachte.

»Auf, Arim, auf!«

Doch da, wie ein Blitzpfeil, stürzte Tarek auf die Gazelle nieder, rasch und zielsicher bohrten sich seine Krallen tief in den Nacken des Tieres, und sein scharfer Schnabel suchte das Fleisch und das Blut. Harun war völlig unbeweglich, wie ein Standbild aus schwarzem Marmor. Noch bevor Dschafar seine Freude kundtun konnte, hatte ich mein Pferd neben das seine gelenkt; mir war der Blick des Kalifen nicht entgangen.

Dschafar hörte mich, ohne den Kopf zu wenden, ohne eine Regung zu zeigen, der Schweiß rann unvermindert über sein Gesicht, noch heftiger wohl als vorher. Mit festem Sporendruck lenkte er sein Pferd zu der Gazelle, die noch immer um ihr Leben kämpfte, im eigenen Blute sich windend. Arim zog weiter seine Kreise über der Beute, so als wisse er, daß für ihn, den Falken des Kalifen, die Stunde noch kommen müsse. Dschafar streckte seinen Arm aus.

»Hierher auf die Faust, Tarek!« befahl er mit knapper Stimme.

Der Vogel wühlte mit seinem Schnabel im Nacken der Gazelle und riß mehrere Fleischfetzen heraus; er drehte Dschafar seinen kleinen grauen Kopf zu, blinzelte mit den Augen und machte sich erneut gierig über die Beute her. Harun folgte uns und war jetzt wenige Schritte hinter uns.

»Tarek!« rief Dschafar noch einmal, »Tarek, her auf meine Faust!«

Der Vogel, wie von Sinnen, hörte schon nicht mehr, er grub seine Krallen noch tiefer in den Nacken seiner Beute, die heftig zuckte. Da sprang Dschafar vom Pferd und schritt auf den Falken zu. Tarek hatte begriffen, er lockerte die Krallen und ließ sich auf dem Lederhandschuh nieder, fügsam, unterwürfig, auf die Belohnung wartend, und seine Federn streiften fast liebkosend den Arm seines Herrn. Dschafar zog seinen Dolch, holte aus und köpfte den Vogel mit einem schnellen, gezielten Hieb. Der Kopf fiel zu Boden wie eine Frucht unter dem Ostwind, aus dem verstümmelten Körper spritzte das Blut auf Dschafars Arm. Mit seiner freien Hand riß er die Krallen des Falken aus dem Leder und schleuderte den Vogel zu Boden. Dann, ohne einen letzten Blick für Tarek, lenkte er sein Pferd neben das des Kalifen.

»Ein Falke, der nicht folgt, ist ein schlechter Falke und verdient es nicht, auf die Jagd geführt zu werden.«

Harun lächelte, sein Blick war freudig und hart zugleich, erstarrte Maske voll grenzenlosem Hochmut. Zum erstenmal sah er Dschafar demütig – Trugbild von Macht, er triumphierte. Mein Herr hatte den Blick abgewandt, den Rücken leicht gebeugt, und ich allein gewahrte die Träne, die aus seinem Auge quoll, um sich mit dem Schweiß auf seinem Antlitz zu vermengen. Nie zuvor hatte ich Dschafar weinen sehen, und jede Faser meines Körpers weinte mit ihm.

In diesem Augenblick stürzte Arim auf die Gazelle nieder, die sich noch einmal schwach wehrte, und begann im offenen Nacken des Tieres zu wühlen. Der schwarze Sklave rief den Vogel, er ließ sich auf der Stange nieder, erhielt seine Belohnung.

Wir kehrten schweigend nach Bagdad zurück. In seinem Palast wollte Dschafar allein sein, und er behielt nur mich an seiner Seite. Er war noch immer schweigsam. Sein gekränkter Stolz, das wußte ich, quälte ihn ebenso wie der Verlust seines geliebten Vogels. Er hatte sich mit dem Kalifen messen wollen, und jetzt, da er verloren hatte, mußte er einsehen, daß sein Kampf ohne Hoffnung war.

Ich brachte ihm Wein und Früchte, die er unberührt ließ; er wollte im Freien schlafen, auf der Terrasse, das Gesicht dem Himmel zugewandt. Vor der Tür seiner Gemächer, die auf den Innenhof blickten, lauschte er versunken dem Plätschern des Brunnens, und seine Finger glitten sanft über eine Gebetskette, wobei sie jeden Stein einzeln liebkosten. Es war noch früh, die Sonne begann zu sinken, in ihrem Lichte schimmerten die Blumen der Mosaiken wie in einem lebenden Garten.

»Achmed, ich möchte ein Gedicht hören«, sprach mein Herr.

Ich trug ihm Verse vor, Verse, die von der Liebe erzählten und nicht vom Krieg. Dschafar wurde ruhiger, ganz langsam entspannten und belebten sich seine Züge; die Worte der Liebe gaben ihm neue Zuversicht. Er wußte, und ein Lächeln spielte um seine Lippen: was er verloren hatte, würde er tausendfach zurückgewinnen, bis dieses Spiel ein Ende fand. Dann würde er die Tafel verlassen und gehen, hierhin oder dorthin, was bedeutete es ihm schon? Eines nur war sicher: Nie wieder würde der Kalif über seine Tränen gebieten, nie wieder. Am Rand des blauen Beckens beendeten wir gemeinsam das Gedicht von Abu Nuwas, dem Goldenen Dichter, Freund Dschafars und der Barmakiden:

Er trug mir edlen Wein herbei, klar wie die Träne, die aus dem ungeschminkten Auge über die Wange rinnt.

Der Wirt schenkte mir ständig nach, und ich trank an der Seite eines wunderschönen Mädchens.

Es sang und sang, und die Schmach blieb vor der Tür.
Laß sie draußen, die Schmach, denn die Schmach treibt nur zum Trinken an.

Wir lachten zusammen.

»Bring mir Wein«, rief Dschafar, »und laß uns trinken!«

Der Wein war kühl und herb, der Mund Dschafars feucht und weich. Ich trat zu ihm.

»Auf das Wohl des Kalifen, möge Allah ihm seinen Schutz gewähren!«

Dschafar begann laut zu lachen, und sein Lachen flößte mir neues Leben ein.

»Auf das Wohl des Kalifen, Achmed, möge Allah ihm Liebe und Ruhm schenken und mir, Dschafar, Zeit, Geduld und Sieg!«

Hinter uns ein Geräusch, wir fuhren herum. Dschafar stieß gegen seinen Becher, etwas Wein rann zu Boden und färbte den Vogel auf dem Mosaik purpurrot, ein Blutfleck auf seinem Gefieder, auf der Höhe seines Nackens, ein Fleck nur.

»Ein Diener des Kalifen wünscht dich zu sprechen, Herr.«

Der Mann, aufrecht, stolz, ganz in Schwarz gekleidet; wir kannten ihn, es war ein Bote, der Dschafar häufig Meldungen vom Kalifen überbrachte.

»Der Kalif, unser Herr, wünscht dich zu sehen, Dschafar, Sohn des Jahja.«

Dschafar war sitzen geblieben, seine Hand spielte im kühlen Wasser des Brunnenbeckens, er lächelte.

»Melde deinem Herrn, ich sei erschöpft. Die Sonne war zu brennend heute, mich fiebert, ich will mich ausruhen.«

Der Diener verbeugte sich, sein Gesicht zeigte keine Regung, kein Erstaunen. Er verließ rückwärts gehend den Raum, schwarzer Schatten auf dem leuchtenden Weiß der Mauern. Ich wartete einen Augenblick.

»Herr, glaubst du nicht . . .«

Dschafar fiel mir ins Wort.

»Hat mich der Kalif nicht eben noch wissen lassen, daß er der Gebieter ist? Nun, jetzt soll er auch wissen, daß er mich begehrt. Wenn der Mensch in sein Inneres schaut, so muß sein Blick frei sein von Selbstgefälligkeit.«

Der Abend war mild, Dschafar wandelte mit Freunden durch seine Gärten und speiste allein, dann trat er hinaus auf die Dachterrasse und rief die Musikanten zu sich. Unter der Heiterkeit des Sommerhimmels nahm sich die Melodie wie eine Klage aus, schmerzvoll und zerreißend, die ewige Sehnsucht nach einer heftig begehrten und doch stets sich entziehenden Freiheit, ein Ruf ohne Ende. Dschafar, auf einen Arm gestützt, grübelte; der Wind war lau, und die Gerüche der Stadt stiegen auf, stoßweise, schwer, niederdrückend, wie Atemzüge. Plötzlich, von Minarett zu Minarett, kurz, abrupt, gebieterisch, der Ruf zum Abendgebet. Die kräftigen, schrillen Stimmen der Muezzins antworteten einander, verquickten sich, erstarben, der Nacht entgegen, mystisch und absolut. Dschafar und ich neigten uns, die Musikanten hatten aufgehört zu spielen und verrichteten hinter uns ihr Gebet, der ganze Palast, dem Süden zugewandt, würdigte das Schweigen Allahs.

Zu später Stunde, als wir schon schliefen, erschien der Bote Haruns aufs neue. Ich weckte Dschafar, der eine Schriftrolle, versehen mit dem Siegel des Kalifen, entgegennahm. Welche Botschaft mochte dieser nächtliche Brief enthalten, eine weitere Demütigung vielleicht? Nur diese wenigen Zeilen: »Ich hoffe auf deine Genesung und dein Erscheinen im Palast morgen früh zur Ratsversammlung. Möge Allah dir, mein Bruder, eine Nacht im Frieden bescheren.«

Dschafar las den Brief und schickte den Boten zurück:

»Melde deinem Herrn, daß ich morgen an seiner Seite sein werde. Allah möge auch ihm eine friedliche Nacht schenken.«

Dschafar lächelte im Schlafe; ich trat an sein Lager und drückte meine Lippen auf die seinen, er aber rührte sich nicht einmal.

Am folgenden Tag erwartete Harun meinen Herrn im Ratssaal, er erhob sich nicht, streckte ihm nur die Hand entgegen, Dschafar küßte sie, und alles war vergessen. Jahja und Fadl waren anwesend, außerdem die persönlichen Berater des Kalifen, eine Schar von Untertanen, Höflingen, Bittstellern, und alle sahen, als Dschafar neben dem Kalifen Platz nahm, daß die Blüte ihrer Freundschaft noch nicht verwelkt war. Ganz hinten im Saale stand ein Mann, der Dschafar mit haßerfüllten Augen musterte; es war Fadl al Rabi, der Syrer, der Feind der Barmakiden.

Nach der Ratssitzung bat Harun meinen Herrn, ihn in die Gärten zu begleiten, wo er lustwandeln wollte. Dschafar wußte, daß Harun den Grund seiner Abwesenheit am Vorabend durchschaute, und Harun wußte, daß er nachgegeben hatte. Doch wie versöhnlich sie sich auch heute noch zeigten – ich ahnte schon, welche Gewalttätigkeit einst aus ihrer Liebe hervorbrechen würde. Den Kalifen vermochte niemand zu besiegen.

Harun hatte seine Hand auf den Arm Dschafars gelegt.

»Deine Abwesenheit hat mich geschmerzt, Dschafar, und dein Fieber hat in mir gebrannt. Es bekümmert mich, dich krank zu wissen.«

»Imam, es wäre mir unerträglich gewesen, ermattet vor dir zu erscheinen, auch wünschte ich, ausgeruht zu sein, um mich dir heute abend gänzlich widmen zu können. Laß uns zusammenbleiben, eine unvergeßliche Nacht, ich habe ein Geschenk für dich.«

»Willst du mir verraten, was es ist, Dschafar?«

»Herr, erlaube mir, daß ich schweige. Begleite mich heute nacht durch Bagdad, dann will ich es dir übergeben, und du wirst sehen, es ist deiner würdig.«

Bei den Rosen war Harun stehengeblieben, er wandte sich meinem Herrn zu, und da er von kleinerem Wuchse war, mußte er den Kopf heben, um ihm in die Augen zu sehen.

»Ich werde an deiner Seite sein, Dschafar, die ganze Nacht. Wir wollen uns in der Dämmerung treffen, nach dem Gebet. Wirst du mich im Kaufmannsgewande erkennen?«

»Ich erkenne dich immer, Herr, denn ich bin nichts als ein Teil deiner selbst, dein Schatten, deine Erinnerung, deine Hoffnung. Ich selbst werde als einfacher Bürger von Bagdad gekleidet sein, denn nur zwei Freunde aus dem gewöhnlichen Volk können sich an den Ort begeben, an den ich dich führen will.«

Mehrere Höflinge, die ihnen gefolgt waren, hatten sie jetzt eingeholt; mein Herr trat ein wenig beiseite.

»Dschafar!« sprach der Kalif.

»Ja, Herr?«

»Friede sei mit dir. Ich sehe dich heute abend.«

Nur für die Dauer eines Atemzugs trafen sich ihre Blicke, ich allein konnte lesen, was alles darin geschrieben stand. Dschafar verneigte sich und ging.

»Welcher Art ist das Geschenk, das du dem Kalifen machen willst, Herr?« fragte ich auf dem Heimweg.

»Du wirst es heute abend sehen, Achmed, und selbst du wirst entzückt sein.« Er lachte. »Ja, selbst du.«

Nächtliches Bagdad, fast wie heute, nur die Angst fehlte, der Argwohn. Die Mauern waren unversehrt, noch hatte der Wind des Hasses nicht seinen Atem darauf gehaucht. Wir waren zu viert, der Kalif, sein sudanesischer Sklave, mein Herr und ich, zwei Kaufleute, die, begleitet von ihren Dienern, plaudernd durch die Straßen schritten. Haruns Kufija, die seinen kurzen braunen Bart einrahmte, wurde von einem schwarzen Leinenband gehalten; mein Herr war barhäuptig. Wir waren schon bald eine Stunde unterwegs, Harun wollte jede Gasse, jeden Markt sehen, hielt vor den Läden mehrerer Handwerker an, stellte Fragen. Junge Burschen, die in dem kleingewachsenen, wohlriechenden Herrn mit den gepflegten Händen einen reichen Käufer sahen, folgten uns, um ihre Ware anzupreisen. Der Sudanese verscheuchte sie mit einem Blick. Dschafar hatte bereits Duftessenzen aus grauer Ambra gekauft; jetzt blieb er vor einem Laden stehen, wo in runden Gefäßen aus bläulichem Glas Pulver zum Verkauf auslagen. Hinter dem Stand kauerte ein Greis, er deutete lachend mit dem Finger auf die Behältnisse und sagte etwas, das wir nicht verstanden. Dschafar trat näher, fragte, brach auch in Lachen aus.

»Kauf mir von diesem Pulver, als Dank für mein Geschenk an dich, und ich will dich die ganze Nacht glücklich machen.«

Harun lächelte.

»Du bedarfst seiner Hilfe nicht, Dschafar, um mich glücklich zu machen, doch laß es uns versuchen, wenn du es wünschst.«

So kaufte er ein Gefäß mit diesem gelben Staub und übergab es dem Sudanesen.

»Möge Allah deine Schönheit erhalten«, sprach der Greis, und seine Hand schloß sich um die Münzen, die Dschafar ihm reichte, »mehr als alle meine Pulver, als jeder Liebestrunk macht sie die Augen leuchten.«

Da schaute Harun meinen Herrn an, so wie man ein Kleinod betrachtet.

»Wohin führst du mich jetzt, mein Freund?«

Dschafar legte die Hand auf seine Schulter.

»Ich führe dich an einen Ort, an den du dich stets mit klopfendem Herzen erinnern wirst. Komm.« Und alle vier eilten wir durch die nächtlichen Straßen zum Viertel der persischen Juwelenhändler.

Der Laden war klein, finster; Dschafar klopfte an die Tür. Ein Augenblick Stille. Ein Esel oder Maultier stieß mit dem Huf gegen die Holztür zu unserer Linken. Ein Nachtvogel schrie. Dschafar klopfte ein zweites Mal. Dann endlich erschien ein kleiner, magerer Mann in der Tür, barfüßig, in ein Gewand aus weißem Leinen gekleidet, und öffnete uns. Er hielt eine Öllampe in der Hand, und seine Augen blinzelten in dem schwachen Lichte. Er musterte uns, erkannte meinen Herrn, führte eine Hand an sein Herz und wollte den Saum seines Umhangs küssen. Mit einer Geste hielt ihn Dschafar zurück. Der alte Mann murmelte ohne Unterlaß: »Welche Ehre, oh, welche Ehre!« Er trat beiseite und ließ uns ein. Ein quadratischer Raum, der Boden aus gestampftem Lehm, ein Ladentisch mit einem bestickten Teppich bedeckt, eine Truhe, zwei Schemel, auf einem Dreifuß eine Kupferplatte, worauf Gläser und eine kupferne Teekanne standen – bescheidene Einrichtung eines kleinen Händlers.

»Was verschafft mir die Ehre deines Besuches, Herr?« fragte der alte Mann mit unzähligen Verbeugungen.

»Deine Tochter ist da, Chalid? Mein Freund wünscht sie zu sehen.«

Der kleine Mann wich zurück, so als suche er Schutz.

»Meine Tochter? Meine Aziza, Herr? Du weißt, sie darf keinen fremden Mann auf ihrem Zimmer empfangen.«

»Führe uns zu ihr, Chalid, du wirst es nicht bereuen, weder du noch deine Frau, auch deine Tochter nicht; Reichtum und Ehre sind euch sicher.«

»Nein, großer Herr, meine Tochter ist noch so jung! Es ist unmöglich.«

»Chalid«, sagte Dschafar schroff, »führe uns zu deiner Tochter! Später wirst du verstehen und mir ewig dankbar sein.«

»So sei es denn, großer Herr«, erwiderte Chalid mit bebender Stimme. Er hob den Arm und beleuchtete die schmale Stiege, die hinter dem Ladentisch hinaufführte. Dschafar ging voran, Harun, sein Diener und ich folgten ihm. Vor einer blaugestrichenen Holztür hielt Chalid an.

»Hier ist es, großer Herr, aber sie schläft.«

»Weck sie auf.«

Der Vater trat allein ein. Es dauerte nicht lange, da öffnete sich die Tür aufs neue.

»Tritt ein, Herr, du und dein Freund, meine Tochter erwartet euch. Seid geduldig mit ihr, sie ist noch so jung!«

Er stellte die Lampe am Boden ab und ging. Ich blickte ihm nach und sah eine beleibte Frau mit rotem Haar, gewiß seine Gemahlin; sie schien fassungslos. Zusammen entfernten sie sich. Dschafar trat ein, sprach einige Worte mit dem Mädchen, das auf einem schmalen Bett saß, dann machte er einen Schritt zur Seite, und wir sahen es alle. Die Schönheit dieses Kindes war verblüffend, unvergleichlich. Harun murmelte ein paar bewundernde Worte.

»Sieh es dir an, mein Geschenk«, sprach Dschafar, »ist es nicht eines Königs würdig?«

Aziza starrte uns an, ihre Augen waren voller Entsetzen. Sie war vierzehn Jahre alt, fünfzehn vielleicht; sie hatte mattblondes, fast rötliches Haar und unglaublich große Augen, grün und golden zugleich. Ihre Nase war klein und gerade, ihre Lippen voll, ihre Zähne winzig, wohlgeformt und schneeweiß.

»Steh auf, Aziza«, sagte Dschafar mit sanfter Stimme, »und hab keine Angst, dieser Mann will dir nur Gutes, er ist mein Freund.«

Das junge Mädchen erhob sich, es war hochgewachsen, schlank, sein halbdurchsichtiges Nachtgewand ließ einen makellosen Körper erahnen, runde Schenkel, schmale Hüften, pralle, spitze Brüste und einen zierlichen, geschmeidigen Hals. Es zitterte ängstlich, wie ein in die Enge getriebenes Tier.

»Leg dein Kleid ab«, befahl Harun, »ich will dich besser sehen.«

Die Kleine schüttelte den Kopf, Dschafar nahm sie bei der Hand.

»Gehorche, Aziza, dieser Mann wird dein Herr sein, und er ist der beste Herr, den du jemals haben könntest.«

Da streifte Aziza ihr langes weißes Hemd über den Kopf und stand im flackernden Licht der Lampe ganz nackt vor uns. Mit beiden Händen ihr Gesicht bedeckend, brach sie in Tränen aus. Harun schien verwirrt, er starrte sie eine Weile wie geblendet an, dann sagte er mit einer Stimme, so sanft, wie ich sie nie gehört hatte:

»Du kannst dich wieder anziehen, Aziza, und von heute an wirst du dein Kleid nur noch für mich ablegen.«

Die Kleine gehorchte, sie hatte noch immer keinen einzigen Ton hervorgebracht. Harun trat auf sie zu, er wagte kaum, sie zu berühren.

»Du bist schön, Aziza, und du sollst mir allein gehören. Nie wirst du diesen Tag bereuen, ich verspreche es dir. Und nun trockne deine Tränen.«

Und, an seinen schwarzen Sklaven gewandt, sprach er mit der üblichen, trockenen, befehlenden Stimme:

»Führe sie in den Palast und laß sie von den Frauen herrichten, morgen abend schon möchte ich mich an ihr erfreuen.«

Der Sudanese nahm das Mädchen am Arm, er tat es mit erstaunlicher Sanftheit – was seinem Herrn teuer war, das war auch ihm das höchste Gut. Aziza wehrte sich nicht, sie war völlig verstört.

Am Fuß der Treppe warteten der Vater und die Mutter. Sie hatten gesehen, wie ihre Tochter das Haus verließ und rangen jammernd die Hände. Aus den Falten seiner Abaja zog Dschafar einen Lederbeutel, der nicht leicht zu sein schien, und reichte ihn dem Vater.

»Hier, nimm«, sprach er, »es ist eine erste Entschädigung für die Dienste deiner Tochter; du wirst noch mehr Gold erhalten, wenn Aziza dem Kalifen ganz gehört.«

Sprachlos wichen die beiden beiseite und ließen uns gehen. Der Vater hatte den Beutel mit dem Gold ergriffen und hielt ihn an seine Brust gepreßt.

Draußen auf der Straße nahm Harun Dschafar am Arm.

»Dieses Kind ist in der Tat ein einzigartiges Geschenk, Dschafar, und ich danke dir dafür. Sag mir, wie hast du es gefunden?«

»Azizas Eltern sind Perser, die meiner Familie schon seit Generationen dienen. Der Vater ist Juwelenhändler, er bietet mir von Zeit zu Zeit Schmuckstücke für meine Konkubinen an und sucht mich im Palast auf. Vor wenigen Wochen kam er in Begleitung seiner Tochter. Ich war sogleich von ihrer Schönheit betört und beschloß, sie für mich zu erwerben, dann aber dachte ich, daß sie deiner würdig sei. Ich biete sie dir als Liebesgabe an, sie wird dir einen Sohn schenken, und ich, Dschafar al Barmaki, will sein Vormund sein. Die Königin Zubaida bevorzugt für ihr Kind meinen Bruder Fadl. Der Sohn der Aziza soll mein Mündel sein.«

Jetzt begriff ich, warum Dschafar die schöne Perserin nicht selbst besitzen wollte, sondern in das Bett des Kalifen trieb: Das Herz seines Herrn sollte fortan gespalten sein zwischen unserer

Rasse und der seinen – endgültig und für immer. Aziza war seine Antwort auf Zubaida, ein Schutz für sich selbst und sein Geschlecht.

Ich kehrte mit Harun und Dschafar zum Palast des Kalifen zurück; ich würde die Nacht allein verbringen, das wußte ich. Harun würde meinem Herrn für dieses königliche Geschenk danken wollen.

Ich schlief mit dem Sudanesen vor der Tür des Kalifengemachs. Dschafar verließ den Palast erst im Morgengrauen, er schien glücklich.

Achmed verstummte, hob den Kopf und blickte in den Kreis der Menschen, die ihn umgaben.

»Geht jetzt und laßt den Greis mit seiner Erinnerung. Möge Allah euch eine friedvolle Nacht schenken.«

So wandte ein jeder sich ab und entschwand im Dunkel der Nacht.

Fünfter Abend Achmeds

Nahe der Mauer, an die Achmed sich zu lehnen pflegte, standen schon vereinzelte Gruppen, er aber, Achmed, war nicht da. Gleichwohl hatte die Nacht schon begonnen, andere Erzähler hockten am Boden und ließen mit ihren großen Träumen den nächtlichen Wind erschaudern. Ringsum die Kohlenbecken: Jongleure, Schlangenbeschwörer, Magier, die Raum, Abenteuer und Zeit erfanden. Der Himmel Bagdads stieg mit seinen glitzernden Sternen herauf, der Mond trat hervor, um den goldenen Reiter zu betrachten, unwandelbar, hieratisch, strahlend gegen das tiefe Blau des Himmels. In großen Kesseln kochten die Straßenhändler Hammelfleisch mit Gemüsen und Gewürzen; ihre Kunden verzehrten es stehend, stets getrieben, einem anderen vergänglichen und magischen Ziel entgegenzueilen. Die arabische Sprache, schöpferisch, präzis, poetisch und derb, verlieh dem großen Platz von Bagdad allabendlich für wenige Stunden neues Leben, ein Leben, in dem nichts unmöglich war. Da endlich, auf die Schulter eines Kindes gestützt, den Körper zur Erde gekrümmt, so als neige eine zu schwere Frucht den Zweig seines Greisenalters, erschien Achmed. Die Menge wich beiseite, machte ihm Platz, schweigend und voller Achtung vor diesem Greis, der Zeuge einer anderen Epoche, einer anderen Weise zu lieben war, einer Zeit, da der Kalif noch in Bagdad residierte und ihm sein Leben gab. Wind und Regen hatten den Festungsgürtel, die Paläste abgenutzt, der Lehm war rissig geworden und ließ die Winde von Ost und West hindurchfegen; und vom Goldenen Palast Haruns standen nur noch die hohen weißen Marmormauern, Schweigen und Vergessen umschließend.

Da also ließ Achmed sich zu Boden sinken, sein zusammengesackter Körper schien in die Erde eindringen zu wollen. Das Kind, das den alten Mann begleitete, nahm an seiner Seite Platz; den Kopf auf die Hände gestützt, die Augen weit geöffnet, lauschte es.

Fadl al Barmaki hatte in den aufständischen Provinzen Persiens große Erfolge errungen. Er hatte den alidischen Rebellen, Jahja ben Abd Allah, den großen Helden, bezwungen, der bei dieser Begegnung sein Freund geworden war. Gegenseitige Achtung sollte den Anführer der Rebellen für immer mit den Barmakiden vereinen, sie, die verliebt waren in die Freiheit und unendlich nachgiebig gegen all jene, die sie bewunderten. Jahja ben Abd Allah wurde in Persien geliebt und gehaßt in Bagdad. Fadl al Rabi, der Syrer, der sich mit allen Mitteln dem Kalifen zu nähern suchte und der meine Herren haßte, wollte Harun zur Rache aufhetzen, um Blut mit Blut reinzuwaschen. Fadl der Barmakide dagegen hatte dem Kalifen in langen Gesprächen seinen Standpunkt klargemacht, und Harun, sein Milchbruder, sein Freund, hatte ihm vertraut. So war Fadl al Barmaki aufgebrochen, und er kehrte heim mit dem Frieden und mit einem Besiegten, der sich freiwillig nach Medina zurückzog, um nie wieder zu kämpfen, ein Gefangener seines Wortes.

Das Ansehen Haruns wuchs bis an die Grenzen seines Reiches und weit darüber hinaus. Von der Königin Zubaida ward ihm ein Sohn geboren, Muhammed al Amin, und Fadl wurde sein Vormund. Kurz zuvor hatte Leila, die Tochter Dschafars und der Afghanin, das Licht der Welt erblickt. Dschafar maß diesem Ereignis wenig Bedeutung bei, und Amina war verbittert; auch sie wollte ihrem Herrn einen Sohn schenken.

Aziza war schwanger. Die schöne Perserin, vom Kalifen geliebt, war meinem Herrn fast zärtlich zugetan. Zwei Kalifen sollte sie der Gemeinde der Gläubigen mit ihren Söhnen und zwei weitere mit ihren Enkeln schenken. Wahre Leidenschaft empfand Harun für keine andere Frau als Aziza, und auch sie liebte nur ihn – demütig vor der mächtigen Königin Zubaida und stark vor dem Kalifen. Friede herrschte in Bagdad, die Brunnen sprudelten in den Gärten, und die Dichter am Hofe schenkten den Menschen die Schönheit ihrer Poesie und die Musik ihrer Gedanken. Dschafar, mit Ehren überhäuft, gaukelte Harun das Trugbild der Unsterblichkeit vor; betört von meinem Herrn, glaubte er, wie Dschafar zu sein, schön, klug, erhaben, unangreifbar. Und weil sie dem Kalifen nur Genugtuung und Vergnügen bereiteten, waren die Barmakiden die wirklichen Herrscher von Bagdad.

Und doch veränderte sich Harun allmählich: Seine Frömmigkeit, die seit jeher groß gewesen war, wurde bedingungslos. Er hörte immer häufiger auf den haßerfüllten kleinen Syrer, der ihm mit jedem seiner Worte das Gift des Mißtrauens ins Herz zu träufeln suchte, ihm einflüsterte, daß er, der Kalif, nur dann der größte, der mächtigste aller Herrscher der Welt sein könne, wenn er sich von seinen Leidenschaften löse, niemandem als Gott untertan, dessen Vertreter auf Erden er war. Mit keinem Wort erwähnte er die Barmakiden, doch der Weg zu Ruhm und Heil, den er Harun wies, hatte keinen Platz für sie. Der Kalif lauschte ihm kaum und hörte ihn doch. Die Vorstellung einer Trennung von Dschafar war ihm nicht mehr gänzlich fremd, und als in Syrien aufs neue Unruhen aufflammten, forderte Harun meinen Herrn auf, sich dort Ruhm zu erkämpfen.

Also brachen wir auf. Am Vortag unseres Abmarsches weinte der Kalif, verstört durch die nahe Trennung. All seine Stärke war dahin, das Staatssiegel hätte er gegeben für den Körper Dschafars, für seine Haut, für seinen Geruch, die Zartheit seiner Lippen, die Kraft seiner Arme. Er schlug einen Stellvertreter vor, einen General, der statt meines Herren fortziehen sollte, doch Dschafar ließ sich um der Launen eines Geliebten willen nicht von einem so ehrenvollen Auftrag abbringen. Zudem trieb ihn seine eigene Familie zum Aufbruch, sah sie doch in seiner Trennung von dem Kalifen mehr Sicherheit für sich selbst. Fadl hatte einen Sohn, Al Abbas, den wollte er friedlich im Ksar al

Tin, dem Palast der Barmakiden, aufwachsen sehen. Er glaubte, der Haß des Syrers würde in Abwesenheit Dschafars von selbst erlöschen, wie eine Lampe ohne Öl.

Das Heer, das Dschafar folgte, war gewaltig, der Kalif selbst begleitete meinen Herrn bis weit hinter die Stadtmauern, dann, unvermittelt, riß er die Zügel herum und sprengte im Galopp nach Bagdad zurück. Dschafar lächelte. Lang war der Weg, wir ritten voran, gefolgt von der arabischen Kalifengarde auf Pferden und auf großen sandfarbenen Rennkamelen; sie alle waren in Schwarz gekleidet, Farbe der Abbasiden – Farbe der Rache. Es folgte die Kavallerie, türkomanische, iranische, afghanische, ägyptische, sudanesische Söldner, die Fußsoldaten, die Diener und das Gepäck, die Karren, die Esel, die Maultiere, beladen mit Lebensmitteln und Wasser. Dschafar führte seine persönlichen Diener mit, sein Geschirr, sein Zelt mit Teppichen und kostbaren Stoffen, seine Musikanten, seine Astrologen. Nichts hatte er davon erbeten – Gefangener war er seiner Herkunft und seiner Reichtümer – und um sich frei zu fühlen, ritt er abseits. Dschafar und ich sprachen von vergangenen Zeiten, von unserer gemeinsamen Liebe zur Poesie und Kunst, von unserer Zukunft. Ich genoß jeden Augenblick unserer Zweisamkeit.

Die Tage verstrichen, wir zogen weiter gen Westen und passierten die syrische Grenze. Die Reiter waren erschöpft, die Fußsoldaten staub- und lehmbedeckt, wir alle sehnten uns nach einer Rast, doch es galt zu kämpfen.

Unaufhörlich weichende Horizonte und stets die Möglichkeit eines Angriffs, wann und woher, das wußten wir nicht. Jedes Dorf, das wir durchquerten, konnte eine Falle sein, jede Wasserstelle, jedes Nachtquartier war ein Ort der Angst. Wir schliefen, das Antlitz gen Osten gerichtet, um besser den Schimmer der ersten Morgenröte zu gewahren, die Nacht war unser Feind. Dschafar erzählte mir von Damaskus, voll freudiger Erwartung dachte er an unser erstes Gebet in der großen Moschee der Omaijaden; wir würden die Vorhalle durchqueren, über Steine schreiten, die abgerundet waren von der Zeit, würden den Blick zum

Minarett erheben, hinter dem Querschiff, verziert mit Mosaiken und kostbarem Marmorschmuck. Doch das Ziel lag noch weit. In der Wüste, die wir durchquerten, bedeutete jeder Morgen eine neue Hoffnung. Da unser Heer eng zusammenbleiben mußte, bewegten sich Kamele und Pferde nur langsam voran – stur und gleichmütig gegen den flammenden Schild der Sonne. Die arabischen Krieger saßen aufrecht in ihren Sätteln. Was nahmen ihre Blicke wahr? Ihre Zukunft war doch allein der Kampf, ihre Erinnerung nichts als die endlosen Sanddünen und die Oasen, wo Quellen sprudeln und Palmen Frische spenden. Abends reckten sich unsere überlangen Schatten gen Bagdad, an den nächtlichen Feuern spielten die Musikanten, und die Männer, das Kinn auf die Hand gestützt, ließen ihre Gedanken wandern. Schwarze Frauenaugen tauchten in ihren Träumen auf, Lachen auch und die keuchenden Laute der Sinnenlust. Dann entrannen ihren Kehlen leidenschaftliche und schwermütige Weisen, welche die Nacht in alle Winkel ihrer Erinnerung zurückwarf. In Damaskus, in Damaskus, so Allah wollte . . .

Dann endlich der erlösende Kampf, Feuer und Schmerz, die vom Traume befreien und zum Vergessen zwingen. Dschafar, der verhandeln wollte, mußte sich verteidigen, und er verteidigte sich gut: Die Rebellen flohen, wir brannten alle Dörfer nieder, die ihnen als Versteck hätten dienen können, läuterndes Feuer, friedlich in seiner Grausamkeit, der Wüstensand verwischte alles.

Ermutigt durch diesen ersten Erfolg wollte Dschafar unseren Vormarsch beschleunigen, den Gouverneur, die Würdenträger und die Geistlichen von Damaskus unverzüglich aufsuchen. Wir ließen das Heer zurück und eilten mit der Kalifengarde voraus. Der Wüstenwind blähte die schwarzen Standarten auf, und der Staub löschte sie aus, Sinnbild der vergänglichen Macht aller großen Geschlechter.

Dschafar ritt als erster in Damaskus ein, doch bevor er sich zum Gouverneurspalast begab, betete er mit mir in der Moschee der Omaijaden. Hinter ihm, zu seinem Schutze, die arabische

Leibgarde, beflissene Wächter eines Mannes, den sie nicht liebten, nicht aus persönlichem Haß, sondern weil sie von anderem Blute abstammten. Beim Betreten der Gebetshalle stockte uns der Atem, Dschafar drehte den Kopf hin und her, fast wie ein Kind. Ein Märchenwald, in Mosaiken versteinert, breitete sein Astwerk über Traumstädte aus, wo Feuervögel Wache hielten, ein ganzes Universum, befreit durch den Propheten, drängte sich um große Kupferlüster, die leuchteten wie Sonnen. Tiefe Stille, Duft von glimmendem Räucherwerk und von Zedernholz, Halbschatten, der auf dem warmen Rot der Teppiche sanft zu schimmern begann, mythische Traumwelt, die gleich einem Gestirn um die Vorstellung kreiste, die sich die Menschen von Gott machen, fern und doch nah, Erinnerung oder Hoffnung der Liebe. Ein Greis kniete nieder zum Gebet, und das Licht, das auf seinen wollenen Umhang fiel, machte ihn zum Schenker und Beschenkten einer Opfergabe, Überbringer von Worten, die aus den Urtiefen der Zeit in die Ewigkeit der menschlichen Einsamkeit aufstiegen. Die Geräusche der Welt verstummten in der großen Bethalle der Moschee, und zum allerersten Mal nahm Dschafar die Stille wahr.

»Friede sei mit dir«, sprach er zu mir.

Wir blickten uns an.

»Ich werde dich nie verlassen, Herr«, murmelte ich.

»Schweig«, erwiderte er, »wir werden uns eines Tages trennen.«

Und er neigte sich zum Gebet.

Das Gastmahl im Palast des Gouverneurs war üppig. Ganze Hammel drehten sich in den Gärten am Spieß, und der Geruch des Holzes und der Kräuter drang in den Saal, wo die Geladenen sich an Kissen aus Samt und Seide lehnten. Fackeln spendeten das Licht, das die großen Kupferplatten umspielte, auf denen Diener, in weißen Gewändern mit blauen Gürteln, der Farbe Dschafars, die tönernen Schüsseln trugen, in denen Fleisch, Saucen, Gemüse, Getreidefrüchte, bestreut mit Koriander, Kümmel, Safran, Pfeffer und frischer Minze dampften. Eine hochgewachsene Frau, begleitet von Musikern, besang die Größe der abbasidischen Kalifen, und ihr endloses Lied gab ihrem Ruhm die Illusion von ewiger Dauer. Der Gouverneur überschlug sich in Versprechungen, doch jedes Lächeln, jede Geste seiner dicken, von Juwelen strotzenden Hände verrieten Dschafar, daß er ganz auf sich gestellt sein würde. Dieser Mann war ein Nichts. Er mußte ohne Hilfe dieses Land befrieden, allen Menschen, die es bewohnten, verständlich machen, daß im Osten, dort wo Bagdad sich erhob, die Sonne allmorgendlich aufging. Im Schein der Fackeln glänzten die Lippen der Geladenen vom Fett und vom Wein, und selbst die Hände, die aus den Schüsseln schöpften, die Blicke, das Lachen, das Schweigen, waren Ausdruck engherziger Ambitionen und kleinlicher Hoffnungen. Dschafar, in ihrer Mitte, war wie eine Quelle reinen Wassers auf einem schlammigen Pfad.

Als die Tänzerinnen eintraten, erhob sich Dschafar und ging. Die Zeit der Vergnügungen war für ihn noch nicht gekommen.

Im Morgengrauen brachen wir gen Norden auf, Ziel war die Region Zebdani, im Dschebel Asch Scharki. Der Kern des Widerstandes befand sich im Gebirge, dort also mußten wir kämpfen.

Der Herbst ging auf sein Ende zu, die Luft war frisch, und Dschafar, eingehüllt in seinen wollenen Umhang, war schweigsam; ich folgte ihm in geringem Abstand. Er wandte sich um, schaute ein letztes Mal auf die Mauern von Damaskus und auf das Minarett der großen Moschee, sein Blick war ein Abschied. Drei Tage zogen wir dahin, die Kälte, der trübe Himmel, die karstigen Berge, der Kampf, der auf sich warten ließ, die angespannten Nerven, die feindseligen Blicke der Bauern, all das bedrückte uns – mit hängenden Schultern saßen wir im Sattel, und unsere Tiere schienen sich nur mehr dahinzuschleppen. Um die großen Feuer, die abends aufflammten und gelben Asphodillsträußen vor einem schwarzen Vorhang glichen, hockten die Heerführer, Araber und Perser getrennt. Hoch aufgerichtet und voller Stolz verzehrten die Araber ihre saure Milch, ihr Fladenbrot und ihre

Datteln, sangen beduinische Weisen, die von der unerbittlichen Sonne erzählten und von endlosen Dünen, durch die sie, einziger Lebensstrom in der Wüste, einem ewigen Werden entgegeneilten. Und wir, wir dachten an unsere Rosengärten, wo die Brunnen murmelten, an den kühlen Wein, in silbernen Bechern gereicht, und an den ersten Duft des Jasmin. Einsam in diesem fremden Lande fand ein jeder die Erinnerung an seine Kindheit wieder, die zarte Liebe seiner ersten Lebensjahre, einen Duft, ein Licht, erblickt im Morgendämmer des Lebens, Licht, welches das Herz für immer schlagen läßt. Dschafar, der in die Flammen starrte, trug Verse von Abu Nuwas vor, und in uns regte sich die Erinnerung an die glücklichen Tage von Bagdad.

Nimm von den Arabern der Wüste nicht Zeitvertreib und Lebensweisen an,
Denn arm und elend ist ihr Leben!
Laß sie, die nichts von den Genüssen des Lebens wissen, laß sie ihre Milch trinken
In einem Lande, da Dornenbüsche und Akazienbäume wachsen,
Und wo, statt Wild, Hyänen nur und Wölfe hausen.
Spuck nur auf ihre saure Milch, denn das ist keine Sünde.
Um wieviel edler ist doch der klare Wein,
Gereift im Innern eines alten Fasses, Wein der erhitzt, wenngleich er keine Flamme zeigt!

Wir lachten, vielleicht nur, um zu verbergen, wie nahe wir den Tränen waren.

Klar und wolkenlos war der Himmel an diesem Morgen, der Strahl der Sonne straffte unsere Rücken und beschleunigte den Schritt unserer Tiere. Die Wände der Schlucht, die wir durchzogen, erhoben sich senkrecht zu beiden Seiten des Weges, ein ausgetrocknetes Flußbett ließ seine rundgewaschenen Steine wie Kugeln unter den Hufen unserer Pferde gleiten. Raubvögel schwebten hoch über uns am Himmel, umkreisten ein Dorf, das verloren an einem Gipfel klebte und dessen Mauern sich scharf gegen das zarte Blau des Himmels abhoben.

Dschafar deutete mit einem Finger auf die Vögel.

»Schau, Achmed, zwei Falken und ein Sperber.«

»Ja, Herr, ich sehe sie«, erwiderte ich, »sie jagen.«

Ich hatte die Worte kaum ausgesprochen, da vernahmen wir wildes Geschrei, Steine rollten auf den Pfad, versperrten uns den Durchgang, und von allen Seiten stürmten barfüßige Männer auf uns herab, dolch- und säbelschwingend und wie Löwen brüllend.

Dem Instinkt gehorchend drängten wir uns dicht aneinander, zwar waren uns mehrere Reiter gefolgt, die arabische Garde auf den Rennkamelen aber lag weit zurück. Der Feind war uns zahlenmäßig hoch überlegen, und immer noch stürmten neue Rebellen von den Hängen herab, wie ein Sturzbach unter einem herbstlichen Wolkenbruch. Dschafar hatte seinen Säbel gezogen; in den Steigbügeln stehend hielt er Ausschau, prüfte, auf wie viele Männer er zählen konnte, dann stieß er selbst einen gedehnten Schrei aus und sprengte auf seinem Pferd vorwärts. Ich versuchte, an seiner Seite zu bleiben, doch mußte ich ständig mit weitausholenden Säbelhieben meinen Weg freikämpfen. Über das Rund der Felsen rannen jetzt Ströme von Blut, sie sammelten sich zu großen leblosen Lachen, in denen die Hufe der Pferde badeten. Noch immer kreisten die Greifvögel am Himmel, ich erinnere mich, daß ich den Kopf hob und sie erblickte. Dschafar, umgeben von einem Dutzend Rebellen, setzte sich heftig zur Wehr. Wir – arabische und persische Reiter vereint – hatten uns hinter einem gewaltigen Felsen verschanzt, der weit über die Schlucht ragte. So waren wir nur von einer Seite angreifbar. Dschafar hielt sich stets vorn.

»Hier können wir nicht bleiben!« rief er. »Wir müssen umkehren! Vorwärts!«

Und weithin ertönte unser Schlachtruf: »Allah ist groß, Allah ist groß!«

Die Angreifer waren jetzt selbst in die Enge getrieben: Wir brauchten nur unsere Säbel zu schwingen, und es fielen Köpfe, Hände, Arme – wie das Korn am Sommerende, wenn der Schnitter seine Sense schwingt. Mehrere Pferde stürzten, ihre Reiter, gleich von einem Dutzend Rebellen umringt, waren im Nu dahingerafft. Der Staub brannte uns in den Augen, und der Geruch von Blut entlockte unseren Kehlen wilde Schreie. Schließlich erreichten wir eine Mulde, die mit verkrüppelten Bäumen und Dornengestrüpp bewachsen war. Hatten die Rebellen bemerkt, daß Dschafar unser Anführer war? In Scharen stürzten sie über ihn her, und es gelang uns nicht, sie aufzuhalten. Immer wieder versuchte ich, ihn einzuholen, an seiner Seite zu kämpfen, um sein Leben mit meinem starken Arm zu schützen. Plötzlich brach Sanama, der schöne weiße Hengst meines Herrn, zusammen: Aus seiner Flanke quoll stoßartig das Blut, so als wollte sich sein Herz gänzlich verströmen. Dschafar stürzte zu Boden, war aber gleich wieder auf den Füßen. An einen Fels gelehnt, den Dolch in der einen, den Säbel in der anderen Hand, blutbespritzt, die Abaja zerfetzt, glich er einem Wolfe. Ein Messerhieb traf seine Schulter, das Blut rann seinen Arm hinab bis zur Hand, bevor es sich mit dem Staub des Erdreichs vermengte.

Mit einem Satz sprang ich zu Boden. »Herr, nimm mein Pferd.«

Dschafar hörte mich nicht.

Ich schrie: »Mein Pferd, Herr, nimm es!«

Da richtete Dschafar seinen Blick auf mich, verstand und schüttelte den Kopf.

»Geh, Achmed, rette dich!«

Ich stieß einen Schrei aus, der einem Schluchzen glich.

»Nie werde ich dich verlassen, Herr. Um Gottes Willen, nimm mein Pferd und flieh!«

Wir waren jetzt dicht beieinander, die letzten Reiter hinter uns versuchten, uns zu decken. Der Staub verhüllte alles, oder waren es Schweiß und Blut, die unser Auge trübten? Wir hörten nichts als das Klirren der Säbel, das Wiehern der Pferde und die Schreie der Männer.

Schon hatte ich mich damit abgefunden, mit meinem Herrn zu sterben, da vernahmen wir das langgezogene Kriegsgeschrei der Kamelreiter der arabischen Garde, jenen schrillen, unverwechselbaren Kehllaut. Dschafar blickte mich an.

»Die Kamele!« rief er. »Die Garde des Kalifen!«

Mit weitausholenden, unglaublich schnellen Schritten trabten die flachsblonden Tiere heran, auf ihren Rücken die Männer in den schwarzen Gewändern, barfüßig, die Köpfe mit ihren Kufijas bedeckt, die Banner des Kalifen knatterten im Lauf. Sie alle, die Lanze vorgestreckt, fast fliegend auf ihren Tieren, eilten uns mit wildem Gebrüll zu Hilfe.

Die Rebellen wandten sich um, zögerten einen Augenblick: Was sollten sie tun? Dann übermannte sie die nackte Angst, sie wollten fliehen, die Felswand hinaufklettern, die Richtung einschlagen, aus der wir gekommen waren, um sich hinter den Felsen zu verschanzen, die unseren Kamelen den Weg versperrten. Zu spät – schon fiel die arabische Garde über sie her, schlug von hoch oben auf sie herab, spaltete Schädel, drang mit dem Speer in Nacken und Schultern, verfolgte die letzten Kämpfer und stieß ihnen die Lanze in den Rücken. Ein großes Kamel hielt neben Dschafar an, sein Reiter packte ihn unter die Arme, hob ihn auf sein Tier, riß die Zügel herum und sprengte auf das offene Gelände und den Rest des Heeres zu. Ich schwang mich auf mein Pferd und folgte.

Mein Herr blutete heftig, der Soldat nahm ihm seine Kufija ab und wickelte sie um seine Schulter; am Rande eines Baches hielt er an, ich kam hinzu. Dschafar, gestützt von dem Kamelreiter, war abgestiegen: Ich konnte nicht dulden, daß ein anderer als ich ihn pflegte.

Die Stunde der Rache war gekommen. Für jeden toten Reiter mußte ein Dorf brennen; die arabische Garde und die Söldner – die Elite und das gemeine Volk – sengten und brannten, mordeten und schändeten die ganze Nacht hindurch; die Rebellen wurden enthauptet, die Ernte wurde vernichtet. Mit den verstümmelten Leichen, die verstreut am Boden lagen, ward auch der Aufstand zu Staub. Weil Hoffnung und Erinnerungen ausgelöscht waren, konnte Syrien befriedet werden.

Wir machten mehrere Tage Rast, dann beschloß Dschafar, weiter gen Westen zu ziehen, bis hin zum Meer; er wollte sich vergewissern, daß aller Widerstand gebrochen war. Es lockte ihn, bis ans Ende zu gelangen, jene grenzenlose Weite, das Mittelmeer zu sehen. In jedem Dorf, jeder Stadt, die wir durchritten, wurden wir von den Obersten und Ältesten mit Worten des Friedens begrüßt, als die Willkommenen, die vom Kalifen Entsandten, der Stolz ihrer Ortschaft. Glaubte man ihren wohlgeneigten Worten, so war die gesamte Bevölkerung für uns, wenn wir aber durch ihre Straßen zogen, so riegelte sich ein jeder in seinem Hause ein. Hinter den Festungsmauern ließen wir das Schweigen zurück, ein paar Kinder starrten uns an, die Hunde bellten unseren Pferden nach. Zu unserer Rechten erstreckten sich die letzten Ausläufer der Berge, die wir südlich umgingen. Monotonie des Winters unter einem grauen Himmel, der nur bisweilen aufriß. Dann wieder regnete es, und der Schlamm haftete an den Hufen unserer Pferde und an den Sohlen der Fußsoldaten. Dschafar war schweigsam, noch keine Botschaft vom Kalifen hatte ihn erreicht. Die langen Briefe meines Herrn, die täglich durch Boten nach Bagdad getragen wurden, waren zu knappen Kriegsberichten geschrumpft. So verstummte auch Dschafar: Schweigen stand gegen Schweigen, Stolz gegen Stolz. Schwach waren sie nur in des anderen Gegenwart, getrennt voneinander, wenn alles leichter und endgültiger war, erwuchs ihr Trotz.

Wir sprachen nicht mehr von Harun, ich aber sah am Blick meines Herrn, daß seine Gedanken stets bei ihm waren.

Das Land wurde flacher, grüner, durchsetzt von niedrigen verkrüppelten Bäumen, die unter dem Westwind knarrten. Das Volk strömte herbei, um uns vorbeiziehen zu sehen, neugierig, begeistert. Der Geruch des vergossenen Blutes war noch nicht bis zu ihnen gedrungen. Die Frauen lachten und zogen ihre Schleier ein wenig zurück, die jungen Männer bestaunten unsere Pferde, und die Kinder versteckten sich beim Anblick unserer Kamele. Die Stadtältesten traten uns entgegen, boten uns ihre Gastfreundschaft an, kärgliches Mahl in ärmlichen Häusern. Was wußten sie von der Größe, dem Reichtum, der Macht meines

Herrn? Dschafar ben Jahja al Barmaki, der Freund des Kalifen, der gefürchtetste Mann in ganz Bagdad, der beneidetste auch, speiste auf zerschlissenen Teppichen sitzend, schöpfte aus tönernen Schüsseln einfache Bohnen, fettes Hammelfleisch und Linsen. Licht und Schatten der Talgkerzen, deren Rauch seine Kehle reizte, umspielten sein makelloses Antlitz. Bisweilen hafteten die Blicke junger Männer, Söhne oder Neffen unserer Gastgeber, auf meinem Herrn, er aber nahm sie nicht zur Kenntnis. Die Liebe des Kalifen hielt ihn noch zu sehr gefangen.

Und dann, eines Morgens, zur Stunde, da die Wintersonne im Zenit steht, verspürten wir einen anderen Geruch, vernahmen wir ein andersartiges Geräusch; das Gras, kurz und saftig, erschauderte unter dem Winde, der kräftiger und doch milder war, die Olivenbäume neigten sich gen Osten. Ein gewaltiger Mauerring aus gebrannten Ziegeln umgürtete eine Stadt, zusammengekauert wie ein frierender Vogel: Sidon, schlagendes Herz der alten Welt, jetzt schlummernd hinter seinen trotzigen Türmen, die niemand mehr fürchtete. Zwei offenen Armen gleich, umschlang der Hafen das Meer, zog es an sich, machte es sanft, fügsam, wie eine verliebte Pantherin, die Krallen eingezogen, Schaum vor dem Maule, mit bebendem Rückgrat. Barken in lebhaften Farben wiegten sich in den Wellen. Ohne Begleitung der Garde ritten mein Herr und ich in die Stadt; schweigend lenkte Dschafar sein Pferd zur Schiffslände: Hier wurden Schläuche mit Zypernwein abgeladen, dort Oliven, Gemüse und Ölkrüge geladen. Wir ritten hinab zum Gestade, Dschafars Pferd scheute, sträubte sich, doch ein Kniedruck genügte, und es bewegte sich weiter ins Wasser. Es reichte dem Tier jetzt bis zur Brust.

»Herr«, rief ich, »halt an!«

Er hörte mich nicht. Sein Pferd schnaubte laut und bebte am ganzen Körper; dennoch trieb er es weiter vorwärts.

»Herr, ich flehe dich an, komm zurück!«

Da endlich wandte sich Dschafar mir zu. Weinte er? Nein, es war nur der Wind, der seine Augen reizte, vielleicht auch der

Gischt. Er fuhr sich mit beiden Händen über das Gesicht, als erwache er aus tiefem Schlafe.

»Eines Tages, Achmed, wird es mich verschlingen, vielleicht morgen, vielleicht später, Allah allein weiß es; doch heute nicht, noch nicht, ich muß noch warten.«

Und er lenkte sein Pferd zurück neben das meine. Wortlos ritten wir zum Rest des Heeres zurück, die Stunde der Heimkehr war gekommen.

Auf Dschafars Befehl mieden wir Damaskus, er wollte keine Ansprachen, Gastgelage, Feste, er wollte nach Bagdad zurück, so schnell wie möglich. Lange hatte er dem Schweigen des Kalifen getrotzt; nicht gewillt, sich als erster zu beugen, hatte er die Rückkehr verzögert, wohl in der Hoffnung auf eine Nachricht, die nicht kam. Im Angesicht des Meeres hatte er seinen Entschluß gefaßt: Da er ohnehin verloren war, zog er es vor, um Harun zu kämpfen, heimzukehren, ihn zurückzuerobern, solange er noch die Macht dazu besaß, solange es ihm noch möglich war. Wir ließen einen Teil des Heeres zurück und brachen, nur begleitet von der arabischen Garde, in Eilritten gen Osten auf. Der Wind war kalt, die Luft trocken; eingehüllt in unsere wollenen Mäntel, die Kufija tief über das Gesicht gezogen, so ließen wir uns im Rhythmus unserer Pferde wiegen, saßen nur ab, um zu schlafen oder den Tieren eine Rast zu gönnen. Ich kümmerte mich um die Mahlzeiten Dschafars, ich schlug sein Zelt auf, ich schlief an seiner Seite. Er rührte mich nicht an, ergriff nur bisweilen meine Hand; dann hielt ich die seine umklammert, bis der Schlaf auch mich übermannte. Wenn ich nachts aufwachte, trat ich aus dem Zelt, blickte auf zum winterlichen Sternenhimmel und kam dann zurück, um meinen Herrn im Schlafe zu betrachten. Gott hat die Welt mit viel Schönheit beschenkt.

Wir durchquerten jetzt die syrische Wüste. Die Nächte waren noch immer kalt, am Tage aber erlaubte uns die Sonne, unsere Mäntel zu öffnen und die Zipfel unserer Kufija zurückzuschlagen. Raubvögel kreisten über unseren Häuptern, Ruhe und Frieden waren mit uns, besiegten allmählich die Angst, die Schwermut

Dschafars und verliehen den Augen der arabischen Reiter einen fast kindlichen Ausdruck. Mit Steinschleudern erlegten wir Gazellen, brieten sie, und mein Herr verzehrte sie zusammen mit den Obersten der Garde. Sie lachten. An den nächtlichen Feuern kommt stets die Stunde der Märchen, und unter dem Sternenhimmel Syriens hörten wir, Araber und Perser vereint, von den Heldentaten ihrer Väter und ihrer eigenen Tapferkeit. Dann gingen die Heldengesänge in Liebesverse über, und die eben noch triumphierenden Stimmen wurden sanft und schmachtend. Die geliebten Frauen waren fern, fern der Hauch ihrer Lippen, die Glut ihrer Körper. Groß war das Verlangen und Sehnen hinter der Nüchternheit der Worte. Schakale heulten in der Nähe, und der Wind ließ die Feuer erzittern, so wie die Erinnerung an das Rund einer Brust oder den Duft eines Haarschopfes die Stimmen und Hände der Männer zittern ließ.

Wir erreichten die Grenze zum Irak, und als wir das erste Dorf durchschritten, stießen wir Freudenschreie aus, die Hoffnung richtete uns auf und beschleunigte den Schritt unserer Pferde. Vor der Stadt Kasr Amidsch, am Fuß der Befestigungsmauer, kam uns ein Reiter entgegen; er überbrachte eine Botschaft von Jahja al Barmaki an seinen Sohn. Unsere Rückkehr war schon bekannt.

»Lies«, befahl mein Herr.

Er selbst hatte den Brief soeben gelesen, und sein Gesicht war wie erstarrt.

Jahja ließ Dschafar wissen, der Kalif habe Bagdad verlassen und weile in der befestigten Stadt Rakka, im Norden des Reiches. Es hieß, er wolle in der Nähe der byzantinischen Grenze sein, wo immer wieder Revolten aufflammten, um dort leichter den Heiligen Krieg zu führen. Er sei mit Fadl al Rabi aufgebrochen und habe Bagdad den Barmakiden überlassen, die Macht in Jahjas Hände gegeben. Er schien ihrer Familie nicht feindlich gesonnen, noch nicht, und hörte willig auf den Rat Fadls, seines Sohnes, der dem Kalifen zu seinem neuen Wohnsitz gefolgt war. Groß war jetzt die Frömmigkeit Haruns, er ließ die Unreinen, die Abtrünnigen, die Gleichgültigen, alle jene auspeitschen, die, auf welche Weise auch immer, das Gesetz des Propheten übertraten. Jahja war ernsthaft besorgt über Haruns intolerante Haltung; Fadl al Barmaki dagegen, weltoffen und besonnen, besaß noch die Hoffnung, daß der Kalif nicht zum Tyrannen werde, nicht er, nicht sein Milchbruder. Er war nur schlecht beraten und würde schon erkennen, wo seine wahre Größe lag.

Jahja forderte Dschafar auf, so schnell wie möglich heimzukehren; er solle die Freundschaft Haruns zurückgewinnen, ihm seine engherzigen Ansichten austreiben, damit der Glanz des Kalifats auf das gesamte Reich ausstrahle. Noch vermochte er es, das glaubte Jahja zu wissen: Hatte er Harun nicht selbst erzogen, und kannte er nicht die Tiefen seines Herzens? Jahja beendete die Botschaft mit den hoffnungsfrohen Worten: »Es heißt, der Kalif sei bei deiner Rückkehr in Bagdad, er sei schon unterwegs. Möge Allah dir Heil und Frieden schenken, mein Sohn, und dich zu uns zurückführen.«

Ich reichte Dschafar den Brief.

»Nichts ist verloren, Herr. Der Kalif wird zu dir zurückkehren, sobald er dich sieht. Ich weiß es.«

»Möge Allah dir Gehör schenken«, erwiderte Dschafar, »und mir beistehen.«

Er starrte bewegungslos zu Boden, das Schreiben noch immer in der Hand. Nachdem er eine Weile geschwiegen hatte, hob er den Blick zu mir auf und sprach:

»Den Verlust Haruns würde ich nicht überleben, er ist der Mensch, der meinem Herzen am nächsten steht.«

Seine Augen leuchteten; es war das erste Mal, daß er von seiner Liebe zum Kalifen sprach.

»Ich verstehe, Herr«, entgegnete ich sanft, »ich verstehe sehr gut, was du mir sagen willst.«

Ein Lächeln spielte um Dschafars Lippen.

»Und nun vorwärts, wir müssen in wenigen Tagen in Bagdad sein.« Ohne die Stadt zu betreten, setzten wir unseren Weg fort.

Das Kind an Achmeds Seite hatte sich nicht gerührt; den Kopf auf die Hände gestützt, ließ es seine Gedanken weiterreisen, über die Worte, über das Erzählte hinaus, einer strahlenden und magischen Traumwelt entgegen, in der sein eigenes Leben sich verwandelte, entfaltete und den Horizonten einer unmöglichen Hoffnung öffnete.

Auf dem großen Platz von Bagdad, zur Stunde der Märchen, erwachte ein jeder erneut zu diesem anderen Leben, sonst in der Monotonie der langen Tage verborgen gehalten. Die Bettler waren Prinzen, die Handwerker Könige, das einfache, das arme Volk wurde plötzlich zum großen Magier der Nacht, alles geschah durch ihn und für ihn, bis der Schein der letzten Kohlenbecken erlosch. Dann wiegte Bagdad, im großen Vergessen des Schlafes, seine Träume und Chimären, die Jongleure der Worte schliefen ein, und auch Achmed, am Fuß der Lehmmauer, entschlummerte, wie ein Bündel, von der Zeit vergessen, in der Hitze einer Sommernacht, die nur die jungen Leute Bagdads wach hielt.

Sechster Abend Achmeds

In den Souks der Runden Stadt, in den Läden und Werkstätten, war Achmed schon in aller Munde, und jeder wußte von dem Erzähler der Nacht, von diesem Greis, der jene sagenumwobenen Männer gekannt hatte, von denen nichts geblieben war. Der Palast Dschafars war längst dem Verfall preisgegeben, und die einst so prunkvolle Residenz der Barmakiden, der Ksar al Tin, gehörte einer Prinzenfamilie, die anderswo weilte. Die weitläufigen Säle, die Gärten, die stillen und verlassenen Innenhöfe hatten ihre Vergangenheit vergessen. Und da erschien dieser alte Mann, öffnete Tore und Fenster erneut dem Sonnenlicht, ließ die Springbrunnen sprudeln, die Rosenbüsche blühen. Man brauchte nur bei Anbruch der Nacht auf den großen Platz zu kommen, und schon erwachten Prinzen und Diener zu neuem Leben, erstrahlten die Wasserbecken im Licht der tausend Lampen, und inmitten der Festlichkeiten spiegelte sich darin das Antlitz eines Mannes, bewegte Silhouette, die das Schweigen auslöschte.

In großer Zahl drängten sich die Menschen jetzt um Achmed, doch er, nahm er sie wahr? Manchmal hockte er schon am Boden, wirre Worte murmelnd, oder stumm, in sich zusammengesunken, den Stock an seiner Seite, manchmal erschien er als letzter, gestützt von einem Kinde oder allein, mühsam einen Fuß vor den anderen setzend. Dann ließ er sich zu Boden sinken, ohne einen Menschen zu sehen, und wenn er seine Augen durch die Menge schweifen ließ, so waren sie völlig ausdruckslos.

Doch kaum daß der Greis zu sprechen anhob, kaum daß er seine Vergangenheit wiederfand, belebte sich sein Blick, sein Kopf und seine Hände zitterten nicht mehr. Es war, als stütze ihn die Botschaft, die er den Menschen überbrachte, und als hauche ihm die Erinnerung, wie eine starke Droge, für kurze Zeit eine übernatürliche Kraft und Klarheit ein, um ihn danach noch gebeugter, noch gebrochener, noch elender als zuvor seinem Schicksal zu überlassen.

Es war der sechste Abend; der Wind erhob sich, ließ den Staub aufwirbeln und die Abajas sich blähen. Achmed begann zu sprechen.

Bagdad. Bagdad, unsere Stadt, lag vor uns, inmitten der grünenden Landschaft dieses erwachenden Frühlings. Nach vier Monaten sahen wir die hohen Mauern wieder, die Kuppeln des Palastes, den goldenen Reiter, verspürten wir dieses einzigartige Licht, diesen unverwechselbaren Geruch, diese Farben der Erde und des Feuers unter der sich neigenden Sonne. Eine Schafherde graste am Fuß der Mauer, der junge Schäfer, mit einer Hand die Augen beschattend, sah uns vorbeiziehen, meinen Herrn und mich an der Spitze, gefolgt von der arabischen Garde und der Kavallerie. Keiner sprach ein Wort. Dicht vor der äußeren Umwallung hielten wir an. Berittene Männer kamen uns entgegen, wir erkannten sie, sie waren vom Hause des Kalifen. Also war Harun in Bagdad, war er zurückgekehrt. Die Hände Dschafars zitterten, ich wußte, daß er in einem Zustand höchster Erregung war und lenkte mein Pferd neben das seine. Ein Reiter löste sich aus der kleinen Gruppe und begrüßte uns.

»Friede sei mit dir, Dschafar ben Jahja. Wir haben von deinen Siegen in Syrien gehört, der Kalif, unser Herr, hat sie freudig zur Kenntnis genommen und verlangt nach dir.«

Dschafar war so bleich geworden, daß ich fürchtete, er würde von seinem Pferd stürzen. Er faßte sich jedoch, nahm alle Kraft zusammen und erwiderte mit ruhiger, fast gleichgültiger Stimme:

»Auch mit dir sei Friede, Selim ben Chaled. Gestattet mir der Kalif, zuerst meinen Palast aufzusuchen, damit ich würdig vor ihm erscheinen kann?«

»Der Kalif erwartet dich umgehend, Dschafar. Folge mir, dein Vater und dein Bruder sind bei ihm.«

Wir durchquerten Bagdad, freudig umjubelt von einer gewaltigen Menschenmenge. Ruhmbedeckt hielt das Heer seinen Einzug, aus den entlegensten Winkeln der Souks, aus den finstersten Gassen der Stadt strömten die Massen herbei, um den großen Sieg zu feiern. Dschafar grübelte; vielleicht fragte er sich, warum Harun ihm heute nicht entgegengeeilt kam. Er hatte ihn doch auch bei seinem Aufbruch bis hinter die Stadtmauern begleitet. Oder dachte er nur, daß sich sein Schicksal bei ihrem Wiedersehen entscheiden würde?

Wir ritten in den großen Hof des Goldenen Palastes ein. Dschafar ließ seine Blicke schweifen, nichts hatte sich verändert, alles war wie zur Zeit seiner Ehren und seiner Macht. Wir saßen ab, durchmaßen zu Fuß die erste Vorhalle, den Wachsaal, den Innengarten. Vor uns der Ratssaal, die Tür war geöffnet. Im Zwielicht des sich neigenden Tages erkannte ich zuerst den alten Jahja, aufrecht, strahlend, dann, neben ihm, Fadl, freudig und stolz, schließlich gewahrte ich den Kalifen und, an seiner Seite, Fadl al Rabi. Er war es, den mein Herr als ersten erblickte.

Vor der Tür, bemalt mit Goldblättern und silbernen Zweigen, darauf blaue Vögel saßen, blieb Dschafar stehen, bleich, reglos, eine Hand am Herzen, die Augen auf Harun gerichtet. Und Harun, starren Blickes, aufrecht und scheinbar ruhig, sah Dschafar an. Alle ringsum waren wie versteinert, es herrschte Totenstille. Es war Fadl al Rabi, der das Schweigen brach.

»Tritt vor, Dschafar, der Kalif will dich willkommen heißen und dir seine Anerkennung aussprechen. Der Ruhm deiner Siege ist bis zu uns gedrungen.«

Dschafar fuhr auf, ich glaubte, er würde sich auf Fadl stürzen, um ihn zu töten, doch er bezwang seinen Zorn und trat vor. Er wollte vor dem Kalifen niederknien, Harun aber hielt ihn zurück.

»Der Kalif heißt seinen Bruder willkommen, Allah sei mit ihm!«

Haruns Stimme war höher als gewöhnlich, schrill fast und unnatürlich; er hatte den Willkommensgruß gesprochen, doch seine Worte klangen hohl.

»Ich gebe heute abend ein Festmahl, dir, Dschafar ben Jahja, und den Führern der arabischen Garde zu Ehren. Es wird mir eine Freude sein, von deinen Siegen zu hören. Jetzt gehe zu den Deinen, sie erwarten dich.«

Ohne ihn eines weiteren Blickes zu würdigen, wandte er sich ab und verließ den Saal, gefolgt von dem Syrer. Dschafar war wie erstarrt, sein Gesicht ohne Ausdruck, die rechte Hand hielt den Knauf seines Dolches fest umklammert, die linke zitterte heftig. Sein Vater trat ihm entgegen und schloß ihn in seine Arme. Es schien, als würde Dschafar neue Lebenskraft schöpfen, er lächelte seinem Bruder zu, der ihn gleichfalls umarmte, in seinem Inneren aber, das ahnte ich, war alles tot und leer.

Gemeinsam begaben wir uns zum Palast Dschafars, wo eine Vielzahl von Freunden und Dienern meinen Herrn erwarteten. In seinen Gemächern brannten Räucherhölzer, waren Schalen mit erlesenen Früchten und Blumen verteilt. Jahja und Fadl wichen nicht von seiner Seite, man umarmte, man beglückwünschte ihn, und überall herrschte Freude, nur in seinem Herzen nicht. Er lächelte, sprach, dankte, doch ich wußte, daß er nichts sehnlicher wünschte als Einsamkeit und Stille. Endlich ließ man ihn allein, damit er ein Bad nehmen und sich für das Festmahl des Kalifen ankleiden konnte. Er streckte sich auf seinem Lager aus, ich schwieg, weil er zu schweigen wünschte. Ich massierte ihn lange, nach und nach entspannte er sich und wandte mir das Gesicht zu.

»Mir scheint, Achmed, der Syrer hat gesiegt.«

»Nein, Herr, Harun fühlte sich nicht frei, Fadl al Rabi war bei ihm; erst heute abend wirst du urteilen können. Läßt dich der Kalif nicht an seiner Seite speisen, so sind deine Chancen gering; vorher aber darfst du hoffen, mußt du hoffen. Dschafar al Barmaki beugt sich vor Fadl al Rabi nicht, ohne zu kämpfen. Der Kalif liebt dich noch, ich habe es gesehen.«

Da lachte Dschafar, ein erstes Lachen, das von Herzen kam.

»Achmed, Achmed, du bist wie jene Heiligen, die überall nichts als Güte sehen, doch du bist kein Weiser, du bist ein Tor.«

»Mag sein, Herr, dafür aber ist mein Glaube unerschütterlich.«

Ich kleidete Dschafar in prächtige Festgewänder, prächtig und schlicht. Er trug einen weißen Seidenkaftan, am Hals mit kleinen Knöpfen geschlossen, einen bestickten Gürtel aus blauem Satin und ein goldenes Kollier, ein Geschenk des Kalifen; an den Füßen Sandalen aus geflochtenen Goldfäden und an der Seite den mit Saphiren besetzten Dolch, den er schon bei dem ersten Festmahl trug, da Harun ihn auserwählte. Man legte seinem Pferd blau und goldenes Sattelzeug an, ich selbst war in Blau gekleidet, und wir brachen mit Jahja und Fadl auf, gehüllt in unsere wollenen Mäntel. Der Weg schien mir unendlich lang, es war frisch, und der Himmel glitzerte in seiner Sternenpracht. »Wenn ich die Venus erblicke«, dachte ich bei mir, »so wird mein Herr siegen.« Ich hob den Kopf und sah den Stern. Im selben Augenblick tauchten vor uns die Mauern des Palastes auf.

Unvergeßliches Bild – der weiße Marmor, warm und glatt, unter unzähligen Fackeln und Lampen; die Brunnen, von innen beleuchtet, schienen durchsichtig in dieser falschen Dämmerung, die sie zum Singen brachte. Vogelkäfige und Schalen mit exotischen Blumen waren im Innenhof vor den Gemächern verteilt, wo das Fest stattfinden würde. Der große Empfangssaal, mit schwarzen und silbernen Stoffen behangen, glich einem gigantischen Beduinenzelt. Der Türvorhang, zu beiden Seiten mit silbergeflochtenen Bändern gerafft, gab den Blick frei auf den brennenden Kupferlüster und die vielen kostbaren Teppiche am Boden. Große ziselierte Silberplatten, von Kissen umgeben, dienten als Tische. Jede Falte, jede Mulde, jeder Behang der edlen Stoffe war durchtränkt von einem schweren, süßen Duft, und die Geladenen hatten sich bereits niedergelassen und erwarteten den Ehrengast und den Kalifen. Mit gekreuzten Beinen saßen sie am Boden dieses prunkvollen Zeltes, das in der Nacht von Bagdad sich erhob, und unbewußt fanden sie ein Gebaren wieder, das ihnen von ihren Vätern überkommen war und sich für immer in die Nacht ihrer Erinnerung eingegraben hatte.

Dschafar, sein Vater und Fadl wurden an den großen, etwas abseits stehenden Tisch geführt, an dem der Kalif Platz nehmen würde. Die beiden Führer der arabischen Garde, ein Vetter Haruns und ein Bruder der Königin Zubaida, hatten sich dort bereits niedergelassen. Sie grüßten, und Dschafar, die Hand an Stirn, Mund und Brust führend, erwiderte den Gruß. Man wartete auf den Kalifen.

Er kam – allein – Fadl al Rabi war nicht an seiner Seite. Eine fast unmerkliche Handbewegung, und seine sich verneigenden Freunde ließen sich wieder auf ihren Kissen nieder. Gefolgt von seinem schwarzen Sklaven, trat er auf den Tisch zu, an dem sich mein Herr befand. Im Stehen warteten die Ehrengäste, daß der Kalif seine Tischnachbarn auswähle. Harun richtete den Blick auf seinen Vormund und wies ihm wortlos seinen Platz an, dann wanderten seine Augen umher, so als zögere er. Als sie denen meines Herrn begegneten, erblaßte er leicht und deutete auf das Polster zu seiner Rechten.

»Nimm den Ehrenplatz neben deinem Kalifen ein, Dschafar ben Jahja, durch deine Siege hast du ihn dir wohl verdient.«

Dschafar verneigte sich; Monate war es her, daß sie Seite an Seite gesessen hatten. Harun war verändert; alle Jugend, alle Lebensfreude schien ihn verlassen zu haben. Er glich einem überfrommen und sittenstrengen Manne, wenngleich sein Mund, sein Körper, seine Stimme, seine Hände noch eine tief verborgene Sinnlichkeit und Lebenslust erahnen ließen. Der Kinnbart und der dünne Lippenbart, die seinen Mund einrahmten, machten sein Gesicht rund und fast zu jugendlich für die straffe Haltung, die er angenommen hatte. Er trug eine schwarze, goldgesäumte Abaja, dazu eine weiße Kufija, deren Zipfel über die Schultern hingen.

Diener trugen die Gerichte auf, Hammelfleisch am Spieß gebraten, Kräuter, Gemüse, Schalen mit Reis und Gries, bestreut mit Safran und gehackter Minze. Begleitet von Lyra und Tamburin, begann ein junger Mann zu singen, und gleich den Lichtern der Fackeln, dem Duft des Moschus und der Rosen, umschmeichelte seine warme, sinnliche Stimme das Silber und das Kupfer, die Seide und den Brokat, die helle oder mattbraune Haut der Gäste, die Hände, die schwarzen Schnüre der Kufijas, die samtweichen Wölbungen der Lippen, die dunklen und zarten Bärte. Der Kalif blickte meinen Herrn an, Dschafars Augen glänzten.

»Ich habe eine wichtige Nachricht für dich, mein Bruder. Deine Erfolge sind groß und verdienen eine Belohnung. Ich habe dich zum Gouverneur von Chorasan ernannt; dort wirst du mich vertreten, denn niemand ist meines Vertrauens würdiger als du. Du wirst so bald wie möglich aufbrechen.«

Das Licht der Öllampe, die am Boden brannte, tanzte auf Dschafars Antlitz, umspielte jeden seiner Gesichtszüge mit Schatten und unsteter Helle, die seine Schönheit fremd und unerreichbar machten. Er führte eine Hand zum Herzen, seine Augen waren tief in die des Kalifen getaucht.

»Du schenkst mir, Beherrscher der Gläubigen, ein Vertrauen, dessen ich nicht würdig bin, und ich danke dir dafür. Ich werde mich nach Chorasan begeben, sobald du es wünschst, morgen, wenn du es verlangst.«

Der Sänger trug Lieder von Krieg und Liebe, von Trauer und Abschied vor. Das Tamburin erklang, die Lyra schluchzte, und der Sänger, die Augen geschlossen, bewegte seinen Körper sanft vor und zurück. Der Geruch von gebratenem Hammelfleisch und Gewürzen vermischte sich mit den Räucheressenzen. Der Kalif schien betrübt.

»Ich kehre soeben von einer Pilgerreise zurück«, fuhr Harun fort, »und im Gebet zu Allah, unserem Gott, erkannte ich, daß mein Leben nicht immer seinem Willen entsprach.«

»Ist es denn Gottes Wille, daß die Menschen das Glück zurückweisen?«

»Nein, Dschafar, wohl aber vielleicht, daß sie ein anderes Glück suchen.«

Man reichte den Wein in kostbaren Bechern, silbern für die

Gäste, golden für den Kalifen. Harun trank, und während er trank, schaute er Dschafar an. Alles in ihm kämpfte gegen sein Verlangen nach meinem Herrn, gegen Gefühle, die er kaum zu unterdrücken wußte. Dschafar indessen schien ruhig, teilnahmslos fast; ich allein wußte, daß er gleichsam vor einem Abgrund stand, nahe daran, hinabzustürzen. Auf die Neuigkeit von seinem Aufbruch nach Chorasan hatte er keine Regung gezeigt. Maß er ihm so wenig Bedeutung bei? Bleiben oder Abreisen – für ihn stand hier Wichtigeres auf dem Spiel.

Die Diener trugen den geviertelten Hammel herbei, das Auge auf einem goldenen Teller. Harun nahm es, seine Mundwinkel zuckten leicht, er war längst nicht mehr sicher, seinen Kampf zu gewinnen. Der Syrer war nicht da, Dschafars Anwesenheit ließ seinen Einfluß gänzlich verblassen. Da also, als Zeichen der höchsten Ehre, öffnete Harun die Hand und bot Dschafar das Hammelauge an. Mein Herr nahm es, seine langen, zartgliedrigen Finger legten sich auf die Hand Haruns, verweilten auf ihr, während sich sein Blick mit solchem Verlangen auf den Kalifen richtete, daß dieser plötzlich verloren erschien.

»Dschafar«, murmelte er, »warum bist du zurückgekommen?«

»Das Glück, dich wiederzusehen, Herr, war mein einziges Ziel, seit dem Augenblick, da wir uns trennten, und, Allah sei mein Zeuge, kein Wesen kann sich rühmen, während all der Monate unserer Trennung nur meine Hand berührt zu haben.«

Ein neuer Sänger hatte sich zu dem ersten gesellt, die Tamburine erklangen, während die Stimmen sich vereinten, um den Frühling zu preisen, die grünenden Landschaften, die sich bald bunt färben würden, die silbrig glitzernden Bäche und die jungen Mädchen mit ihrer Haut wie Honig und Bernstein.

»Wie soll ich dich vergessen, Dschafar? Ich habe alles versucht, ich habe gebetet, doch jetzt weiß ich, daß es mir nicht gelungen ist. Ich will, daß du so bald wie möglich nach Chorasan aufbrichst.«

»Wie du befiehlst, Herr, doch den morgigen Tag will ich mit dir verbringen.«

Die anderen Geladenen an unserem Tisch sprachen mit gedämpfter Stimme, sie ahnten wohl, daß zwischen Dschafar und dem Kalifen etwas Wichtiges geschah. Fadl ben Jahja, der so streng und so rein war, betrachtete seinen Bruder mit bangem Herzen. Die Barmakiden wußten, daß von der Liebe des Kalifen zu meinem Herrn weitgehend ihr Schicksal abhing. Ich stand dicht hinter meinem Herrn, hörte, sah alles, und jeder Augenblick erschien mir wie ein Ball, geworfen von einem Jongleur, unbeständig, gefahrvoll, ungewiß.

Sie sprachen jetzt so leise, daß ich ihre Worte nicht mehr verstand, ihre Arme streiften, ihre Schultern berührten sich, und selbst als die Diener die hohe Silberkanne über die Goldschale neigten, um ihre Hände zu reinigen, wichen sie nicht voneinander. Harun trank, und jedes Glas Wein ließ ihn noch näher an meinen Herrn rücken. Ihre Schenkel schmiegten sich aneinander, eine Berührung, die sie so sehr verwirrte, daß sie es nicht wagten, sich anzusehen. In diesem Augenblick, das wußte ich, war Dschafars Liebe zu Harun echt und frei von jeder Verstellung. Sein ganzer Wille, so lange allein auf Bagdad gerichtet, seine Ängste, seine Ungewißheit, alles entlud sich jetzt in einer Woge von heftigen und leidenschaftlichen Gefühlen.

Die Öllampen rauchten, ein dritter Sänger erzählte mit rauher Stimme von den Freuden der Liebe; er wurde begleitet von einer Flöte mit hellem Klang, die Tamburine markierten das Ende eines jeden Satzes:

Nordwind, siehst du mich nicht vor Liebe erglühen, erschöpft und abgezehrt?
Oh, gib mir einen Atemhauch von Bathna
Und sage ihr: Kleine Bathna, schenk mir ein wenig von dir, ein wenig und noch mehr ...

»Herr«, sagte schließlich Dschafar mit leiser und doch deutlicher Stimme, »Herr, ich sterbe vor Liebe zu dir.«

Die Sänger klatschten in die Hände, stampften laut mit den

Füßen, die Hitze war glühend in dem großen Zelt, und der Moschusduft verwirrte die Sinne. Der Wein floß, klar und frisch, und gemeinsam sangen die Musikanten:

Mein Geist hat sich mit dem deinen verschlungen, noch ehe wir geschaffen waren,
Und nachdem wir Tropfen geworden waren, reifend zum Leben . . .

Die Fackeln warfen ihre Schatten auf das Schwarz der Stoffe, und nur der Lüster strahlte, gleich einer Sonne, in der silberglänzenden Nacht des großen Zeltes, endloser Raum in eng bemessener Zeit, wie eine Brücke zwischen unseren Träumen und der Ewigkeit.

»Jede Stunde ohne dich, Dschafar, bedeutet ein Sterben für mich. Ich möchte ich selbst sein, und doch begehre ich nur, mich ganz in dir zu verlieren.«

Jetzt sahen sie sich an. War es das laute Spiel der Tamburine und der Flöten, das sie verstummen ließ, oder war es ihr heftiges Begehren, das ihnen die Kehle zuschnürte, sie erbleichen ließ?

Die Nachspeisen wurden gereicht, Berge von Zuckerwerk, Mandeln und Honig, goldene Pyramiden auf Silbertellern, Schalen mit Datteln und seltenen Früchten, saure Milch, Kompotte in Schüsseln aus bläulichem Porzellan. Mit einer heftigen Bewegung schob Harun sie beiseite, er nahm Dschafar bei der Hand, und mir schien, als stehe alles still, als schwebe alles frei in der Zeit. Wie aus der Ferne vernahm ich die Musik, und die Gäste verschwammen unter dem Weiß oder Schwarz ihrer Kufijas, sich ständig wandelnd im gelben flackernden Licht der Lampen, nur die silbernen Trinkbecher, gefüllt mit rotem Wein, waren klar sichtbar. Und zwischen diesen vagen Konturen, in diesem Lichtkreis, wo Stimmen, Umrisse und Düfte wie Nebelschwaden trieben, sah ich eines nur ganz deutlich: den Kalifen, der sich erhob und mit Dschafar den Saal verließ. Der Vorhang fiel hinter ihnen zu, die Musik verschluckte das Geräusch ihrer Schritte.

Weder in jener Nacht noch am folgenden Tage kehrte Dschafar zu mir zurück. Er hatte den Goldenen Palast an der Seite des Kalifen verlassen; niemand wußte von ihrem Verbleib. Versinken, um wieder aufzutauchen. Dschafar und Harun bedurften einer anderen Zeit, einer Zeit mit endlosen Stunden, einer Zeit, in der das Licht der Sonne keinen Platz hatte. Ich verbrachte den Tag in den Gärten, betrachtete Blumen, ohne sie wirklich zu sehen. Die folgende Nacht brachte mir meinen Herrn zurück; an seiner Blässe, seinen dunkelumrandeten Augen, seiner heiteren Gelassenheit erkannte ich, daß dieser Tag ohne Sonne und ohne Mond ihn mit unendlicher Wärme, unendlichem Licht erfüllt hatte, sein Blick war voll davon. Weil er ihn mit allen Fasern seines Herzens begehrt und zurückerobert hatte, empfand Dschafar jetzt wahre Liebe für den Kalifen. Waagschale der Gefühle, bald leicht, bald schwer, der sich Verweigernde hat stets das letzte Wort. Dschafar hatte sich gerettet – und war doch verloren –, die Zügel seines Schicksals waren ihm aus den Händen geglitten.

Mein Herr streckte sich auf seinem Lager aus und schloß die Augen.

»Wir brechen noch morgen früh auf«, sagte er. »Halte dich bereit und laß mich schlafen.«

Im Morgengrauen, wenige Stunden vor unserem Aufbruch, während Freunde und Diener noch die letzten Vorbereitungen trafen, verließ Dschafar seinen Palast, eingehüllt in einen grauen Wollmantel, und ritt im Galopp zur Residenz des Kalifen. Bei seiner Rückkehr war er so tief bewegt, daß er nicht zu sprechen vermochte.

Im trüben, matten Licht des Morgens standen Pferde und Maultiere bereit. Wir waren müde und fröstelten, der Abschied von Bagdad schnürte uns das Herz zusammen. Nur wenige unter uns waren schon in Chorasan gewesen, wir anderen sollten es kennenlernen. Man erzählte, es sei ein wildes und rauhes Land, doch dieses Land war das unsere, und Dschafar wußte, er würde ein Volk antreffen, das ihm wohlgesonnen war. Auf einem grauen Pferde saß, aufrecht, verschleiert, stumm, die Afghanin;

hinter ihr eine Dienerin mit einem Säugling im Arm. Amina hatte Dschafar nicht wiedergesehen, sie wußte nicht, ob ihr Herr sie noch begehrte, doch sie kam mit ihrer beider Kind. Dschafar schritt an ihr vorbei, ihre Augen begegneten sich, ein Blick, mehr nicht. Wir brachen auf nach Meschhed, jener fernen Stadt, wo wir in Zukunft leben sollten.

Endlose Reise durch rauhe und trostlose Landstriche. Die Städte, in denen wir Halt machten, waren abweisend und schmutzig, wir schliefen in großen, feuchtkalten Häusern, auf winzigen Teppichen, eingerollt in unsere Decken. Der Frühling, der die Gärten und Terrassen von Bagdad schon liebkoste, war hier im Osten nichts als eine ferne Hoffnung. Eines Morgens, im Dijala-Tal, waren wir plötzlich umgeben von Schnee, und der Anblick der weißen Berge im Licht der Sonne nahm uns fast den Atem; wir hielten an, um das schöne Bild zu betrachten. Zehn Tage waren wir unterwegs, unzählige Oasen säumten das Flußbett, grüne Flecken auf dem Rot der Erde; ihre Bewohner, die in Armut lebten, boten uns Früchte und Milch an. Eines Abends, in einer Dorfhütte, saßen Dschafar und ich vor einem Kohlenbekken, um uns zu wärmen. Wir waren noch immer in unsere Mäntel gehüllt, wir froren und waren schweigsam. Ich blickte meinen Herrn traurig an.

»Du denkst an den Kalifen, nicht wahr, Herr. Du fragst dich, warum er dich hat ziehen lassen?«

»Nichts frage ich mich, Achmed, der Kalif tut, was ihm beliebt. Er kann sich mir entziehen, doch meine Erinnerungen kann er mir nicht nehmen.«

»Aber kannst du denn allein von Erinnerungen leben, Herr?«

Da brach Dschafar in Lachen aus.

»Nein, du hast recht, Achmed, mich quälen Kälte und Langeweile. Laß Amina zu mir kommen.«

Sie kam, in einen langen schwarzen Mantel gehüllt; bei meinem Anblick zog sie einen Stoffzipfel vor ihr Gesicht. Sie war mager geworden, und ihre Augen waren größer denn je.

»Nimm Platz«, sagte Dschafar, »und wärme dich auf. Achmed wird dir Tee bereiten.«

Ich kochte Wasser; es war mir verhaßt, diese Frau zu bedienen, doch ich zeigte es nicht. Ich trug die Gläser herbei, und als ich mich zum Gehen wandte, hieß mich Dschafar durch eine Geste zu bleiben.

»Sie ist für dich, wenn du sie willst, Achmed, ich lasse sie dir für diese Nacht. Gelüstet es dich nicht, endlich den Leib eines Weibes zu ergründen?«

Amina schwieg, sie hielt den Blick gesenkt, und doch sah ich, wie sie die Lippen zusammenpreßte, mit ihren Händen das Glas umklammerte. Warum spielte Dschafar mit denen, die ihn liebten? War es Rache für seine Liebe zum Kalifen? Sein schönes Antlitz hatte sich getrübt, er lächelte, es war ein fast schmerzliches Lächeln.

»Du weißt, Herr, daß ich nur dich lieben kann, und Amina auch. Was du von uns verlangst, ist unmöglich.«

»Du begehrst diese Frau also nicht? Gut, dann geh. Ich, ich will sie!«

Seine Stimme war trocken und hart; ich wußte, daß er unglücklich war.

Zwei Wochen schon zogen wir dahin, hatten Hamadan hinter uns gelassen, steuerten auf Ghom zu, immer dem Tale folgend, längst überdrüssig der verschneiten Berge, die sich gleich Mauern zwischen uns und der Sonne auftürmten. Nach dem Abend mit Amina blieb Dschafar finster und streitsüchtig, nur sein Körper zog gen Osten, sein Herz aber, alles was gut an ihm war und edel, war in Bagdad geblieben. Er war es müde, zu reisen, zu leiden und die Blicke aller auf sich zu spüren. Wir sprachen kaum miteinander, ich bereitete ihm seine Mahlzeiten zu, richtete ihm das Lager, zündete das Feuer in den Kohlenbecken an, wärmte den Tee. Der Gouverneur von Chorasan lebte wie ein Bedürftiger und litt wie ein Jüngling. Des Nachts stand ich lange an seinem Lager, um ihn zu betrachten; nur im Schlaf entspannten sich seine Züge, er schlief wenig, aß kaum, wurde mager, sein stolzer

Blick war entrückt, sein Bart wuchs, ließ ihn älter erscheinen; er vernachlässigte sich, ich aber hatte nicht den Mut, es ihm zu sagen.

Am neunzehnten Tag gelangten wir nach Ghom und hatten doch kaum die Hälfte unserer Wegstrecke nach Chorasan zurückgelegt. Die Stadt, an einer wichtigen Straßenkreuzung gelegen, war groß, reich, ein lebhafter Handelsplatz. Hier hielten die Karawanen an und rasteten in den Karawansereien gleich hinter der Festungsmauer an den Stadttoren. Man sprach Persisch, Paschto, Kurdisch, Urdu, und andere, noch viel fernere Sprachen, mit singendem oder schrillem Klang. Die Gesichter an den Feuern waren zerfurcht, verwittert vom Wind und Regen der endlosen Wege, die alle der sinkenden Sonne entgegenführten, dem Reichtum der Städte, gewoben aus Seide und Gold.

Die Stadtältesten bereiteten uns einen herzlichen Empfang. Dschafar schien aufzuleben, als er das Haus erblickte, das ihm ein reicher Kaufmann zur Verfügung gestellt hatte: Es war gegen den Wind geschützt, überall waren Stoffe und Teppiche ausgebreitet, ein Mahl wurde uns gereicht, in jedem Raum brannten Kohlenbecken. Nach all den Entbehrungen des Weges schien uns diese Unterkunft eines Prinzen würdig. Dschafar verlangte nach einem Bad, ich massierte ihn, und zum ersten Male seit unserem Aufbruch schien er fast glücklich.

»Wir werden mehrere Tage hier verweilen«, sagte er, »ich muß mich ausruhen. Manchmal will es mir scheinen, als wohne ein Fremder in meiner Brust.«

Draußen fiel Regen, ein feiner, eiskalter Winterregen. Dschafar nahm sein Nachtmahl dicht am Feuer ein, ein Musikant spielte die Lyra. Goldgelb schimmerte der Wein in den Bechern, in den Räucherschalen schwelten Essenzen von Jasmin und Mandarinen. Ich stand hinter meinem Herrn und bediente ihn. Am Ende des Mahles ließ er mich an seiner Seite Platz nehmen.

»Achmed«, fragte er, »wann werden wir Bagdad wiedersehen?«

Er erwartete keine Antwort, ich schwieg.

Dschafar legte sich früh zur Ruhe, er verlangte nach Amina, besann sich dann aber und zog es vor, allein zu bleiben.

»Die Mädchen von Chorasan sollen sehr schön sein«, sprach er lächelnd. »Ich will mich gedulden.«

»Alle persischen Frauen sind schön, Herr.«

»So ist es«, erwiderte Dschafar, »aber was weißt du schon davon?«

Und, flach auf dem Bauch ausgestreckt, nur halb von einer weißen Wolldecke bedeckt, fiel er in tiefen Schlaf. Ich verweilte noch lange, um ihn zu betrachten, dann legte ich mich auf einem Teppich zu seinen Füßen nieder und schlief ein.

Es war noch dunkel, als wir durch heftiges Klopfen geweckt wurden. Ich sprang auf. Dschafar hatte sich halb aufgerichtet; an der letzten Kohlenglut entzündete ich eine Lampe.

»Wer ist da?« fragte ich hinter der verschlossenen Tür.

»Ein Bote des Kalifen. Ich habe ein Schreiben für Dschafar ben Jahja.«

Dschafar hatte sich von seinem Lager erhoben.

»Öffne!« befahl er.

Ich gehorchte. Ein völlig durchnäßter, erschöpfter Mann stand vor uns. Seine Hände zitterten, er trug ein Schreiben bei sich, das er mir reichte.

»Bist du Dschafar ben Jahja?«

»Ich bin es«, sprach mein Herr, er trat näher und nahm die Botschaft an sich.

Der Mann wandte sich ab und ging. Auf dem Steinboden, dort, wo er gestanden hatte, blieben zwei braune, fast kreisrunde Wasserlachen zurück. Dschafar erbrach das Siegel des Kalifen und rollte den Brief auf; er enthielt nur wenige Worte, doch sie waren von der Hand des Kalifen geschrieben.

Kehre zurück, Dschafar, lautete der Brief, *deine Abwesenheit ist mir unerträglich. Ich erwarte dich.*

Da stieß Dschafar einen Schrei aus, einen wilden, triumphierenden, fast tierischen Schrei; seine Augen leuchteten wie die eines Raubtieres, sein Lachen aber war das eines Kindes.

»Auf nach Bagdad! Auf nach Bagdad, Achmed! Sofort!«

»Herr, wir müssen warten, bis es Tag wird; das Gepäck muß verstaut, der Gastgeber verständigt werden.«

»Nein, Achmed, wir brechen noch jetzt auf, du und ich. Geh und sattle die Pferde, hol unsere Mäntel, das genügt. Wir dürfen keine Zeit verlieren. Vorwärts, worauf wartest du noch!«

Er streifte eine wollene Hose über, seine Stiefel, ein kurzes Hemd, Turban und Mantel; ich war schon hinausgeeilt.

Achmed richtete sich auf, er schien wie verwandelt. Seine Augen leuchteten, seine Züge belebten sich, wurden fast schön, und seine schmutzigen, zerrissenen Kleider hüllten ihn ein wie ein Prinzengewand. Ja, für einen kurzen Augenblick fand Achmed seine Jugend wieder, den Rausch, den Taumel dieser längst vergangenen Stunden, den die Zeit wie Staub in alle Winkel seiner Erinnerung zerstoben hatte. Zum ersten Mal blickte der alte Mann in die Menge, die ihn umgab, stieß ein kleines, rauhes Lachen aus, ähnlich dem Knarren einer morschen Tür, die der Wind an einem stürmischen Abend auf- und zuschlägt.

Nein, keiner unter euch, ihr armen Leute von Bagdad, vermag sich ein Bild zu machen von unserer Rückkehr. Wie soll ich euch davon erzählen? Möge Allah mir helfen, doch es gibt Augenblikke, die sich mit Worten nicht schildern lassen. Wie könnte ich dies alles beschreiben: unsere Pferde, die durch die Täler jagten, Schaum vor den Mäulern mit dampfenden Kruppen, zu beiden Seiten die Berge, deren Weiß uns blendete, und Dschafar, tief über den Hals seines Tieres gebeugt, den Blick in die Ferne gerichtet, weit, weit, gen Westen. Wir hielten nur kurz an, um unseren Pferden eine Rast zu gönnen, selbst eine Handvoll Datteln und getrocknete Früchte zu essen, und schon brachen wir wieder auf. Die erste Nacht schliefen wir in einem Hirtenzelt, am Boden ausgestreckt, nur in unsere Mäntel gehüllt, nahmen Oliven, ein Fladenbrot und etwas Ziegenkäse zu uns, dargereicht von den Hirten. Und wie wir, Mensch und Tier, eng beieinanderlagen, da dachte ich an die unendlichen Reichtümer der Barmakiden, an ihre Paläste, ihre Bibliotheken, ihre Gärten, und ich sah Dschafar unter den Ärmsten der Armen, gleichgültig und überglücklich. Wir brachen im Morgengrauen auf, begleitet von den guten Wünschen aller. Ein junges Mädchen hatte uns Tee bereitet, es trug das Gesicht unverschleiert, so wie es auf dem Lande üblich ist, und seine Augen konnten sich nicht vom Antlitz meines Herrn losreißen. Wenige Minuten in seinem armseligen Leben – und für immer hatte sich diesem Mädchen das Bild der Schönheit ins Gedächtnis eingeprägt, einer Schönheit, von der es nichts gewußt hatte. Dschafar spürte den Blick des Mädchens und hielt ihm ein Goldstück hin. Es schlug die Münze aus, der Vater aber griff mit einer flinken Geste danach und verbarg sie mit unzähligen Danksagungen und Segenswünschen in den Falten seines Kleides. Allein, am Rande eines kahlen Obstgartens, wo mehrere Ziegen schliefen, verrichteten wir unser Morgengebet.

Kurz nach Hamadan begann Dschafars prächtiger Hengst zu hinken, und wir verlangsamten unseren Ritt.

»Ich werde mein Pferd in der Stadt auswechseln«, sagte mein Herr, »wir können nicht warten.«

»Deinen Hengst auswechseln, deinen Rajja zurücklassen, Herr? Willst du das wirklich?«

»Für mich ist nur eines wichtig, Achmed: Ich will so bald wie möglich in Bagdad sein. Mein Leben ist wie ein Pfeil, fest auf die Sehne des Bogens gespannt; mich verlangt nach Schnelligkeit und Wind, fliegen will ich, einer Sonne entgegen, die mich am Horizonte blendet, und zu der mich mein Schicksal führt. Der Kalif verlangt nach mir, Achmed, und ich eile zu ihm. Allah ist mein Zeuge – ich bin nicht schnell genug.«

In der Stadt suchten wir nach einem Pferd für meinen Herrn. Man führte uns zu einem Gastwirt, der mehrere Pferde besaß, armselige, abgezehrte Tiere, die kraftlos und verbraucht schienen. Keines würde uns bis nach Bagdad tragen. Dschafar nahm vor der Herberge Platz und schickte mich fort, die Angelegenheit zu regeln. Ich durfte keine Zeit verlieren; Rajja am Zügel führend, eilte ich zum Hause eines Händlers, der, wie es hieß, eine Reihe schöner Pferde besaß. Der Händler war nicht daheim, seine Diener durften nicht eigenständig handeln. Man ließ ihn in den Souks suchen, wo er sich aufzuhalten pflegte. Die Minuten flogen dahin, ich dachte voller Angst an den Zorn meines Herrn. Rajja sah mich traurig an, ahnte er, daß wir ihn zurücklassen würden? Schließlich kam keuchend ein beleibter, grober Mann herbeigeeilt, wir begrüßten uns.

»Wer bist du?« fragte er.

»Der Diener von Dschafar ben Jahja al Barmaki, Gouverneur von Chorasan. Er braucht dringend ein neues Pferd, das seine lahmt.«

Der dicke Mann musterte mich, dann brach er in lautes Lachen aus.

»Du bist der Diener von Dschafar al Barmaki, dem kleinen Liebling des Kalifen? Wo ist denn diese unvergleichliche Schönheit, dieser außergewöhnliche Mann, von dem alle Händler, die aus Bagdad kommen, unentwegt erzählen? Willst du sagen, Freund, daß er in Hamadan, hier, in unserer Stadt ist? Da sollen sich unsere jungen Männer in acht nehmen und unsere Frauen sich verstecken.«

Ich wich einen Schritt zurück.

»Für jedes Wort, das du soeben gesprochen hast, Händler, würde mein Herr dich töten. Du kennst die Macht der Barmakiden nicht. Mir bleibt nichts, als zu gehen.«

Ich zog Rajja am Zügel und wandte mich zum Gehen. Er hielt mich zurück.

»Ich scherzte nur, mein Freund. Dieses Pferd ist prächtig. Dein Herr will es austauschen? Er soll selbst kommen, ich will ihn mit eigenen Augen sehen, diesen Mann. Laß den Hengst hier und lauf.«

Ich eilte zu der Herberge, wo Dschafar wartete und ungeduldig mit der Peitsche gegen seinen Stiefel schlug. Ich erklärte ihm das Begehren des Händlers, ohne jedoch die schändlichen Worte zu erwähnen, die er gesprochen hatte. Dschafar erhob sich und folgte mir. Der Händler erwartete uns im Vorraum seines Hauses. Der dicke Mann verneigte sich und grüßte Dschafar unterwürfig. Mein Herr erwiderte seinen Gruß.

»Ich bin in Eile, zeige mir dein Pferd.«

»Willst du mir die Ehre erweisen, Herr, ein Glas Tee in meinem Hause einzunehmen?« fragte der Mann mit vielen Verbeugungen.

»Ich sagte dir schon, Freund, ich bin in Eile, gib mir dein Pferd gegen meinen Hengst, und du verlierst nichts bei dem Tausche.«

»Was weißt du davon, Herr, Reichtümer gibt es nicht allein in Bagdad.«

Dschafar wurde ungeduldig.

»Ich habe keine Zeit für lange Worte, Händler, laß dein Pferd herführen.«

Der dicke Mann sah meinen Herrn forschend an.

»Ich habe viel von dir gehört. Du bist bekannt ob deiner Schönheit und der Liebe, die du überall weckst.«

Dschafar wurde bleich, sein Blick starr.

»Wovon sprichst du, Händler?«

»Das weißt du gut, Herr. Der Beherrscher der Gläubigen ...«

Dschafar ließ ihn den Satz nicht beenden. Er zog seinen Dolch, und schon war er über ihm. Ich wußte, er würde ihn töten, und packte ihn am Arm.

»Laß diesen elenden Hund, Herr, sein Tod würde uns nur aufhalten.«

Dschafar wußte, daß ich recht hatte, und trat einen Schritt zurück. Er zog die Peitsche aus seinem Stiefel und schlug den Händler mitten ins Gesicht, zweimal.

»Sprich nie wieder den Namen des Kalifen aus, du besudelst ihn mit deiner schamlosen Zunge.«

Der Händler lag am Boden und hielt schützend die Hände vor das Gesicht; keiner seiner Diener hatte gewagt, einzugreifen, und Dschafar sprach zu mir:

»Geh, Achmed, hol das Pferd aus dem Stall.«

Ich lief eiligen Schrittes davon, begleitet von einem Diener; ich wählte ein Tier aus, das schönste, eine junge Stute, und führte sie am Zügel zu meinem Herrn.

Dschafar war aus dem Hause getreten, er bestieg das Pferd, doch als er Rajja erblickte, der auf der Straße, unweit der Tür, angebunden war, saß er ab, zog seinen Dolch und durchschnitt mit einem einzigen Hieb seine Kehle. Als der Hengst am Boden lag, strich er mit der Hand über seinen Kopf und sah zärtlich auf ihn herab.

»Viel zu edel bist du, mein Rajja, um solchen Hyänen zu gehören. Friede sei mit dir, lebe wohl!«

Er schwang sich auf seine Stute, und, die Menge beiseite drängend, die sich auf der Straße gesammelt hatte, stoben wir davon. Ein Diener schloß die Tür zum Hause des Kaufmanns, die Kinder drängten sich gaffend um den sterbenden Hengst. Ich dachte an Tarek und spürte ein Würgen in der Kehle.

Wir galoppierten bis zum Abend und gönnten unseren Tieren nur kurze Pausen. Die Luft wurde milder, und bei Kermanschah erblickten wir die ersten blühenden Obstbäume.

»Endlich«, seufzte Dschafar und saß ab zum ersten Abendgebet, »endlich Stille und Einsamkeit, wir wollen hier schlafen.«

»Aber Herr, willst du denn nicht ein Dorf aufsuchen und um ein Lager für die Nacht bitten?«

»Nein, Achmed, ich will hier bleiben, die Menschen sind mir heute zuwider. Und überdies rasten wir nur wenige Stunden, wir reiten noch vor Sonnenaufgang weiter.«

Ich versorgte die Pferde und ließ sie sich am Boden niederlegen; wir streckten uns neben ihnen aus, gehüllt in unsere Mäntel. Wir hatten nichts gegessen, nur ein wenig Wasser aus unseren Schläuchen getrunken.

Der volle Mond war halb verdeckt durch eine dünne Wolkenschicht, er glich dem Gesicht einer verschleierten Frau. Ich wartete, bis Dschafar schlief, bevor ich mich selbst dem Schlaf hingab. Ich träumte, daß die Blüten der Orangen- und Kirschbäume sich mit Blut befleckten, und daß dieses Blut auf unser Antlitz fiel, Tropfen für Tropfen – Liebkosung oder Wundmal? Doch es waren nur die Blütenblätter, die, getragen von der leichten Brise der Nacht, auf uns herabrieselten.

Noch vor Aufgang der Sonne rüttelte mich Dschafar wach; er war bereit, hatte sich Gesicht und Hände gewaschen und sein Gebet verrichtet. Sein Bart, den er zuletzt in Ghom rasiert hatte, wuchs neu, er war mager, entkräftet: der Kalif würde, wenn Dschafar vor ihm stand, wissen, wie sehr es ihn verlangt hatte, bei ihm zu sein; an seiner Erschöpfung, seinen verschmutzten Kleidern würde er die Hoffnung, die freudige Erwartung meines Herrn erahnen können.

In einer Siedlung am Ufer eines Flusses machten wir Halt, es war ein Dorf von Bauern und Hirten, die sich zu dieser Tagesstunde nur selten in ihren Häusern aufhielten. Die Mädchen, die uns Wasser reichten, schauten uns lachend an, die Kinder drängten sich um unsere Pferde, die Hunde bellten. Für sie waren wir arme Reisende, die ihre Gastfreundschaft in Anspruch nahmen, man gab uns Gemüsesuppe, dazu Brot und heißen Tee. Vor dem Essen fragte mein Herr nach der Moschee, wo er sein Mittagsgebet verrichten wollte, ein Kind wies uns den Weg. Wir stießen eine Holztüre auf und traten in einen kleinen Raum mit weißverputzten Mauern und gestampftem Lehmboden. Ärmliche Teppiche aus Bast lagen am Boden verstreut, eine Öllampe brannte. Ein alter Mann las in einer Pergamentrolle, die er beim Sprechen in der Hand drehte, er hob nicht einmal den Kopf, um zu sehen, wer eintrat. Fliegen tanzten in dem schmalen Lichtkegel, der durch ein hohes Fenster drang, um sich, gleich einer Lache, fließend und unstet, auf dem Schwarz des Bodens auszubreiten. Die Stille war bedrückend. Wir legten die Hände auf unsere Knie und begannen gemeinsam unser Gebet. Bevor wir wieder ins Freie traten, schaute ich Dschafar an, und was ich in seinem Blick las – diesen Glanz, diese Sanftmut, diese Heiterkeit, diese Stärke –, ließ mich, wenn auch nur für einen Augenblick, an sein Glück glauben; seine Zuversicht wurde die meine, hatte ich jemals eine eigene gekannt?

Wir nahmen unsere Mahlzeit ein, Dschafar ließ eine Goldmünze auf dem Tisch zurück, und wir setzten unseren endlosen Ritt fort. Wir schliefen im Lager einer Karawane, die unterwegs nach Bagdad war. Um uns herum wiederkäuende Kamele, die Treiber hockten am Boden, brieten in der Glut ihre Fladen aus Buchweizen, die sie in saure Milch tunkten. Dschafar aß mit ihnen. Wir streckten uns Seite an Seite aus unter einem Dach aus Ziegenhäuten, die von vier Holzpflöcken gehalten wurden; die Nacht war voll von starken Gerüchen, nach Kamelkot, gegerbtem Leder und verbranntem Holz. Der Mond war im Abnehmen, am nächsten Tag würden wir in Bagdad sein.

Früh morgens, nachdem wir den heißen gezuckerten Tee getrunken hatten, verabschiedeten wir uns von den Führern der Karawane, ja, auch sie zogen nach Bagdad, doch wir würden schon abends unser Ziel erreicht haben. Nie sollten diese Leute erfahren, daß der mächtigste Mann der Runden Stadt, der, vor dem alle sich neigten und zitterten, mit ihnen unter den Sternen gegessen, an ihrer Seite geschlafen hatte. Warum erkannten sie ihn nicht? Der Mensch ist ein unbeständiges Wesen, das sich verwandelt mit den Stunden, mit den Tagen, bald erhaben, bald erbärmlich, bald riesenhaft, bald winzig ist. So und nicht anders hat Allah es gewollt.

Wir hatten jetzt vertraute Gefilde erreicht: Hier war Dschafar, ein Knabe noch, zur Jagd gegangen, dort waren wir als Jünglinge spazierengeritten, hier war mein Herr seinem Vater, der damals noch jung war, zu Pferde gefolgt. Eine Oase erinnerte uns an unsere feuchten Lippen, feucht von frischem Wasser, das uns dürsten ließ nach noch süßerer Feuchte. Auf dieser Steinmauer hatten wir gesessen, Hand in Hand, verwirrt schon durch eine Berührung, die doch nur der Anfang war von heftigeren Begierden, erfahreneren Liebkosungen; durch dieses Dorf waren wir im Galopp gejagt, lachend die Hühner und Ziegen aufscheuchend; und hier war Dschafar gestürzt, und ich hatte sein blutendes Knie geküßt. All diese Erinnerungen stiegen in mir auf, eine nach der anderen, wieder andere nach sich ziehend, eine ganze Vergangenheit, von der ich mich einhüllen ließ, wie von einer schützenden Decke. Dschafar war jetzt Zukunft, ich nur Erinnerung, immer schon.

Der Abend neigte sich, wir hatten nichts gegessen als ein paar Datteln, nichts getrunken als das Wasser einer Quelle. Unsere Schläuche waren leer, wir mußten vor Einbruch der Dunkelheit nach Bagdad gelangen, bevor die schweren Tore geschlossen wurden, die erst im Morgengrauen sich wieder öffneten. Eine ganze Nacht lang warten? Ein unüberwindlicher Zeitraum, undenkbar für meinen Herrn. Darum schneller, noch schneller, um noch vor Sonnenuntergang die Stadt zu erreichen. Unsere Pferde waren abgehetzt, wir selbst bis zur Unkenntlichkeit beschmutzt, unsere Kleider zerrissen, unsere Gesichter ausgemergelt vom fehlenden Schlaf, vom ewigen Galopp – gespenstische Reiter, geworfen in den Raum eines ewigen Werdens, einem Ziele nachjagend, das die Menschen Glück nennen, Stadt mit den drei Ringmauern, immer fern, immer unerreichbar.

Die Landschaft um Bagdad war grün, die Obstgärten standen in Blüte. Die Bauern kehrten von der Arbeit heim, zu Fuß oder auf dem Rücken ihrer Esel; die Frauen, das Gesicht mit dem Zipfel ihrer Kopftücher verdeckend, eilten hastigen Schrittes zu ihren Häusern; die Greise plauderten in kleinen Gruppen, im Licht der letzten Sonnenstrahlen hockend, oder auf ihre Stöcke gestützt – vergängliche Leben im Fluß der Tage.

Da ertönten von den Minaretten, laut, gebieterisch, rauh, die Rufe zum Abendgebet. Dschafar, der noch nie ein Gebet versäumt hatte, blickte mich an. In wenigen Augenblicken, gleich nach dem Gebet, würden sich die Stadttore schließen – und Bagdad lag vor uns. Wir trieben unsere Pferde an, Allah würde uns vergeben. Wir ritten durch die erste Mauer, die zweite, die dritte, die Dunkelheit brach herein, schon wurde das erste Tor geschlossen, die Wächter zu beiden Seiten ließen die letzten Esel hindurch, die letzten Karren, geschoben von Händlern, vom einfachen Volk, das abends in die Stadt heimkehrte. Wir drängten sie beiseite, und sie wichen zurück; sie glaubten wohl, daß nur ein bedeutender Mann sich mit Peitschenhieben seinen Weg bahnen konnte, ohne nach rechts und nach links zu schauen. Ein Wächter vor dem letzten Tor hielt uns an.

»Seid ihr Reisende?«

Dschafar stieß ihn mit seinem Stiefel beiseite.

»Ich bin Dschafar al Barmaki.«

Der Soldat verneigte sich tief, und wir ritten in die Stadt. Inzwischen war die Dunkelheit hereingebrochen, Menschenmengen wälzten sich durch die Straßen; auf dem inneren Wall, der mit einer dichten Kette von Türmen umgeben war, zogen die Soldaten ihre Runden, überwachten jedes Viertel, jede Straße. Und hinter dem Chorasan-Tor: Bagdad, Bagdad und seine Gassen, seine Souks, seine Paläste, seine gelben und ockerfarbenen Lehmbauten, seine Brunnen, seine Gärten, seine versteckten Innenhöfe, wo am Rande der Wasserbecken Rosen und Jasmin blühten. Dschafar hielt an, atmete tief, fuhr mit beiden Händen über sein Gesicht, er schien erschöpft. Dann lächelte er mir zu und sprach:

»Wir haben es geschafft, Achmed, in vier Tagen haben wir Bagdad erreicht!«

Vor uns erhob sich der Palast des Kalifen. Die Wachen am Haupttor hielten uns an; als sie meinen Herrn erkannten, traten sie beiseite. Wir durchquerten den großen Hof mit dem Marmorbrunnen, Dschafar schwang sich vom Pferd, durchquerte die Vorhalle, dann den Wachsaal. Ein Mann versuchte, ihn aufzuhalten, Dschafar stieß ihn beiseite.

»Laß mich durch, der Kalif erwartet mich.«

Der Soldat, der seinen Säbel gezogen hatte, erkannte die Stimme meines Herrn und wich, eine Hand zum Herzen führend, zurück; alle sahen Dschafar schweigend an.

Wir waren im Innenhof, vor dem Ratssaal, angelangt. Zu unserer Rechten lagen die Gemächer des Kalifen. Dschafar eilte so schnell, daß ich Mühe hatte, ihm zu folgen. Vor der Tür zu Haruns Gastzimmer stand der schwarze Sklave, in einer Hand den Säbel.

»Ich bin es, Muhammed«, sprach Dschafar mit sanfter Stimme. »Dein Herr erwartet mich.«

Stumm und teilnahmslos trat der Sklave beiseite und öffnete die Tür. Dschafar, abgezehrt, schmutzig, zerlumpt, schritt in das Gemach des Kalifen. Ich blieb an der Tür stehen, sah nur, wie Harun, der sich mit einem Anverwandten unterhielt, jäh aufsprang, mit einer Handbewegung den Gast entließ und bleich und reglos den Blick auf meinen Herrn richtete. Und da spielte ein Lächeln um seinen Mund, seine Augen glänzten, als würde plötzlich ein Licht vor ihm aufflammen; ich sah, wie Dschafar vortrat und der Kalif seine Arme ausbreitete. Sanft und lautlos schloß Muhammed die Tür.

Siebter Abend Achmeds

In langen heftigen Böen wirbelte der Wind den Staub auf, ein heißer Südwind, trocken und rauh, der in den Augen brannte, die Lippen ausdörrte, die Seelen mit Angst erfüllte, die Körper fiebern ließ, die Gesten ungeduldig machte. Ein unendlich feiner Sand drang durch die Türspalten, durch die Fensterritzen in die Häuser ein, legte sich wie ein dünner Schleier über die Gärten, ließ die Rosen sich neigen und die Lilien erblassen. Der Wind trug die Lorbeerblüten davon und rüttelte an den Bäumen, bis ihre Früchte zu Boden fielen, grün und unreif noch; die Kinder warfen sie fort, nachdem sie lachend hineingebissen hatten. Arabien sandte Bagdad seine herben Düfte und seine Farben, die blasse Morgenröte und den goldenen Sonnenuntergang, seine Leidenschaften und seinen Schlummer, seine flüchtigen Hoffnungen und sein ewiges Vergessen. Bagdad erwachte aus seiner unendlichen Trägheit, und an den Toren der Stadt herrschte für wenige Stunden emsiges Treiben. Nachts heulten die Hunde, und, eingehüllt in ihre Schleier, huschten die jungen Frauen von Terrasse zu Terrasse, sie fanden keinen Schlaf. Und die Knaben, ihre angespannten Körper unter dem leichten Gewand, ihre Hände, die sich berührten, und ihre glänzenden Augen, die die Blicke der Frauen suchten – und die Frauen, flüchtig und lachend hinter vergitterten Fenstern. Die Greise hingen ihren Gedanken nach, reglos und schweigend, und ihr Leben, wandelbar wie der Treibsand, verfloß mit dem Strom der Tage, der nach und nach ihres Lebens Düne aushöhlte.

Achmed weilte schon seit Stunden auf dem großen Platz, er hatte die Augen geschlossen und einen Zipfel seines Turbans vor den Mund gezogen; die Beine gekreuzt, die Hände zu beiden Seiten seines mageren Körpers, so saß er da, Worte murmelnd, die der graue Stoff erstickte.

Es sammelte sich die Menge rings um den Greis, doch dieser rührte sich nicht. Die Kinder stießen sich lachend an, die Frauen plauderten miteinander hinter ihren Schleiern oder ihren Masken aus Leder, die Männer warteten geduldig.

Die Nacht war schwarz, die Luft schwül, ein Feuer in der Nähe umschmeichelte mit seinem flackernden Licht den Saum der Abajas und der Kleider, umspielte die nackten und beschuhten Füße, verwandelte sie in goldene Skarabäen. Achmed verweilte regungslos.

Auch die anderen Erzähler waren dem Zauber von Achmeds Worten erlegen, alle waren sie da, und es schien, als tanze der große Platz von Bagdad im Wind um Achmed, der schwieg.

»Erzähl uns von Dschafar, Greis«, rief ein junger Mann. »Wir hängen an deinen Lippen und an deiner Erinnerung.«

Und da, als der Name seines Herrn fiel, öffnete Achmed die Augen. Ohne den Kopf zu bewegen, ließ er den Blick umherschweifen, begegnete dem des jungen Mannes, musterte ihn eine Weile, fast neugierig, und schlug die Augen wieder zu Boden.

Ich will euch von den Tagen Dschafars berichten; sie mögen euch in einem diffusen Licht erscheinen, waren sie doch strahlend und hell, wie die Sonne im Zenit. Mein Herr besaß alles, der Kalif überhäufte ihn täglich mit neuen Ehren, so als wäre er eine Quelle und Dschafar ein Fluß: Er ernannte ihn zum Chef der Kalifengarde, zum Postmeister, zum Finanzminister. Dschafars Bildnis war in Goldmünzen geprägt, und es wanderte, neben dem des Kalifen, bis an die Grenzen der zivilisierten Welt – für immer vereint in den Souks, den Karawansereien, in Dörfern und auf Schiffen, in allen Winkeln des abbasidischen Reiches. Seine Macht war grenzenlos, sein Einfluß und sein Ruhm unvorstellbar.

An einem Frühlingsmorgen brachte Aziza einen Sohn zur Welt, Abd Allah al Mamun. Harun legte ihn in die Arme Dschafars, seines Vormundes, so wie es versprochen war. Bald darauf wurde das Kind von seinem Vater offiziell als zweiter Kronprinz anerkannt, nach dem Prinzen Muhammed al Amin, dem ältesten Sohn Zubaidas.

Aziza gesellte sich bisweilen zu Harun und Dschafar, wenn sie gemeinsam durch die Schloßgärten wandelten, der Musik lauschten oder Gedichte lasen. Manchmal kam sie sogar zum Rat, verbarg sich hinter einem Vorhang und versuchte zu verstehen, wie die beiden Herrscher von Bagdad ihr Land regierten. Die Schwangerschaft hatte sie noch schöner gemacht, sie war heiter, und Harun liebte sie. Bei ihrer ersten Begegnung mit Dschafar trug sie den Schleier, doch Harun hatte gelacht:

»Du gehörst zu seiner Familie, Aziza, hast du ihn nicht schon als Kind gekannt? Du brauchst also dein Gesicht nicht vor ihm zu verbergen.«

Und von da an zeigte sie sich unverschleiert vor meinem Herrn. Erinnerte sich Dschafar an ihren bezaubernden Körper im Schein der Öllampe, damals im Haus ihres Vaters? Er sprach nie davon, und Aziza schien auch nie beschämt in seiner Gegenwart. Sie wußte von der Liebe, welche die beiden Männer verband, doch, anders als Zubaida, die Dschafar haßte, liebte sie ihn wie einen Bruder. Nicht einen Augenblick vergaß sie, daß sie ihm allein ihr Glück verdankte.

Sehr bald war sie erneut schwanger, diesmal aber kränkelte sie und mußte in den Gemächern der Frauen bleiben. Diese Schwäche, an sich ein belangloser Umstand, sollte schicksalhafte Folgen im Leben meines Herrn haben. Der Fluß der Tage, der Dschafar unerbittlich jener verhängnisvollen Januarnacht entgegentrug, hatte hier seine Quelle, und niemand würde diesen Strom aufhalten können. Allah allein bestimmt, wohin wir gehen.

Dem Kalifen und auch meinem Herrn fehlte die Gegenwart einer lebhaften, klugen und sanften Frau. Da entsann sich Harun seiner Schwester Abassa, einer arabischen Prinzessin, fröhlich, gebildet und hübsch; sie zählte erst dreizehn Jahre, die Morgenröte ihres Lebens aber versprach außergewöhnliche Stunden. Sie wurde eingeladen, gefiel und blieb. Harun betrachtete sie voller Zärtlichkeit, Dschafar mit Respekt und Vergnügen. Er war jetzt dreißig Jahre alt. Das junge Mädchen wußte alles, verstand alles, plauderte unbefangen und gewandt mit den Weisen. Abassa schrieb Verse, Liebesgedichte, die sie abends im Garten des Kalifen, am Rande des blauen Brunnens las, und ich allein sah, wie ihre Blicke flüchtig, für den Augenblick eines Herzschlags nur, meinen Herrn liebkosten. Er behandelte sie wie ein Kind, sie war noch nicht verschleiert.

Wir brachen auf nach Rakka. Fadl und Jahja, sowie die Prinzen des Kalifenhauses und die beiden Kronerben, Al Amin und Al Mamun, blieben in Bagdad. Fadl wurde nur selten zu seinem Mündel gelassen, Zubaida duldete ihn, liebte ihn aber nicht; ihre Gunst und Freundschaft galten dem Sohn des ehemaligen Kammerherrn Al Mansurs, dem Syrer Fadl al Rabi, dem der Kalif zu viele Beweise der Freundschaft entgegenbrachte, als daß sie ohne Bedeutung sein konnten. Al Rabi herrschte über eine mächtige Frau, über einen kleinen Jungen, der einst mächtig sein würde, und er wußte, daß er auf dem richtigen Wege war. Wenn Dschafar und er zufällig aufeinandertrafen, so grüßten sie sich zwar, ihre Blicke aber begegneten sich nie. Dschafars Schwäche war sein Glaube, der Syrer sei machtlos gegen ihn, Al Rabis Stärke dagegen seine Geduld und seine Zuversicht.

Rakka, Stadt an den Ufern des Euphrat, umgeben von seinem hufeisenförmigen Schutzwall, zum Fluß hin sich öffnend. Rakka, weit im Norden Syriens, nur ausgedörrte, unfruchtbare Erde, sobald man das Tal verließ. Wir spürten die Nähe des byzantinischen Reiches, des feindlichen Landes, das Harun unterwerfen wollte, die Stimmung war ruhig und gespannt zugleich. Das Protokoll am Hofe war einfacher als in Bagdad, wir waren ausschließlich von Freunden umgeben, jungen Dichtern und Gelehrten, Vertrauten und Verwandten, wir fühlten uns wohl. Von all denen, die der Kalif und mein Herr liebten, waren nur Abassa und ihre Mutter in Bagdad geblieben. Nicht viele Frauen hatten die Reise mit uns angetreten: einige Konkubinen Haruns, um die er sich kaum kümmerte, und eine kleine spaßige Sudanesin, die Dschafar bisweilen die Zeit vertrieb.

Inmitten der ausgedörrten Landschaft nahmen sich die Palastgärten märchenhaft aus, exotische Blumen säumten die Marmoralleen, Eiben umgaben die Becken, in denen schwarze und goldene Fische sich tummelten. In riesigen schmiedeeisernen Käfigen flatterten winzige Vögel mit leuchtendem Gefieder umher, Vögel, die Insekten glichen oder Edelsteinen. Restlos abgeschnitten von der Umwelt lebten wir in diesem traumgleichen Palast, verließen ihn nur, um unsere Falken auf die Jagd zu führen, wobei sich stets der Vogel des Kalifen auszeichnete. Dschafar richtete seine Falken nicht mehr selbst ab.

Wir alle warteten auf etwas, doch niemand, nur der Kalif und mein Herr, wußten worauf.

Dann kamen die glanzvollen Abende, und wir verstanden endlich, warum wir nach Rakka gekommen waren. Zuerst trafen die Botschafter von Byzanz ein, begleitet von Dienern, die wie Prinzen geschmückt waren. Nicht Harun empfing sie, nein, mein Herr war es, der für sie ein Gastmahl gab. Seine Freunde und er selbst waren in einfache schwarze Abajas gekleidet, dazu weiße, schwarz-gebundene Kufijas, die Byzantiner dagegen trugen prunkvolle Gewänder aus golddurchwirkten Seiden- und Samtstoffen. Ihr schlichtes Auftreten verlieh Dschafar und den Seinen eine unvergleichliche Erhabenheit; daneben erschienen ihre Gäste in ihrer Eitelkeit und ihrem Dünkel wie Emporkömmlinge. Während der Festlichkeiten, die sich über drei Tage erstreckten, war Dschafar gelassen, reserviert, unnahbar, überaus höflich, aber völlig teilnahmslos. Dann begannen die Verhandlungen. Die Kaiserin Irene wünschte den Frieden, sie war bereit, dem Kalifen Tribut zu zahlen, und hatte ihren Oberfinanzverwalter zu den Beratungen geschickt; es war Nicephorus, der zukünftige Kaiser, den Harun nur bei der Unterzeichnung des Vertrages sehen sollte. Der Kalif hatte meinem Herrn sämtliche Vollmachten übertragen.

Die beiden Männer trafen sich allein. Einen ganzen Tag schlossen sie sich in den Ratssaal ein, begleitet nur von den Schreibern und Dolmetschern, obgleich Nicephorus die arabische Sprache ausreichend beherrschte. Ich stand an die Tür gelehnt, und beobachtete meinen Herrn von der Seite; er saß vor einem niedrigen Fenster, das auf die Gärten blickte. Seine Kufija hing zu beiden Seiten seines Gesichtes bis auf die Schultern hinab, er war unbeweglich. In schrägen Strahlen fiel das Licht herein, umriß seine Silhouette, seine Wimpern, seine gerade Nase, seinen Mund, sein Kinn. Er saß mit gekreuzten Beinen da, die Hände auf den Knien ruhend, aufmerksam, undurchdringlich. Ihm gegenüber, im gleichen diffusen Licht, gekleidet in ein golddurchwirktes, gegürtetes Gewand, mit bloßem Haupt, sah ich Nicephorus, sein gelocktes Haar, seine kurze Nase, seine fleischigen Lippen, seinen kräftigen Hals – und als lange Zeit später der Kopf Dschafars an die Brücke von Bagdad genagelt worden war und acht Jahre danach der Schädel des Kaisers Nicephorus, getötet von Khan Krum, als Trinkschale diente, dachte ich an das ähnliche Schicksal dieser beiden Männer, die damals, an jenem Frühlingsmorgen, Auge in Auge in dem zedernholz-getäfelten Saal, am Rande des syrischen Reiches, beisammen saßen. Schön waren sie beide, mächtig und voller Selbstvertrauen. Spürt ihr den Wind, der vorbeistreicht? Er ist schwer vom Duft des Jasmin, er ist sanft, er liebkost eure Haut, macht, daß ihr die Augen schließt, von der Liebe träumt und von der Jugend, streicht über die Blätter der Bäume; doch plötzlich wird er ungestüm und rauh, dörrt die Lippen aus, reizt die Augen, schlägt die Türen zu, biegt die Zweige, bricht sie mit einem heftigen Stoß. Dann entschwindet er wieder, seht ihr ihn dort in der Ferne? Alles kommt zur Ruhe, und er ist für euch nichts weiter gewesen als eine kurze, heftige Leidenschaft.

Ich habe Rakka vergessen, ich sehe nur noch zwei Schädel, die sich weder betrachten noch miteinander sprechen können, und meine Tränen, die über ihre ausgeblichenen Gebeine rinnen, scheinen aus ihren leeren Augenhöhlen zu fließen, auf die roten

Seidenkissen des Ratssaales zu fallen und sich dort wie Blutflecken auszubreiten.

Nicephorus und Dschafar schlossen einen Vertrag, der Kalif unterzeichnete ihn: Die Kaiserin würde jährlich Tribut zahlen, und Harun würde ihre Grenzen nicht länger überschreiten. Heuchelei auf beiden Seiten, Vorgaukeln von Freundschaft – während des Abschiedsfestes tranken Griechen und Araber zusammen, aßen zusammen, besaßen dieselben Frauen und trennten sich dann, um sich nie wiederzusehen.

Wir verbrachten den restlichen Sommer in Rakka, im Herbst waren wir wieder in Bagdad, denn Harun wollte seine Pilgerreise nach Mekka antreten.

Im Ksar al Tin erwartete Fadl seinen Bruder. Dieser unbestechliche, tolerante, weise Mann sollte sich ins Verderben stürzen und sein Aufbruch die Mauern der Barmakiden-Dynastie ins Wanken bringen. Niemand hatte es kommen sehen, wer hätte es auch ahnen können? Hat nicht selbst der Festungsring von Bagdad unter dem Wüstenwind nachgegeben? Ich habe ihn noch trotzig, unversehrt, uneinnehmbar gekannt; jetzt sehe ich, wie Jahr für Jahr die Risse breiter werden und im Winter die Krähen darin nisten.

Fadl und Dschafar sprachen lange miteinander; am Abend erzählte mir Dschafar von den Plänen seines Bruders, der zugunsten von Jahja ben Abd Allah eingreifen und ihm freies Geleit aus Medina geben wollte. Er plante auch, zugunsten der Aliden in Persien einzuschreiten, um ihnen Hoffnung und Freiheit zu lassen. Dschafar war nachdenklich; er wußte, wie sehr Harun den Aliden feindlich gesonnen war, er selbst aber stand, in den Tiefen seines Herzens, auf der Seite seines Bruders.

Lange Jahre hatte ich nun Harun mit wachen Augen und Ohren beobachtet. Ich kannte seinen Zartsinn, seine Intelligenz, aber auch seinen Hochmut, seine Reizbarkeit, seine religiöse Intoleranz, seine Gewalttätigkeit.

»Herr«, sagte ich nur, »Herr, der Kalif liebt dich, du bist stark, aber verscherze seine Gunst nicht durch Leichtsinn, denn entzieht er dir seine Liebe – der Himmel behüte dich davor –, so bist du verloren. Harun muß der Einzige in deinem Leben sein, Jahja ben Abd Allah zählt nicht.«

Dschafar lachte.

»Und wo bleiben die moralischen Werte, Achmed, das Streben des Geistes? Wir sind es uns schuldig, wir, die Barmakiden, diejenigen zu unterstützen, die zu uns gehören. Gleichviel! Ich werde mich aus dieser Angelegenheit heraushalten, Fadl ist Haruns Milchbruder, der Kalif kann das nicht vergessen. Ich selbst werde am Tag ihrer Begegnung nicht in Badgad sein. Ist es dir recht so, Achmed?«

Ich sah Dschafar an.

»Dem Kalifen wird es recht sein, Herr, und du wirst glücklich sein, ihn bald wiederzusehen.«

Wenige Stunden später brachen wir zu einer Jagdpartie auf, die drei Tage dauern sollte. Dschafar vergnügte sich, er galoppierte dem Wind entgegen, es quälten ihn keine Sorgen. Bei unserer Rückkehr erwartete uns Jahja, aufrecht, verstört, in den Gemächern meines Herrn. Dschafar blieb stehen, er war noch in Reitkleidern, es spielte noch ein Lächeln um seine Lippen.

»Der Kalif geriet außer sich, als er die Worte deines Bruders vernahm, Dschafar. Er hat geschworen, ihn niemals wieder zu empfangen. Fadl hat all seine Ämter am Hofe verloren, bis auf die Vormundschaft des Prinzen Al Amin, Allah schütze ihn. Du mußt Harun umgehend aufsuchen, mein Sohn, mußt versuchen, ihn umzustimmen; mein eigenes Eingreifen hat nichts genützt.«

Dschafar, nur wenige Schritte von dem alten Jahja entfernt, erbleichte.

»Was sagst du da, Vater?«

»Harun will Fadl nicht mehr sehen, nie wieder. Du mußt dafür sorgen, daß er seine Meinung ändert.«

Jetzt verstand Dschafar, und blitzschnell war seine Entscheidung gefällt.

»Vater, ich kann nichts für Fadl unternehmen, ohne mich

selbst in Gefahr zu bringen. Es ist besser, wir lassen die Zeit zu seinen Gunsten wirken. Deshalb soll, weder von dir noch von mir, der Name meines Bruders vor dem Kalifen ausgesprochen werden. Bewege Fadl, fortzugehen, sich für gewisse Zeit zu entfernen; ich werde ihn nicht sprechen, aber mein Herz wird bei ihm sein, sage ihm das. Ich selbst werde an der Seite Haruns bleiben, denn nichts kann mich von meinem Kalifen fernhalten, nichts und niemand.«

Jahja blickte seinen Sohn lange an und neigte den Kopf. Dann, ohne ein weiteres Wort, wandte er sich ab und ging. Er schien plötzlich sehr alt.

Harun und Dschafar sprachen nicht ein einziges Mal von Fadl. Mein Herr war liebenswürdig, beschwingt, unwiderstehlich, sie lachten, tranken, würfelten bis spät in die Nacht hinein; dann folgte Dschafar dem Kalifen in seine Gemächer, und die Tür schloß sich hinter ihnen.

Am nächsten Tag, als Dschafar und Harun zusammen speisten, fragte mein Herr:

»Wird die Prinzessin Abassa nicht bald aus Mekka zurückkehren?«

Nie zuvor hatte er von Haruns Schwester gesprochen, ich wußte aber, daß er bisweilen an sie dachte. Der Kalif lächelte, und sein Lächeln war zweideutig.

»Sie wird bald wieder in Bagdad sein, aber vergiß nicht, daß sie jetzt eine Frau ist. Du kannst sie nicht wie vorher sehen. Sie wird vor dir den Schleier tragen.«

Dschafar wurde nachdenklich. Abassa, verborgen hinter einer Maske oder einem Schleier? Sollte er niemals ihr Gesicht wiedersehen? Ihre leicht geschlitzten Augen, ihre schmale Nase, ihren fruchtigen Mund, ihre kleinen Zähne, ihren schlanken Hals? Ihn selbst überraschte seine Enttäuschung – welche Bedeutung konnte die kleine vierzehnjährige Prinzessin schon für ihn haben, sie, die so stolz war auf ihr arabisches Blut, so erheiternd und doch so selbstbewußt. Er würde sie lachen und singen hören, ihr lauschen, wenn sie die Lyra spielte, Verse vortrug, und das war gut so; die Maske aus Leder oder der Schleier waren ohne Bedeutung . . .

Aziza gebar einen zweiten Sohn, Al Mutasim, der einst Kalif sein würde. Es gab ein großes Fest im Palast und am letzten Tag ein Feuerwerk in allen Gärten und einen Dichterwettstreit. Hinter jedem Strauch, jeder Säule, jedem Brunnen, im Rosengarten und zwischen den Orangenbäumen zauberten Musikanten, Jongleure, Magier, Dichter in schlichten weißen Gewändern eine neue Welt, entrollten sie wie eine Schlange, eine Schlange aus Feuer, aus Honig, aus Gold, aus Raum und Zeit, und wickelten sie geschickt um das Handgelenk des Kalifen. Harun, unter dem bengalischen Feuer, glich einem Genius, und Dschafar, an seiner Seite, einem jener antiken Standbilder von unsterblicher, einzigartiger Schönheit, die in sich ruhend lebt bis in alle Ewigkeit. Harun führte meinen Herrn an zwei Reihen von Musikanten vorbei, die große Marmorallee hinab, die bei dem Becken aus grünen und blauen Mosaiken endete. Am Brunnenrand, eingehüllt in ein schwarzes Gewand, das übersät war mit kleinen Silberplättchen, saß eine zarte Gestalt: Abassa. Sie trug einen leichten Schleier aus Tüll, der ihr Gesicht erahnen ließ. Sie lachte.

»Erkennst du mich, Dschafar?«

»Prinzessin Abassa, ich konnte dich nicht vergessen. Seit deiner Abreise warst du stets in meinen Gedanken und in meinem Herzen.«

Er gab seiner Stimme einen heiteren, scherzhaften Klang, doch seine Worte waren nicht weit von der Wahrheit entfernt, das wußte ich.

Haruns Blick wanderte zwischen den beiden hin und her, er hatte noch immer jenes sonderbare Lächeln auf den Lippen, das mir Angst machte. Dann legte er seine Hand auf Dschafars Arm, und ohne Abassa aus den Augen zu lassen, fragte er:

»Und du, kleine Schwester, hast du die Schönheit meines Freundes vergessen können?«

Abassa schlug die Augen nieder, warf plötzlich den Kopf zurück und lachte.

»Die Schönheit Dschafars kann man nicht vergessen, nicht wahr, mein Bruder?«

Da ergriff der Kalif die Hand meines Herrn, liebkoste sie eine Weile – Abassa sollte es sehen – und ließ sie wieder los.

»Wir wollen spazierengehen.«

Eine Tänzerin, umgeben von Musikanten mit Tamburinen, hob sich gleichsam zum Himmel empor, ihre Füße hatten sich vom Boden gelöst, mit den Armen schlug sie die laue Luft, ihre Hüften und ihr Bauch rieben sich an der Nacht. Die Musikanten bewegten sich im Rhythmus. Etwas weiter, im bläulichen Licht eines bengalischen Feuers, feierte ein betagter Sänger mit monotoner Stimme den Siegeszug der Reiter des Islam bis an die Grenzen der Welt, und immer wieder, wenn der Name Allahs fiel, verneigten sich die beiden jungen Leute, die ihn begleiteten.

»Wir wollen trinken«, sagte Harun, »mich dürstet.«

Unter einem Oleanderstrauch nahmen die drei Platz; wie überall waren auch hier Sitzpolster verteilt. Der Maihimmel glitzerte von unzähligen Sternen, es duftete nach Moschus und Sandelholz, Wein und Wüste, die Musikanten schlugen mit ihren Tamburinen den Takt für die Zeit, ließen sie die Stunden vergessen, die vergingen, so als würde die Welt über Bagdad stillstehen, fasziniert von dem Fest und dem tanzenden Licht der tausend Lampen. Die bengalischen Feuer, die das Wasser in den Becken rot und die Blüten der Bäume blau färbten, gaben der Natur ein wundersames, poetisches, drohendes Antlitz. Als ich mich über das Wasser neigte, fürchtete ich, Blut auf unseren Gesichtern zu sehen.

»Wein, Achmed«, rief Dschafar.

Ich trug Becher und eine Silberkaraffe, gefüllt mit Zypernwein herbei. Ich schenkte ein. Abassa hob ein wenig den Schleier und trank. Dschafar beobachtete sie.

»Kleine Schwester«, murmelte der Kalif und nahm die Hand der Prinzessin in die seine, »du weißt, daß du dich von nun an, unter keinem Vorwand, vor meinem Freund entschleiern darfst.

Es hieße, Gott und mich selbst unendlich kränken, würdest du dich dieser Anordnung widersetzen.«

Abassa neigte den Kopf und schwieg. Der Kalif hielt noch immer ihre Hand.

»Liebst du meinen Freund, Abassa?«

»Wen du liebst, den liebe auch ich, Herr, und ich weiß, wie sehr du Dschafar verbunden bist.«

»Du hast recht, und noch heute, da wir die Geburt meines Sohnes feiern, der auch ein wenig der seine ist, will ich ihm den Beweis meiner Liebe erbringen, einer Liebe, die niemals enden wird. Schaut!« – und er zeigte seine linke Hand – »Seht das Siegel des Kalifen, Symbol seiner absoluten Macht. Derjenige, der es trägt, ist Herr über unsere Welt, er wird von der ganzen Erde gefürchtet, und niemand kann sich rühmen, größer zu sein als er. Dieses Siegel, Dschafar, ich gebe es dir, denn du bist würdig, es zu tragen, da du der teuerste Teil meines Herzens bist.«

Harun ergriff die Hand meines Herrn und steckte ihm das Siegel an den Finger. Abassa beobachtete sie voller Staunen, dann blickte sie Dschafar lange an, ernst für eine Weile, denn sie verstand, welche Macht und welchen Einfluß dieser Mann besaß, welche Faszination er ausübte, und ich ahnte, daß sie in diesem Augenblick selbst davon ergriffen war, daß er für sie der schönste, der größte, der mächtigste aller Männer war, und daß sie ihn mit ihrem kindlichen Herzen und Körper begehrte, so wie man ein mythisches, unerreichbares, ungreifbares Wesen liebt; denn um ihn zu besitzen, mußte sie ihn dem Kalifen nehmen. Sie verschüttete ein wenig Wein aus ihrem Becher und erhob sich.

»Mein Bruder, es ist Zeit für mich zu gehen, ich kann nicht länger bei euch verweilen, denn meine Mutter und meine Tanten erwarten mich im Palast. Wir werden uns bald wiedersehen.«

Sie zog den Tüllschleier vor ihr Gesicht und verbarg es gänzlich, doch ich sah ihre Augen auf meinem Herrn ruhen und die meines Herrn auf ihr. Harun betrachtete sie beide, und im Wasserbecken, unter dem bengalischen Feuer, leuchteten ihre drei Gesichter blutrot.

Abassa entfernte sich, mein Herr wollte den Siegelring von seinem Finger ziehen.

»Laß«, sprach der Kalif, »ich habe nicht gescherzt. Ich gebe dir die Macht auf dieser Erde, jetzt bist du meinesgleichen, wir sind eins.«

Dschafar kniete vor dem Kalifen nieder, ergriff seine Hand und küßte sie. Harun aber schien fast unglücklich, so als ahnte er etwas Schreckliches, ja, als wünschte er es sogar herbei. Er sprach mit sanfter Stimme:

»Ich habe dir, Dschafar, alles gegeben, was du begehrtest. Von jetzt an verlange nichts mehr von mir.« Und er wiederholte mit fester Stimme: »Nichts mehr.«

Ich ahnte, daß er von Abassa sprechen wollte.

Sie kehrten Hand in Hand zum Palast zurück.

Später überzeugte Dschafar den Kalifen, daß es besser sei, Jahja, seinem geistigen Vater, das Staatssiegel zu übergeben. Wenn er seiner Familie diese außerordentliche Ehre erweisen wolle, so sei allein das Oberhaupt ihrer würdig und in der Lage, sie dem Wohle der Menschheit dienlich zu machen. Er selbst suche nur Haruns Freundschaft, nichts anderes, und er wisse, daß er sie besitze.

Das Kalifensiegel konnte den Barmakiden kaum einen Zuwachs an Macht verleihen – sie regierten ja schon das Reich –, wohl aber ein Mehr an Einfluß und Ansehen, und es schien, als könne kein Sturm sie jemals beugen.

Gegen Ende des Sommers wünschte Harun, nach Rakka zurückzukehren und es zu seiner Hauptresidenz zu machen. Keine Pilgerreise, keinen Heiligen Krieg hatte er jemals ausgelassen, er führte beides alljährlich aus. Dort oben, in Syrien, war er den Kampffeldern näher, und also wollte Allah ihn dort wissen. Die Frömmigkeit des Kalifen war groß, und bisweilen fühlte er sich als Arm Gottes auf Erden. Indem er gewissenhaft seine Pflichten als Muselman ausübte, hoffte er Vergebung für seine menschlichen Sünden zu finden. Jahja herrschte über Bagdad, das Reich war in guten Händen, in so mächtigen Händen, daß ihr fester

Druck dem Kalifen bisweilen den Atem nahm. In Rakka fühlte er sich freier, größer. In seinem Gefolge waren Dschafar, Aziza und Abassa, die Kronprinzen, all jene, die er liebte. Auch die Königin Zubaida begleitete ihn und mit ihr Fadl al Rabi. Jetzt, da sie fast Seite an Seite lebten, gewöhnten sich Harun und der Syrer wieder aneinander. Der Kalif ließ ihn häufig – jedoch nur in Abwesenheit Dschafars – zu sich kommen; er brauchte ihn, um sich mächtig zu fühlen.

Der Herbst in der syrischen Wüste war erdrückend. Harun und mein Herr verbrachten die Abende auf der Terrasse des Palastes, um der Musik zu lauschen oder zu würfeln. Oft gesellte sich Abassa zu ihnen, sie blieb verschleiert, und so war es nicht möglich, meinem Herrn ihre Zuneigung zu zeigen. Es waren glückliche, friedliche Tage; die Augen des Kalifen hatten jenen befremdlichen Glanz verloren, wenn er mit seiner Schwester und seinem Freund beisammen war. Sie lachten, und es schien, als sei ihr Einverständnis grenzenlos. Mein Herr war zweiunddreißig Jahre alt, Abassa fünfzehn, wir zählten das Jahr 185*. In meiner Erinnerung sehe ich eine Tür, eine Tür am Ende eines Paradiesgartens, Gott allein weiß, wohin sie führt, und niemand will sie öffnen. Plötzlich erhebt sich ein Wind, zuerst eine sanfte Brise nur, dann ein immer heftigerer Sturm, die Tür beginnt zu knarren, die Angeln drehen sich von selbst, sie öffnet sich langsam, ohne von einer Menschenhand berührt zu werden. Und da, wie von einer magischen Kraft angezogen, löst sich der Garten Eden auf, drängt sich durch die geöffnete Tür hinaus, wird vom Nichts verschluckt, von der schwarzen eisigen Wüste verschlungen. Zwischen den Mauern aus Lehm findet der Blick nur noch Trostlosigkeit und Leere, ödes Erdreich, verwüstet, als hätten Fluten von Tränen es verheert... Schweigen, plötzlich unterbrochen vom Krächzen eines Raben; er trägt etwas im Schnabel, ein Stück Fleisch. Woher hat er es genommen? Niemand weiß es, vielleicht von der Brücke in Bagdad... Dort wo die Tür war, er-

* 801 n. Chr.

scheint das Gesicht einer Frau, eines Kindes fast, der Blick friedlich, abwesend, für immer nach innen gekehrt, in einen zerstörten Garten Eden . . .

Dschafar ging häufig auf die Jagd, brach im Morgengrauen auf, kehrte erst nachts zurück. Man hätte meinen können, er wollte seinen Körper erschöpfen, ihn zermürben, ihn zähmen, einen Körper, der sich weigerte, ihm zu gehorchen.

Eines Morgens, da mein Herr mit mir und mehreren Falknern zur Jagd aufbrechen wollte, ließ ihn ein Bote des Kalifen wissen, daß Harun und Abassa ihn zu begleiten wünschten. Dschafar war sichtlich beglückt, und als sich der Kalif zu ihm gesellte, küßte er ihm die Hand.

»Herr, du hättest mir keine größere Freude und Ehre bereiten können. Allah ist mein Zeuge, daß ich glücklich bin.«

Der Kalif sah ihn lächelnd an. Er hatte seine Hand auf die meines Herrn gelegt, der sich vor ihm verneigte.

»Erfreut dich nicht auch die Gegenwart meiner Schwester?«

»Weniger als die deine, Herr, doch es ehrt mich sehr, daß mir die Prinzessin auf die Jagd folgen will.«

Abassa stand hinter dem Kalifen, unendlich zart und zerbrechlich in ihrem Reitgewande, den weiten Hosen, den bestickten Stiefeln, der Tunika, die in der Taille eng gegürtet war und dem kurzen Schleier, der nur den unteren Teil ihres Gesichtes verhüllte, ihre Augen, ihre glücklichen Gazellenaugen, aber freiließ.

»Worauf warten wir noch?« rief der Kalif. »Der Tag wird heiß werden. Wir wollen aufbrechen.«

Die trockene Erde wirbelte unter den Hufen unserer Pferde auf. Abassa war eine sehr gute Reiterin, ihre kleine weiße Stute flog dahin wie der Wind. Die Mähne des Tieres und die Zipfel des Schleiers glichen winzigen Wellen, die sanft gegen das Blau des Himmels schlugen. Harun und Dschafar, Seite an Seite, folgten ihr. Haruns Augen ruhten auf seiner Schwester, Dschafar dagegen blickte auf ihr Pferd, eine Befangenheit war zwischen ihnen, und diese Befangenheit galoppierte lachend vor uns her. Wir machten an einer Oase Halt, um zu trinken. Die Prinzessin entfernte sich ein wenig, um ihren Schleier herunterzuziehen; ihr war heiß, Schweißperlen rannen über ihre Stirn, die Schläfen hinab, benetzten den Stoff ihres Schleiers, wie Tränen. Dann saßen wir wieder auf, und die drei ritten an der Spitze.

Die Jagd war erfolgreich, der Falke der Prinzessin tötete eine junge Gazelle, eine Trappe, eine Wildgans, die sich verirrt hatte; sie selbst feuerte den Vogel mit ihrer Stimme an, und aus ihrer Kehle kamen heitere und aggressive Laute, wie sie die Frauen ausstoßen, wenn ihre Männer in den Krieg ziehen. Harun war erschöpft, er hielt sein Pferd im Schatten mehrerer Dattelpalmen neben einem Brunnen an und wünschte sich auszuruhen. Dschafar und Abassa brachen auf, um ihre Vögel ein letztes Mal in die Lüfte steigen zu lassen. Der Kalif sah ihnen nach, folgte ihnen, solange er konnte, mit dem Blick, dann tauchte er seine Hand ins Wasser und kühlte sein Gesicht.

Wir waren zu viert, Dschafar, Abassa, der Falkner der Prinzessin und ich, in einem staubigen Tal, jenseits eines Hügels, den unsere Pferde schnaubend erklommen hatten. Mein Herr und die Prinzessin ritten voraus, wir alle schwiegen, die Hitze war glühend, der Ort majestätisch und wild – wir fühlten uns beengt und doch frei.

Wir hielten an, um einem neuen Stück Wild aufzulauern, die Pferde scharrten mit den Hufen und atmeten geräuschvoll, die Hitze über dem Boden schien zu tanzen wie durchsichtiger Rauch, sie hüllte die Steine, die Gräser, die Dornengewächse in ihren heißen Atem. Die Falken bewegten sich unruhig auf ihren Stangen. Plötzlich, hell und klar, ein Schrei des Falkners:

»Dort, dort, ein junger Fuchs!«

Eine kleine rötliche Gestalt, kaum sichtbar auf dem Ockergelb des Bodens, tauchte hinter einem niedrigen Busch auf, löste sich aus dem Schutz der Zweige und jagte in schnurgerader Richtung davon.

Fast gleichzeitig befreiten Dschafar und der Falkner ihre Vögel von der Kappe, die Tiere blinzelten mit den Augen, schlugen mit den Flügeln, die Haken klirrten, der Falke meines Herrn erhob sich als erster in die Lüfte, Sekunden später gefolgt von dem der Prinzessin.

»Auf, auf!« rief das junge Mädchen.

Die Vögel stiegen zum Himmel, langsam, majestätisch, die Schwingen ausgebreitet, ruhig dahingleitend, mal höher mal tiefer, dem Spiel der Winde preisgegeben, schön alle beide, gleichgültig und grausam. Der Fuchs witterte die Gefahr, hielt inne, die Ohren aufgerichtet, rannte weiter. Zu spät: die Falken hatten ihn entdeckt. Im selben Augenblick stürzten sie auf das Tier hinab, ein jeder erstaunt über die Gegenwart des anderen. Der Fuchs kämpfte um sein Leben, versuchte, den Schnäbeln auszuweichen, die sich in sein Fleisch bohrten. Die Falken beobachteten sich, ein jeder wollte allein die Beute ergreifen und den anderen mit Schnabel- und Klauenhieben verdrängen; einer der beiden würde den Kampf mit dem Tod bezahlen müssen. Der Fuchs nutzte die Gelegenheit und befreite sich, die Vögel aber machten sich erneut über ihn her – einen Augenblick lang einmütig, bevor sie sich wieder bekämpften. Die Prinzessin preßte die Hände zusammen.

»Schnell«, rief sie ihrem Falkner zu, »trenn sie, sonst werden sie sich töten.«

Der Mann stob im Galopp davon.

Wir waren zu dritt, Dschafar und Abassa Seite an Seite, ich hinter ihnen.

Sie war es, die ihre Stute dicht neben das Pferd meines Herrn lenkte, so dicht, daß die Flanken der beiden Tiere sich berührten und ihr Bein fest gegen Dschafars Schenkel gepreßt wurde.

Langsam wandte mein Herr den Kopf und schaute sie an. Der Falkner war von seinem Pferd gesprungen und hatte den Vögeln ihre Beute entrissen. Aus der tief klaffenden Bauchwunde des Fuchses spritzte das Blut.

Auch Abassa richtete ihre Augen auf Dschafar. Ihre Blicke vereinten sich ... lange? Vielleicht, vielleicht auch nicht, doch mir war, als bliebe die Sonne am Himmel stehen, um sie zu betrachten. Ihre Schicksalsstunde schlug dort, in jenem Tal, am

Rand des syrischen Reiches. Und Allah ist mein Zeuge, daß nicht mein Herr es war, der die erste Geste machte. Es war die Prinzessin, die, ihre Augen tief in die seinen getaucht, mit einer Hand den Schleier herabzog, der ihr Gesicht verhüllte – eine einfache Geste, doch von unerhörter Kühnheit, ein unwiderstehlicher Ruf, der Dschafar vor Begierde zittern ließ. Sie lächelte, und er lächelte zurück, ihre kleine Hand legte sich in die Hand meines Herrn, hielt sie ganz fest.

»Dschafar«, murmelte sie.

Und das war alles, aber mein Herr verstand, daß die Prinzessin sich ihm anbot. Wann würde er sie besitzen? Sie wußten es nicht, doch beide wünschten es mit jeder Faser ihres Herzens. Es war ihnen wichtiger als ihre Träume, wichtiger als ihre Zukunft, wichtiger als ihr Leben.

Der Falkner kehrte zurück, der Fuchs lag quer auf dem Rükken seines Pferdes, die Vögel saßen auf seiner Faust. Mit einer raschen Handbewegung verhüllte Abassa ihr Gesicht, dann drängte sie ihre Stute vorwärts und entfernte sich von Dschafar.

Mein Herr war bleich, er schloß die Augen.

»Wir wollen den Kalifen nicht warten lassen«, sagte er.

Sie kehrten um. Die Prinzessin und Dschafar vermieden es, sich anzuschauen, und wenn sich ihre Augen doch trafen, so trübte sich ihr Blick, als würde eine Sonne sie blenden. Harun kam ihnen zu Pferde entgegen.

Achter Abend Achmeds

Immer heftiger wehte der Wind. Er blies in langen, trockenen, glühendheißen Böen, hielt die Einwohner von Bagdad in ihren Häusern gefangen, ließ sie Fenster und Türen verriegeln und in den Höfen oder im Halbdunkel ihrer Kammern sich versammeln. Die Terrassen waren menschenleer, die Straßen und Plätze verlassen. Am späten Nachmittag öffneten einzelne Händler in den schattigen Souks ihre Läden, doch nur wenige Kunden stellten sich ein. Vor den Türen der Moscheen, vom Wind geschützt, hockten die Bettler und warteten schlummernd auf die Nacht. Es wurde Abend, es war noch immer heiß, und der große Platz blieb leer. Wer wollte schon unter dem sengenden Wind die Nacht bevölkern? Welch wundersame Gestalt würden die Träume im glühenden Schoß der Dunkelheit, in der Feuchte der Luft, in der Hitze der Körper annehmen, Körper, die von einem stets wiederkehrenden, unstillbaren Verlangen brannten? Waren vielleicht die Schatten Dschafars und Abassas hier, eng umschlungen, in diesem Bagdad, das sie beide so geliebt hatten? Doch wer erinnerte sich ihrer schon, außer dem Greis, der, einsam auf dem großen Platz, die Arme dem Wind entgegenstreckte, um seine Vergangenheit fest zu umfangen? Er würde diesmal nur für sich sprechen, oder doch fast, und das war gut so, denn die Stunden der Liebe, die er heute nacht ins Leben zurückrufen wollte, würden alsbald vom Wind fortgetragen, dorthin, wo sie stranden mußten, vielleicht nirgends, vielleicht im Erinnern der Welt.

Mein Herr liebte Abassa, so wie er noch nie zuvor eine Frau geliebt hatte, weil sie sehr jung, sehr schön, sehr klug, weil sie eine Prinzessin, Sproß eines noblen arabischen Stammes, die Schwester des Kalifen war, und weil er nicht das Recht hatte, sie anzurühren, ja, nicht einmal ihr Gesicht zu sehen. Seine Vorstellungskraft, seine Lust am Unmöglichen, seine Sinnlichkeit, alles fügte sich zusammen, war angelegt, um sein Leben auf Abassa auszurichten. Er dachte nur noch an sie, und in den Armen Haruns oder einer Konkubine war sie es, die er zu besitzen träumte.

Und die Prinzessin mied ihn, war traurig und schweigsam in seiner Gegenwart. Harun beobachtete seine Schwester und seinen Freund, und jenes zweideutige Lächeln umspielte wieder seinen Mund. Niemals ließ er sie allein, und wenn er ausging, so verlangte er, daß Abassa ihn begleitete.

Seltsame Zerstreuung eines großen Mannes, und welch seltsame Abende, an denen alle drei mit traurigen Gesichtern lachten! Der Kalif liebte es, Dschafar vor den Augen der Prinzessin zu liebkosen und, umgekehrt, seine Schwester vor Dschafar; er genoß ihre Verwirrung, ihre Ohnmacht. In solchen Augenblikken flammte Dschafars Leidenschaft für den Kalifen neu auf, es war, als wolle er sich auf ihn stürzen, um ihn zu zerstören, ihn zu vernichten, sich selbst zu befreien. Eines Abends – ich hielt mich im Gemach des Kalifen auf und wollte mich eben zurückziehen – sah ich, wie mein Herr den Nacken Haruns liebkoste, seine langen Finger strichen durch seine braunen Locken, über seine Wangen, seinen kurzen gekräuselten Bart entlang und über seine Schultern. Der Kalif wandte sich lachend meinem Herrn zu.

»Möchtest du meine Schwester besitzen, Dschafar?«

Mein Herr erstarrte in seiner Bewegung.

»Warum stellst du mir diese Frage? Hat dich ein Blick, eine Geste auf diesen Gedanken gebracht?«

Harun lachte, ein kurzes, höhnisches, böses Lachen.

»Alles in dir begehrt sie, Dschafar, dein Körper, dein Geist, dein Ehrgeiz, aber du wirst sie nicht besitzen, niemals. Vergiß sie!«

Und er neigte sich vor zu meinem Herrn, ergriff seine beiden Hände und küßte sie.

Ein anderes Mal wandte sich Harun an die Prinzessin.

»Sieh nur, kleine Schwester, wie unendlich schön Dschafar ist, sieh sein Gesicht, seinen makellosen Körper. Er ist leidenschaftlich, klug und kühn, es gibt keinen Mann, der ihm gleichkommt, aber er ist nicht für dich bestimmt. Du wirst einen arabischen Prinzen heiraten, den ich bald für dich auswähle.«

Eines Tages fügte er hinzu: »Ich denke an Fadl al Rabi, wäre er nicht ein angemessener Gemahl für dich?«

Abassa ließ sich nicht aus der Fassung bringen. Die Kraft, der Mut und die Entschlossenheit dieses jungen Mädchens waren einzigartig.

»Fadl al Rabi ist kein Prinz, mein Bruder, er ist der Sohn eines Kammerherrn.«

»Dschafar ist der Sohn meines Wesirs, Abassa, wo ist da der Unterschied?«

»Aber ich werde mich nicht mit Dschafar vermählen, mein Bruder, es sei denn, du wünscht es, denn ich will dir in allem gehorchen.«

Stark war sie wirklich, die Prinzessin, doch sie hatte aufgehört zu reiten, sie ging nicht mehr aus und aß kaum. Weil sie in Gegenwart meines Herrn noch immer ihren Schleier tragen mußte, speiste sie stets nur allein mit ihrem Bruder; dann schwiegen sie. Ohne Dschafar hatte der Kalif kein Vergnügen an seinem Spiel.

Eines Nachts, nach einer Würfelpartie mit meinem Herrn, sagte der Kalif beiläufig:

»Die Prinzessin Abassa wird Fadl al Rabi heiraten. Ich will diesen außergewöhnlichen Diener mit dem belohnen, was ich am meisten liebe.«

Dschafar wurde totenblaß, er machte eine heftige, unkontrollierte Bewegung, und die Würfel rollten zu Boden. Schließlich hob er die Augen und schaute den Kalifen an. Trotz der äußersten Anspannung seiner Nerven war sein Blick zärtlich, liebkosend.

»Herr, ich bitte dich, tu das nicht.«

»Und warum nicht, Dschafar? Fadl ist ein guter Diener – und ein Freund.«

»Er ist geistlos, außerdem hat er schon zwei Frauen. Wünscht du einen solchen Gemahl für die kleine Abassa? Verheirate sie mit irgendeinem arabischen Prinzen, ich würde es begrüßen, aber nicht mit Fadl al Rabi, nicht mit ihm.«

Der Kalif senkte den Blick.

»Wir werden sehen. Abassa ist noch jung, aber sie scheint mir betrübt. Ich glaube, sie wünscht sich zu vermählen.«

»Sprich mit Aziza, Herr. Sie wird für die Prinzessin einen Gemahl finden, der zu ihr paßt. Sie ist eine Frau von großer Weisheit und großer Güte.«

Harun sprach wirklich mit der Prinzessin, und sein Verhalten Dschafar gegenüber änderte sich schlagartig: Er hörte auf, ihn zu quälen, ja, er betrachtete ihn mit Zärtlichkeit. Es herrschte Waffenruhe, doch statt sie zu nutzen, mieden sich Dschafar und Abassa nur noch mehr. Die Gegenwart des anderen war für beide unendlich qualvoll.

Es war an einem schönen Herbstmorgen, der Kalif, Dschafar und Abassa wandelten im Rosengarten zwischen Blumen, die ihre Blätter verloren; da setzte sich Harun am Rand des Brunnens nieder, nahm Abassa bei der Hand und ließ sie an seiner Seite Platz nehmen.

»Kleine Schwester«, sagte er langsam, und seine Augen glänzten, »du wirst dich vermählen, denn du bist schön, und du sollst nicht allein bleiben.«

Abassa zeigte keine Regung, sie hielt den Blick gesenkt und betrachtete schweigend die Blumen und Vögel, die sich in den blauen Mosaiken rund um das Becken tummelten; auch sie schienen ihrem Bruder zu lauschen. Der Kalif fuhr fort, und seine Worte mischten sich unter das Murmeln des Wassers und den Duft der Rosen.

»Ich sprach gestern abend mit der Prinzessin Aziza. Sie gab mir einen Rat, auf den ich gerne eingehen will, unter einer Bedingung allerdings, die ich dir nennen werde. Aber zuerst sage mir, Abassa, möchtest du den Namen deines zukünftigen Gemahls hören?«

Abassa schwieg noch immer. Dschafar, der vor ihnen stand, entblätterte eine Rose, seine Hand riß an den Blütenblättern, so als wolle er sie an seinen eigenen Qualen teilhaben lassen. Harun war verstummt, er genoß das Schweigen. Langsam beugte er sich über das Becken, schöpfte Wasser mit der hohlen Hand und öffnete diese plötzlich; ein Wasserstrom ergoß sich über einen Golestan, den mythischen Vogel Persiens, der auf den Mosaiken dargestellt war und jetzt in der Sonne glitzerte.

»Du wirst dich mit dem Menschen vermählen, den ich auf der Welt am meisten liebe, der mir teurer ist als mein Augenlicht, meinen Freund, meinen Bruder, Dschafar al Barmaki.«

Abassa konnte ein Zittern nicht verbergen, mein Herr riß die letzten Blütenblätter aus, warf den Stiel zu Boden und musterte den Kalifen; er wagte keine Regung zu zeigen – sicher scherzte Harun nur. Der Kalif brach in Lachen aus.

»Diese Aussicht scheint euch nicht so zu freuen, wie sie mich erfreut, und doch ist es die Weisheit selbst, die aus den Worten der Prinzessin Aziza spricht. Ihr seht euch jeden Tag, und meine kleine Schwester muß den Schleier tragen, der ihr lästig ist. In Zukunft darf sie sich frei zeigen vor dir, Dschafar, und wir können alle drei zwanglos miteinander umgehen. Sie wird mit uns essen und trinken können, und wir werden glücklich sein, glaubst du nicht auch, mein Bruder?«

»Herr, ich werde tun, was du von mir verlangst. Wenn es dein Wille ist, daß ich die Prinzessin heirate, so werde ich sie heiraten ... aber du sprachst von einer Bedingung.«

Abassa, hinter ihrem schwarzen Schleier starrte Dschafar an, und ihre Augen leuchteten; sie saß aufrecht da und hielt sich ängstlich, erwartungsvoll mit beiden Händen am Brunnenrand fest.

»Ja, Dschafar, ich sprach von einer Bedingung. Du wirst dich mit Abassa vermählen, weil es für unser aller Leben so am einfachsten ist, aber du wirst diese Ehe nicht vollziehen, niemals. Du wirst meine Schwester nicht anrühren, du wirst nie allein mit ihr sein. Ein Verstoß gegen diese Bedingung wäre eine nie wiedergutzumachende Kränkung meiner Person. Das ist mein Wille. Bist du bereit, dich ihm zu beugen?«

Dschafar nahm all seine Kraft zusammen, um sich zu beherrschen, sich nicht auf Harun zu stürzen, ihm etwas anzutun. Der Kalif wollte ihm eine Frau geben, die er nicht anrühren durfte – das war eine maßlose Demütigung, und es fiel ihm unsagbar schwer, seine Enttäuschung und seinen Zorn nicht zu zeigen.

»Du bist der Herr, und ich werde tun, was du verlangst. Aber frage zuerst die Prinzessin, ob sie in diese Ehe einwilligt. Ich heirate sie nicht, wenn es gegen ihren Willen ist.«

Da erhob sich Abassa, aufrecht und stolz stand sie da. Sie sah ihren Bruder lange an, ihr Blick war hart und mitleidsvoll zugleich.

»Mein Bruder, du verlangst etwas von mir, was niemand von einer Frau verlangen darf, denn er hat nicht das Recht dazu. Und wenn unser Vater noch lebte, so würde er Rechenschaft von dir verlangen. Aber du bist der Kalif, der Imam, deshalb gehorche ich dir. Ich werde mich mit Dschafar vermählen und mich zugleich fern von ihm halten. Aber er ist der Mann, den ich liebe, und gegen meine Gefühle wirst du nichts ausrichten können. Wann willst du uns vermählen?«

»Gegen Ende des Winters, in Bagdad. Du selbst wirst den Zeitpunkt auswählen und über die Festlichkeiten bestimmen, denn du gebietest über mein Herz, und dein Wille ist mir heilig.«

Die Prinzessin blieb eine Weile stumm, ihr Zorn schien zu verfliegen, sie war nachdenklich.

»Harun, du weißt, wie teuer du mir bist, und ich weiß, daß auch du mich liebst. Dschafar ist dein Bruder, dein Freund, aber gib acht, daß jene, die dich lieben, sich nicht von dir abwenden. Die Einsamkeit ist der Tod des Menschen, allein ist er ein Nichts, vergiß das nicht.«

Mit diesen Worten wandte sie sich ab und schritt die Allee hinunter – zarte, zerbrechliche Gestalt in ihrem langen schwarzen, goldbestickten Kleid; Harun folgte ihr mit dem Blick, dann richtete er seine Augen auf meinen Herrn.

»Für dieses Geschenk, Dschafar, wirst du mich zärtlich und ewig lieben müssen. Komm, begleite mich, wir wollen spazierengehen, ich liebe die Rosengärten, wenn die Blumen im Begriffe sind zu sterben; sie sind wie samtene, duftende Friedhöfe, jedes Blütenblatt ist das Grab für einen Augenblick des Sommers und des Glücks. Aber wir wollen nicht sein wie sie, sondern glücklich bleiben, solange wir leben. Komm, mein schöner Dschafar, mein Bruder, trag mir ein Gedicht vor, damit ich dem Glück vertrauen kann und dich noch mehr liebe. Und sei nicht betrübt, die Frauen sind bedeutungslos, sie sind vergänglich wie die Rosen, der Wind der Jahre fegt sie davon; wir aber bleiben, du und ich, für immer vereint.«

Und wie sie dahinschritten, blieb Dschafar stehen, das Gesicht der Sonne zugewandt, die Augen geschlossen. Er trug ein Gedicht vor, Harun lauschte ihm, ohne den Blick von ihm zu wenden, und er betrachtete meinen Herrn mit einem Ausdruck so heftigen Verlangens, daß mir bang ums Herz wurde.

Oh, wüßte ich doch, wer sie war,
Und wie die Nacht gekommen ist.
War sie ein Einfall des Verstandes
Oder eine Vision, mir offenbart durch den Gedanken?
War sie ein Bild, geformt in meiner Seele, ein Traumbild meiner Hoffnung, das mein Auge zu sehen glaubte?
Oder war sie nichts von alledem,
War sie vielmehr, im Gegenteil, ein Zeichen, vom Schicksal gesandt, um meinen Tod herauszufordern?

Da näherte sich der Kalif meinem Herrn und berührte ihn am Arm.

»Komm«, sprach er, »es verlangt mich, allein mit dir zu sein.«

Mein Herr bat, nach Bagdad zurückkehren zu dürfen; er wollte seine Verwandten sehen, sich um seine Belange kümmern, seine Hochzeit vorbereiten. Harun gewährte ihm diese Bitte. Die Trennung würde schmerzlich sein, sicher, doch was war dieser Schmerz schon, verglichen mit den Qualen ihres jetzigen Lebens? Abassa gab vor, krank zu sein, keiner der beiden Männer hatte sie seit dem Vorfall am Brunnen wiedergesehen.

Dschafar nahm Abschied von Aziza, er war bereits in Reitkleidern, ein Diener hielt sein gesatteltes Pferd im Hof bereit. Die Prinzessin empfing ihn in ihrem Ehrensalon, verschleiert, umgeben von ihren Frauen und ihren Sklavinnen. Sie sprachen von Bagdad, von belanglosen Dingen, denn fremde Ohren lauschten ihnen. Schließlich, als Dschafar sich zum Gehen wandte, trat sie ganz dicht an ihn heran.

»Ich hatte Harun zu diesem Ehebund geraten, bevor ich von seiner Bedingung wußte. Lehne es ab, Abassa zu heiraten, denn der Kalif liebt euch beide, und ihn quält die Eifersucht. Gib acht.«

Und als sich eine Dienerin mit einer Schale Datteln und süßem Backwerk näherte, sprach sie mit lauter und klarer Stimme:

»Mögest du eine angenehme Reise haben, Dschafar al Barmaki, und möge der Friede Allahs mit dir sein.«

Dschafar verneigte sich und trat zurück.

»Der Friede möge auch mit dir sein, Prinzessin Aziza.«

Dann fügte er hinzu und schaute ihr dabei tief in die Augen:

»Wir sehen uns in Bagdad, bei meinem Hochzeitsfest.«

Da wußte Aziza, daß nichts meinen Herrn hindern konnte, seinem Schicksal entgegenzugehen.

Dschafar verließ den Palast, schwang sich auf sein Pferd und sprengte im Galopp davon. Es war, als wolle er Rakka auf immer fliehen. Und er sollte diese Stadt in der Tat nie wiedersehen.

In Bagdad wurde die Ankündigung von Dschafars Hochzeit mit Staunen und Bewunderung zur Kenntnis genommen. So hoch also würden die Barmakiden emporsteigen, würden ihr Blut mit dem des Propheten vermengen! Sie waren wirklich unbezähmbar, unwiderstehlich! Perser und Aliden feierten zusammen, die

Hoffnung war grenzenlos, unermeßlich; alles drängte sich zum Palast Dschafars, jeder wollte sein Freund sein. Er aber blieb unbeteiligt, hochmütig, und alle glaubten, diese Kühle sei nur Ausdruck seines berechtigten Stolzes: das Blut des Propheten und das der Barmakiden für immer vereint! Sie waren mächtig, sie waren reich, und nun verbanden sie sich mit jener arabischen Familie, die mehr als alle anderen auf ihr reines Blut bedacht war. Das Auge Allahs war über ihnen!

Das Gold floß wie ein Wasserlauf am Winterende. Dschafar kaufte für seine Braut Geschmeide, Duftwässer, Kleider, die schönsten, die herrlichsten Stoffe, die menschliches Geschick weben konnte. Diesem jungen Mädchen, das er niemals besitzen würde, wollte er alles schenken, und wenn er an sie dachte, geschminkt, parfümiert, im Glanze seines Schmuckes, so begann sein Körper zu zittern. Dann ließ er eine seiner Konkubinen zu sich kommen, Amina oder eine andere, und behielt sie bis zum Morgengrauen bei sich, ohne ein Wort zu sprechen. Erst wenn die Sonne aufging, schlief er ein, seine Züge waren matt und traurig.

Der Winter war vorbei, die Orangen- und Zitronenbäume verloren ihre Blüten, in den bewässerten Feldern wuchs grünes, saftiges Gras, das die Ziegen anlockte; die jungen Hirten vertrieben sie mit Knüppelhieben. Magere Burschen, die Hände in den Gewandfalten verborgen, schlenderten durch die Straßen, die Frauen neckten ihre Männer, wenn es Abend wurde. Neuer Frühling, neue Hoffnung, Natur und Mensch hören nicht auf zu träumen. Dschafar bereitete seine Hochzeit vor, er aber war ohne Hoffnung.

Man kündigte die Rückkehr des Kalifen und seiner Schwester an, der Goldene Palast belebte sich, die Stadt fieberte. Wann, wann endlich würde das Fest stattfinden?

Auf dem Rücken eines Kamels, den Blicken der Menge verborgen, hielt die Prinzessin Einzug in die Stadt, umjubelt von den Frauen, die sich am Straßenrand versammelt hatten. Von allen wurde sie beneidet, und der Gedanke, daß sie das Lager

Dschafars teilen würde, ließ sie alle erschaudern. Selbst die ältesten unter ihnen, während sie Freudenschreie ausstießen, erlebten für einen Augenblick noch einmal den Rausch ihrer Jugend. Dieser Körper, dieser Mund und diese Augen, ein Geschenk Allahs, ein Geschenk Allahs! Das Kamel schaukelte hin und her, und die Prinzessin, unsichtbar, lauschte der jubelnden Menge, die sich an ihrem Glück ergötzte. Langsamer wogender Schritt des Tieres, und sie, ein winziges Schiff hoch oben auf seinem Rücken, verloren unter dem Wind, der sie forttrug zu einem Ort, an den sie niemals hatte gehen wollen. Weinte sie? Die Prinzessin Abassa weinte nie.

Das Tor des Palastes fiel hinter ihr zu, weiße Mauern, die auf die Kühle des Hofes blickten – und ich mußte an ein Grab denken. Ich suchte meinen Herrn auf.

»Die Prinzessin Abassa ist zurückgekehrt«, sprach ich zu ihm. »Der Kalif wird morgen hier sein.«

Dschafar zeigte keine Regung, es ziemte sich nicht, daß er jetzt den Palast aufsuchte. Er mußte warten, aber worauf?

Die Trennung zwischen Harun und Dschafar war zu Ende, sie fanden sich wieder, fanden ihre Körper wieder, ihre Liebe und ihren Haß, beides so eng miteinander verquickt, daß sie nicht mehr zwischen Sanftmut und Gewalt, Anziehung und Abscheu zu unterscheiden wußten. Harun und Dschafar versanken ineinander, denn sie hatten seit langem den Boden unter den Füßen verloren, nur von Wind und Wellen getragen; ihre Kraft, ihre Macht, ihr Reichtum, all das war wie ein tiefes, tosendes Gewässer, das sie verschlang. Ich dachte zurück an den Tag, als Dschafar zwischen den Hirten gegessen und geschlafen hatte, den Mantel zerrissen, das Gesicht schmutzbedeckt und unrasiert, und ich wußte, daß er niemals so glücklich gewesen war, niemals so geliebt hatte. Die Frucht war reif, bereit gepflückt zu werden oder zu verfaulen, verzehrt zu werden oder fortgeworfen. Aus einem starken, tatkräftigen, kühnen, begeisterten Mann hatte man einen Höfling gemacht, die süßen köstlichen Düfte des Palastes waren schal und faulig geworden, doch er spürte es nicht mehr. Fadl, rein und unnachgiebig geblieben, war vertrieben worden, Dschafar triumphierte, aber um den Preis seiner selbst.

Abends stand ich allein auf der Terrasse über den Gemächern meines Herrn, und sah hinauf zum Himmel. Wer war ich denn? War ich nicht der einzige, der Dschafar al Barmaki wirklich liebte, der einzige, der ehrlich war? Abassa? Abassa wollte ihn erobern, ihn ihrem Bruder nehmen, sie wollte ihn, um ihn ganz zu besitzen, um sich seine Schönheit, seine Macht und seinen Einfluß zu eigen zu machen. Den Geliebten ihres Bruders, des Kalifen, liebestoll zu sehen, welch ein Triumph für ein junges Mädchen von fünfzehn Jahren! Liebte sie ihn, diesen Bruder? Manchmal war mir, als hasse sie ihn. Und ich, ein einfacher Diener, betete zu Allah für den allmächtigen Kalifen, vor dem sich die ganze Welt verneigte, und der einsamer war als der einsamste aller Beduinen, verloren in der unendlichen Weite der Wüste.

Der Zeitpunkt für das Hochzeitsfest wurde festgelegt. Im Mai würde Bagdad wie ein sprühendes Gestirn in einem Lichterregen zur Erde fallen, in einem Feuer, das bis an die Mauern von Byzanz und Samarkand, von Jerusalem und Cordoba, den Glanz des abbasidischen Hofes verkünden sollte. In allen Winkeln des Reiches, im Schatten der Minarette, würde sich die Gemeinde der Muselmanen um die Erzähler scharen, um zu hören, wie, in einer schönen Frühlingswoche, die Prinzessin Abassa, aus der Familie des Propheten, die Schwester des Kalifen Harun al Raschid – Allah steh ihm bei –, sich mit Dschafar ben Jahja al Barmaki, dem Perser, jenem mächtigen, unendlich reichen Wesir von legendärer Schönheit, vermählte. Von der Musik, den Tänzen, den Festtafeln, dem Wein, den prächtigen Gewändern würden sie erzählen, vom Geschmeide, den Duftessenzen, den prunkvollen Reiterzügen – und die Augen der Zuhörer würden leuchten. Und doch würden sich all diese armen Leute den wahren Glanz dieses Festes, das eine Woche dauerte, nicht ausmalen können. An den Vortagen des großen Ereignisses schoben sich Maulesel, Kamele, Karren durch die vier Tore der Stadt, die Tore von Kufa, Basra, Chorasan und Damaskus, beladen mit Lebensmitteln aller

Art für die Mahlzeiten, die der Kalif in der ganzen Stadt austeilen wollte, für den Goldenen Palast, wo der Hof Haruns tafeln, und für die Residenz meines Herrn, wo die Barmakiden und ihre Freunde die Hochzeit feiern würden. Am letzten Tag der Festlichkeiten, am letzten Abend, würde das Brautpaar zum letzten Festmahl zusammenkommen, Abassa würde ihren Schleier für Dschafar ablegen, und alle würden gehen, um sie allein zu lassen. Wieviel Zeit würde Harun ihnen gewähren? Fünf Minuten, weniger vielleicht? Dschafar wollte nicht daran denken. Er würde Abassa anschauen, ihr Gesicht, das er, bis auf den flüchtigen Augenblick bei der Jagd, so lange nicht gesehen hatte. Er hatte es als einzigartig schön in Erinnerung und brannte darauf, es aufs neue zu betrachten.

Am Vorabend des ersten Tages schlief Bagdad wie im Fieber ein; die Brautleute, ein jeder in seinem Palast, dachten aneinander und fanden keinen Schlaf. Im Morgengrauen ertönten Tamburine und Flöten, das Fest begann, Sänger und Tänzer strömten in die Paläste; man hatte Tische aufgestellt mit Speisen aller Art, Brot, Kuchen und große Schüsseln mit saurer Milch. Jongleure, Feuerschlucker, Akrobaten wetteiferten miteinander, um die Aufmerksamkeit der Gaffer auf sich zu lenken, die nicht wußten, was sie zuerst anschauen sollten. Die Souks waren geschlossen, Handwerker, Händler, Lehrlinge waren auf der Straße, Gruppen bildeten sich, lösten sich wieder auf, die Frauen lachten hinter ihren Schleiern, und die Kinder liefen kreuz und quer, erhaschten hier einen Kuchen, dort ein Stück Brot.

Am Abend wurden die Straßen erleuchtet, Tausende von Öllampen brannten, in ihrem flackernden Licht glichen die Häuserfassaden menschlichen Gesichtern, mal heiter lächelnd, mal zu Fratzen verzerrt. Man trank, man aß bis zum Morgengrauen, und so ging es fünf Tage lang.

Im Palast des Kalifen scharten sich die Frauen um Abassa, sie speisten zusammen, lachten, schmückten sich, tanzten, lauschten Erzählungen und Liebesgedichten, sahen voller Neid auf die junge Abassa, scherzten über ihre zukünftigen Freuden, über die Vorzüge ihres Gemahls, Vorzüge, die ihnen unbeschreiblich erschienen. Die Prinzessin hörte ihnen zu, lachte wenig. Man beachtete ihr Schweigen kaum, hielt es für Schamhaftigkeit. Jeder Tag, der die Hochzeitsnacht näher brachte, versetzte die Frauen in noch größere Erregung; man erwähnte vor Abassa die Fertigkeiten ihres Gemahls, und das junge Mädchen schlug die Augen nieder; es gab nichts zu sagen, nichts zu tun, nur zu warten. Aziza, die allein die Wahrheit wußte, ergriff bisweilen ihre Hand, drückte sie fest. Am vorletzten Tag, als sie etwas abseits von den anderen Frauen standen, murmelte sie, wobei sie die Zöpfe der Braut zurechtsteckte:

»Verlier die Hoffnung nicht, Abassa; ich werde dir helfen, aber du mußt den geeigneten Augenblick abwarten und geduldig sein.«

Und da, zum ersten Mal seit Beginn des Festes, regte sich ein Gefühl der Freude im Herzen der Prinzessin.

Harun feierte die Hochzeit seiner Lieblingsschwester im Kreise seiner Verwandten und seiner Freunde. Während der fünf Tage schien er vollkommen glücklich zu sein, der Glanz und Aufwand seiner Gastfreundschaft verwirrte alle. Nächte und Tage waren eine Folge von Festessen und Tänzen, von Musik und Düften, die den Geist ebenso berauschten wie der kühle Wein. Die Männer sprachen mit Respekt von der Braut, kühn waren sie nur in Gedanken – es hieß, sie sei so schön! Dschafar hatte auf dem Lager des Kalifen ein königliches Geschenk gefunden.

Die Pracht und der Luxus im Palast meines Herrn waren einzigartig. Die Barmakiden, unsäglich stolz auf dieses Bündnis, breiteten vor ihren Verwandten, Freunden und Bekannten die ganze Fülle ihres Reichtums aus. Man trank aus goldenen Bechern, man aß von silbernen Schüsseln. Während der Festmähler, an denen bis zu dreißig Gänge serviert wurden, unterhielten Dichter, Erzähler, Gelehrte die Gäste. Man sprach Arabisch, Persisch, Griechisch; die gebildetsten, die feinsinnigsten Männer des Reiches waren zugegen. Aliden und Sunniten feierten den

Bräutigam, den teuersten Freund, wie keiner bewundert und beneidet. Dschafar dankte, aß und trank mit seinen Freunden, sprach mit der gleichen Begeisterung über Literatur, Poesie, Kunst, Falkenjagd und Frauen, er schien glücklich. Der Neid, den er hervorrief, ließ ihn gleichgültig; er war so mächtig, daß er seine Reichtümer und sein Glück nicht zu betonen brauchte. Sprach man von der Braut, so nur mit großer Ehrerbietung, ihr Rang und ihr Adel verhinderten jede Art von Scherzen, die sonst bei Hochzeiten üblich sind. So isolierte dieser Respekt, diese Unantastbarkeit die beiden jungen Menschen, und sie erstarrten in Kälte, Unbeweglichkeit und Schönheit, gleich jenen antiken Standbildern, die das Leben für immer aus ihren leeren Augen betrachten und ihre steinernen Arme vor ihre makellosen Körper strecken. Dschafar in seinem prächtigen Gewand, sein Gesicht von der weißen Kufija umrahmt, wirkte bisweilen tot in seiner Vollkommenheit; doch ein Lachen nur, und der magische Zauber erwachte wieder, er strahlte Leben, Jugend, Sinnlichkeit aus. Während der fünf Tage schlief Dschafar kaum, ich hielt mich stets an seiner Seite auf, und wir sprachen viel. Nicht von Abassa, niemals, sondern von unsrer Jugend, unsren Tollheiten, von Syrien, von den Festen im Palast des Kalifen, von Politik, Literatur, Wissenschaften und vom Tode. Mein Herr, der fromm war, glaubte nicht ans Paradies.

Am Vorabend des letzten Festtages, jenem Tag, da man ihm endlich seine Braut zuführen würde, fragte er mich:

»Warum liebst du mich, Achmed? Unsere Wege waren so verschieden, schon seit Anbeginn unserer Jugend. Wir sind nun über dreißig Jahre alt, und niemals sah ich einen Menschen, außer mir, an deiner Seite, weder Mann noch Frau. Sag mir warum?«

Ich hatte diese Frage seit langem erwartet, seit Jahren wußte ich die Antwort:

»Herr, jedem Menschen sind von Geburt an Hoffnungen und Träume gegeben; sein ganzes Leben ist er bestrebt, diesen Besitz zu verbreiten und fortzugeben, um sich selbst dafür in Empfang zu nehmen, um sich Stück für Stück aufzubauen, bis das Gebäude hält und die Stunde des Todes kommt. Du hast dich in deinen Konkubinen gesucht, in Harun und jetzt in Abassa, dein Bild vollendet sich wie ein Mosaik, jedes Steinchen ist ein Teil von dir. Ich aber, ich habe alles in einem einzigen Augenblick gefunden, in jenem Augenblick, da ich wußte, daß ich dich liebte; da war ich neu erschaffen, vollkommen, bereit zu sterben. Gott hat mir die Gunst erwiesen, nicht suchen, nicht flehen, nicht bedauern zu müssen. Ich bin nichts, und doch bin ich alles, eine runde, eine geschlossene Welt, eine goldene Orange, deren eine Hälfte du bist. Nichts kann mich ergänzen, nichts kann mich vervollständigen, so bin ich, und so ist es gut. Mein einziges Verlangen, mein einziges Begehren ist, daß du dieses Rund in deinen Händen hältst, daß du es wärmst und sich dein Antlitz darin spiegelt.«

Lange schaute mich Dschafar an, ohne ein Wort zu sagen; dann ergriff er meine Hand.

»Du kannst dich glücklich schätzen, Achmed, du bist klein und doch unendlich groß, und ich, der ich dich in meinen Händen halte, ich würde gern wie du werden, ruhig und gelassen, ich, der ich aufbrausend bin wie ein Herz, das zu heftig schlägt. Ich habe alles und möchte noch mehr.«

Ich drückte seine Hand in der meinen, wir waren uns sehr nahe an jenem Abend.

»Herr, gestatte mir, dir eine Passage aus dem Koran vorzutragen, die mir soeben in den Sinn kommt:

Ihr seid von einem immer größeren Verlangen getrieben, bis ihr in eure Gräber steigt,
Doch ihr werdet noch zur Einsicht gelangen! Wenn ihr nur wirklich die Augen öffnetet, so würdet ihr sehen, in welcher Hölle ihr seid.
Nun, wenn eure Zeit gekommen ist, wird es euch wie Schuppen von den Augen fallen.
Und dann werdet ihr euch fragen, was ihr mit eurem kostbaren Leben angefangen habt.

Dschafar blieb stumm und nachdenklich. Nach einer Weile erhob er sich, bat mich um etwas zu trinken und sagte nur:

»Ich ahne, daß ich all dies schon bald erfahren werde. Geh jetzt, Achmed, ich habe Durst, und morgen ist ein großer Tag.«

Am folgenden Morgen, bei Sonnenaufgang, begann das letzte, das prunkvollste Fest, bei dem Dschafar seine Braut in seiner Residenz empfangen würde.

Im Palast des Kalifen ließ sich Abassa von ihren Frauen wie eine willenlose Puppe baden, enthaaren, parfümieren, massieren. Man frisierte sie, bürstete sorgfältig ihr langes gelocktes Haar, bevor man es mit duftenden Ölen einrieb, man schminkte sie, umrandete ihre Augen mit Khôl, legte Rot auf ihre Wangen und Lippen, färbte ihre Hände und Füße mit Henna. Dann trugen zwei Sklavinnen das schwere Kleid herein. Es war ganz aus Goldfäden gewoben, mit Saphiren bedeckt, in den Farben Dschafars; dazu die goldbestickten Sandalen, den schwarzen transparenten Seidenschleier, mit Perlen und Goldplättchen übersät, die schwarze Maske, die mit Goldfäden am Hinterkopf befestigt wurde. Zwei andere Dienerinnen brachten den Schmuck herbei, ein Stirnband aus Gold und Saphiren, lange Diamantenohrringe, Perlenkolliers, einen Gürtel aus Gold, unzählige Kettchen für Hand- und Fußgelenke. All dieses Geschmeide wirkte fast unpassend, erdrückend, es machte die zarte Prinzessin noch zierlicher, noch kleiner – winziger Vogel, gefangen in einem Netz aus Goldfäden. Sie war schweigsam. Dachte sie daran, daß sie, die so sorgfältig hergerichtet wurde für die Sinnenlust eines Mannes, die sich, warm, feucht, zart und duftend, nach seiner Hand, seinen Armen, seinem Körper sehnte – heute nacht allein sein würde, sich verzehrend vor Verlangen nach diesem Mann, nach ihrem Mann, von dem sie sich doch fernhalten mußte? Oder dachte sie vielleicht, daß sie bald nichts und niemand daran hindern würde, endlich ihm zu gehören? Ihr unbewegtes Gesicht verriet darüber nichts.

In den Gemächern der Frauen nahm der lange Tag seinen Lauf. Abassa wurde auf ein Prunkbett gesetzt, das einem Throne glich, und ohne Unterlaß zogen die Frauen vorbei, um sie zu bewundern, sie mit Schmeichelworten zu überhäufen. Die Hitze war drückend, eine Sklavin fächelte der kleinen Braut Luft zu, eine andere brachte ihr kühle Getränke. Ihre Haut glänzte unter der starken Schminke, unter dem schweren Kleid, doch sie rührte sich nicht, bot sich den Blicken und den Schmeicheleien dar, entrückt, als habe sie mit alledem nichts zu tun.

Gegen Mittag, als alle die Braut bewundert hatten, wurde ein Mahl gereicht, das die Frauen, tief eingehüllt in ihre prunkvollen Kleider, kaum anrührten. Von jetzt an richtete sich alle Aufmerksamkeit, alle Erwartung auf die Ankunft des Hochzeitszuges, der, vom Palaste Dschafars kommend, Abassa in Empfang nehmen würde. Die jüngsten unter den Frauen liefen an die Fenster, die älteren lauschten auf die Geräusche, die vom Ehrenhof kamen. Man aß hier und da von den Früchten, naschte ein wenig von den Kuchen. Waren die Pferde bereit, die Kamele und die Diener? Was für ein Bild würde man bieten auf dem kurzen Weg zwischen den beiden Palästen? Viele der Frauen hatten seit Jahren ihren Wohnsitz nicht verlassen, wie gefangene Vögel, geblendet von zu grellem Licht, stießen sie an Mauern und Wände.

Schließlich Geräusche, die näherkamen und vom Hof zu den Gemächern der Frauen hinaufdrangen. Der Festzug näherte sich, der Festzug war da! Man setzte Abassa auf, die, auf den Kissen ausgestreckt, von der Hitze erdrückt, halb eingeschlummert war. Schnell richtete man ihren Schleier her und ihr Kleid, legte noch etwas Rot auf Wangen und Lippen, Schwarz um die Augen, Ambra und Jasmin auf ihren Nacken, hinter ihre Ohren, an ihre Handgelenke und befestigte die Stoffmaske. Die Frauen gruppierten sich um sie, hinter die Mutter der Braut, ihre Tanten, ihre Cousinen und die beiden Königinnen Zubaida und Aziza, die Araberin und die Perserin, hier zum ersten Mal Seite an Seite. Ein Eunuch öffnete die Tür, die Damen konnten hinabsteigen. Der alte Jahja war persönlich gekommen, um seine zukünftige Tochter zu holen; er wartete mit seinem Sohn Fadl, seinen Verwandten, seinen Freunden am Fuße der großen Treppe.

Abassa schritt langsam hinab, sie trug den Kopf hoch, starr und geschmeidig, wie ein junger Zweig, der noch nie Früchte getragen hat. Unter dem Gold, den Saphiren und den Perlen sah man nur das Kinn, den sinnlichen Mund, den langen schlanken Hals und die von Henna gebräunten Hände – sanfte Gebärden, feurige Blicke. Unter dem Schild aus Gold, Stoffen und Edelsteinen brannte die Flamme einer Leidenschaft, die sie nicht zu ersticken vermochte. Gespielte Kälte einer Frau, deren Körper erschauderte bei dem Gedanken an den Mann, zu dem sie nun geführt wurde, Beben des Mundes, leichtes Zittern der Hände, die auf der Haut des Geliebten hätten tanzen mögen. Abassa schritt hinab, Flöten, Tamburine, Lauten spielten eine sinnliche, berauschende, fröhliche Musik – für ein Fest der Liebe und der Hingabe.

Unten, am Absatz der Treppe, beschattete sie mit der Hand ihre Augen, geblendet vom Licht der sinkenden Sonne, deren Gold sich mit dem ihres Kleides verwob. Ein weißes Pferd mit silbernem Geschirr stand für sie bereit, zwei schwarze Sklaven halfen ihr aufzusitzen, und zu beiden Seiten des bestickten Sattels, zwischen Pluderhose und Sandalen, kamen ihre Fesseln zum Vorschein, behängt mit glitzernden Kettchen. Harun war da mit seiner Familie, und sie alle verneigten sich vor der Braut. Muhammed, der Diener des Kalifen, ganz in Schwarz gekleidet, ergriff die Zügel des Pferdes, während sich zu beiden Seiten der Prinzessin zwei Reiter aufstellten, die das Banner der Abassiden trugen. Der Zug setzte sich in Bewegung – gleich hinter seiner Schwester der Kalif mit Jahja und Fadl, gefolgt von seinen engsten Verwandten, mehreren Dienern und Musikanten. Man verließ den Palasthof, am Straßenrand, der mit Palmen und Blumen geschmückt war, drängte sich die Volksmenge. Die schrillen Freudenschreie der Frauen auf den Terrassen übertönten die Tamburine und Blasinstrumente. Die Sonne ging unter, und im sanften Licht der Dämmerung klangen die Rufe, welche die Prinzessin begleiteten, fieberhaft, heftig und wild. Abassa aber schaute nicht nach rechts, nicht nach links, suchte mit ihren Augen nur den Palast, jene prunkvolle Residenz, die sie heute zum ersten Mal betreten würde. Spürte sie das Fiebern, das sie umgab, die Sinnlichkeit, die alle Einwohner von Bagdad erfaßte und sie später, in der Dunkelheit ihrer Kammern, einander umfangen lassen würde?

Der Festzug durchquerte das Viertel der Barmakiden und bewegte sich dann über den Fluß. Vor ihnen tat sich der Palast Dschafars auf – gewaltig, schlicht, stolz, umgeben von seinen mächtigen, mit Zinnen versehenen Mauern. Wachen standen am Eingang, in Schwarz und Blau gekleidet, den Säbel in der Hand. Die schweren Tore aus geschnitztem Zedernholz waren weit geöffnet, der Festzug betrat den Hof, der mit weißen Marmorplatten gepflastert und mit Orangenbäumen geschmückt war. Die Pferde setzten ihre Hufe dann auf die blau-grünen Mosaiken, umkreisten das Brunnenbecken, und die schwarzen Marmordelphine übersprühten sie mit einem zarten Wasserschleier.

Wenige Schritte abseits, unter dem Säulengang, der den Hof einrahmte, wartete Dschafar, aufrecht, unbeweglich, ganz in Blau, Silber und Schwarz gekleidet, auf seine Braut. Das Pferd der Prinzessin blieb stehen, die beiden sahen sich an, einen Augenblick nur und doch eine Ewigkeit, heftiger Atem, klopfende Herzen, Beklommenheit. Da ging mein Herr dem Kalifen entgegen, der noch im Sattel saß, ergriff seine Hand und küßte sie. Die Frauen führten Abassa in den Ehrensalon.

Die Zeremonie begann aufs neue: das Vorbeidefilieren, die Glückwünsche, Abassa wartete geduldig, die Diener trugen eilig das Essen herbei, die Tante Dschafars, Schwester seiner verstorbenen Mutter, trat ein, majestätisch, stattlich, in einem scharlachroten, goldbestickten Kleid. In der Hand hielt sie eine vergoldete Silberschale, und auf dieser Schale lag ein einfacher, runder, von Honig glänzender Kuchen. Sie blieb vor ihrer künftigen Nichte stehen, brach den Kuchen und ließ Abassa dreimal aus ihrer Hand davon essen. Von nun an gehörte die Prinzessin Abassa zur Familie der Barmakiden; man stellte sich im Kreis um sie, Dschafar trat vor, bis sie ganz nahe beieinander standen,

Auge in Auge. Die Musik setzte ein, eine heitere Musik, man murmelte, man wartete. Schließlich, nach einem fragenden Blick zum Kalifen, der mit dem Kopf nickte, führte die kleine Prinzessin die Hände an ihre Maske, sie schien ruhig, sie zitterte nicht, und ihre Augen waren tief in die meines Herrn getaucht. Sie wies die Hilfe einer Dienerin ab, und ihre Finger lösten die verknoteten Goldbänder unter ihrem Schleier. So verweilte sie für wenige Sekunden, bevor sie, mit einer schnellen, freien Bewegung, die Maske herunterzog. Rufe ertönten im Saal, die Musik war ohrenbetäubend, Abassa und Dschafar schauten sich an, als wären sie allein. Dschafar sah dieses winzige Gesicht, die zarte, gerade Nase, die runden, kindlichen Wangen, den sinnlichen Mund, das Kinn – dieses Gesicht, von dem er so oft geträumt hatte, war jetzt unverhüllt, ganz nah. Wie verlangte es ihn, seine Hand auszustrecken, es zu liebkosen, aber es war ihm verboten. Abassa betrachtete ihren Gemahl, sein Haar, seine Augen, seinen Mund, seinen Körper, alles, was von nun an der Inhalt ihres Lebens sein würde. Die Zeit blieb stehen, sie waren wie zwei Vögel, die in der Abendbrise schwebten, im Schweigen der Unendlichkeit. Man nahm die Prinzessin am Arm, sie erschauderte, das Essen stand bereit, für die Frauen in den Frauengemächern, für die Männer im Ehrensaal. Dann würde die Stunde des Aufbruchs kommen, das Paar allein bleiben – die Nacht der Ewigkeit.

Das Hochzeitsmahl im Palast Dschafars war aufwendig und üppig. Der Kalif, dessen Anwesenheit eine unendliche Ehre für das Haus der Barmakiden darstellte, nahm an Dschafars Seite Platz, lächelnd und sanft. Was hatte er im Sinne, was hatte er entschieden? Ich versuchte es von seinen Zügen abzulesen. Er aß, er scherzte mit den Gästen, und nur seine Augen, die bisweilen auf Dschafar ruhten, verrieten eine leichte Erregung, eine Unruhe.

Die Zeit verging, die Gäste, auf den Kissen ausgestreckt, von der Musik, vom Essen und vom Wein benommen, plauderten oder dämmerten vor sich hin. Man wartete, daß der Kalif sich erhob. Die Frauen wiederum warteten ungeduldig, daß die Männer ihr Festmahl beendeten. Sie wollten endlich die Braut allein lassen, damit sie sich für ihre Hochzeitsnacht herrichten konnte. Schließlich erhob sich Harun, Dschafar und die Geladenen taten es ihm gleich. Der Kalif reichte Jahja die Hand, die der alte Mann küßte, dann nahm er meinen Herrn beim Arm und führte ihn beiseite. Ich stand dicht dabei.

»Ich erwarte dich heute nacht in meinem Palast, Dschafar, denn ich habe dich seit einer Woche kaum gesehen. Und beeile dich; ich wünschte, wir wären schon zusammen, du und ich.«

Und als mein Herr, bleich und unbewegt, keine Antwort gab, fügte er hinzu:

»Verhalte dich unauffällig, niemand soll wissen, daß du deine junge Braut allein läßt. Mein Sklave Muhammed wird bei dir bleiben und dich begleiten; er soll dich vor üblen Begegnungen in den Straßen von Bagdad schützen. Diese Feste haben das Gesindel aus der weiten Umgebung angelockt – Allah schütze dich.«

Er warf einen letzten Blick auf die Geladenen und verließ den Saal. Die Gäste nahmen jetzt ihrerseits Abschied, und Dschafar blieb allein mit seinem Vater und seinem Bruder.

»Komm«, sagte Fadl, »ich führe dich zu deiner Braut; sie erwartet dich.«

Sie gelangten vor die Tür, gefolgt von dem Sklaven des Kalifen. Fadl verneigte sich und ging. Dschafar trat ein, der Diener blieb vor der Tür, stumm, gleichgültig, undurchdringlich; er hatte einen Befehl erhalten und würde ihn ausführen, gewissenhaft und unbewegt.

Aufrecht, vor einem großen Bett, das mit Kissen und kostbaren Stoffen bedeckt war, wartete Abassa. Man hatte ihr das Kleid, den Schmuck abgenommen, sie gekämmt und ihr eine schlichte weiße Galabija übergestreift; so stand sie da und sah ihrem Gemahl in die Augen. Plötzlich – war es Gemütsbewegung, war es Müdigkeit – brach sie in Schluchzen aus. Mein Herr war bei ihr, er öffnete die Arme, drückte sie an seine Brust, an seinen festen bestickten Umhang, der ihre zarte Haut kratzte. So verharrten sie eine Weile, dann hob Abassa den Blick zu Dschafar auf und strich schüchtern mit einem Finger über seine Augen, seine Wangen, seinen Mund. Schließlich murmelte sie:

»Wieviel Zeit bleibt uns?«

»Ich weiß es nicht. Muhammed steht hinter der Tür, er wartet auf mich.«

Sie zitterten beide, wußten nicht, wie sie die kurze Frist nutzen sollten, die ihnen gegeben war – jeden Augenblick konnte Muhammed das Zeichen zum Aufbruch geben. Da schlang Abassa ihre Arme um Dschafars Hals, stellte sich auf Zehenspitzen und preßte ihren Mund auf die Lippen ihres Gemahls. Mein Herr bebte, seine Hände irrten erregt über ihren Körper, und, so als hätte er es geahnt, klopfte der Sklave an die Tür.

»Herr, beeile dich, der Kalif erwartet uns.«

Dschafar, mein Herr, der kühne, der stolze, der hochmütige Dschafar, stieß einen Seufzer aus, ein Schluchzen fast, und löste sich aus Abassas Umarmung.

»Möge Allah uns beistehen, Abassa, ich muß gehen.«

Die Prinzessin blieb reglos stehen, ihre Augen trübten sich, doch sie wandte den Blick nicht von ihm ab.

»Ich werde dir gehören, Dschafar, bald. Ich gebe dir Bescheid, wenn der Augenblick gekommen ist.«

Muhammed klopfte erneut.

»Öffne, Achmed«, sprach Dschafar zu mir, »und sag ihm, daß ich komme.«

Er warf seiner Frau einen letzten Blick zu und ging. Der Kalif erwartete ihn in seiner Hochzeitsnacht; er sollte ihm danken für das vergiftete Geschenk, das nur einen ekligen, bittren Geschmack hinterließ.

Im Morgengrauen kehrten wir zum Wohnsitz meines Herrn zurück. Abassa war schon nicht mehr dort, zwei Diener hatten sie zum Goldenen Palast geführt, wo sie von jetzt an leben sollte. War es nicht der rechte Platz für eine königliche Prinzessin? Dschafar sagte nichts, doch er brach noch vor Sonnenaufgang gen Osten auf, um in den Bergen zu jagen. Erst drei Tage später kehrte er zurück.

Neunter Abend Achmeds

Der Wind hatte sich gelegt, die Hitze aber blieb, drückend und schwer. Wann endlich würde der Regen kommen, jene Wohltat Allahs, um die Stadt zu waschen, die Felder zu erfrischen, die Tiere erschaudern zu lassen, all die entkräfteten Kamele, die mageren Kühe, die umherirrenden Ziegen? Morgen vielleicht, oder erst übermorgen oder später, sehr viel später noch? In der Trägheit des Sommers zählte die Zeit nicht mehr, eine Art Frieden, erdrückend und feucht, lähmte die Körper, besänftigte die Seelen. Die Nachbarinnen stritten nicht mehr, die Kinder spielten friedlich im Schatten, die Greise, im Halbdunkel der Souks und der Moscheen, führten Selbstgespräche. Das Leben begann erst nachts, wenn das Feuer der Straßen und Häuser zum Himmel aufstieg, um die Sterne anzuzünden. Dann wanderten Rufe von Terrasse zu Terrasse, Freunde suchten und fanden sich, und der große Platz begann sich zu beleben, mit Worten, Gesten, Gerüchen und Erinnerungen.

Aber Achmed, wo war Achmed? Am Vortag hatten ihm nur wenige gelauscht, doch jeder wollte wissen, was weiter geschah, wollte in die Vergangenheit eintauchen, die glorreiche Zeit miterleben, da die Macht noch in Bagdad wohnte und die ganze Welt geblendet war vom Glanz der Runden Stadt. Kinder hielten nach ihm Ausschau, fanden ihn nicht. Niemand wußte von einem Haus, das er bewohnte – wo also ihn suchen? Hier oder dort, an einer Straßenecke, im Winkel eines Hofes, am Rande eines Brunnens? Ein anderer Erzähler versuchte vergebens, die Aufmerksamkeit der Menge auf sich zu lenken, doch Achmed war an diesem Abend die einzige Quelle ihrer Träume, an der ein jeder seinen Durst löschen wollte. Ein Mann schlug vor, an der Brücke nachzusehen, jener Brücke von Bagdad ... aber Achmed war nicht dort. Wo sonst sollte man suchen? Vielleicht war er gestorben, wie ein Hund am Straßenrand, niedergeweht vom Südwind? Oder war er entschlummert in seiner Erinnerung, Zuflucht suchend in seiner Vergangenheit? Da näherte sich ein Greis. Er wußte, ja, er wußte, wo Achmed war. Er hatte ihn schon oft dort gesehen, im Westteil der Stadt, weit von hier, jenseits des Flusses, vor einem hohen Tor aus Zedernholz, dem Tor eines verlassenen Wohnsitzes, dem Palast Dschafars, der später dem Kalifen Al Mamun gehörte und jetzt dem Vergessen preisgegeben war. Man beschloß, einen jungen Mann an diesen Ort zu senden und Achmed auf einem Esel herzubringen. Ein Jüngling trat vor, schlank und hochgewachsen, sein schönes Gesicht von einem Turban eingerahmt: Er kannte das persische Viertel gut, er wohnte dort. Ein Händler stellte sein Maultier zur Verfügung, und der Knabe ritt im Trab davon; unter der Galabija, zu beiden Seiten des Tieres, kamen seine dünnen Beine zum Vorschein. Die Wartenden vertrieben sich die Zeit, sprachen von Geschäften, von Familienangelegenheiten, man aß etwas Backwerk und Datteln – die Frauen auf der einen Seite, die Männer auf der anderen. Diejenigen, die am Vortag auf dem Platz gewesen waren, erzählten die Geschichte Dschafars, doch man lauschte ihnen kaum, ihren Worten fehlte die Leidenschaft. Manchmal lief ein Kind bis ans Ende der Straße, um zu schauen, ob Achmed schon in Sicht war, doch es kam mit lebhaften Gesten zurück – nein, es war niemand zu sehen. Schließlich hörte man in der Ferne den Trab eines Maultiers, und ganz hinten, am Ende einer engen Gasse, im Souk der Gewürzhändler, tauchte der junge Perser auf; hinter ihm, zusammengesunken, fest seinen Körper umklammernd, der alte Achmed, dessen Kopf bei jedem Schritt des Maulesels sanft hin und her schaukelte. Vor dem Kreis, der sich öffnete, blieb das Tier stehen, der junge Mann sprang zu Boden und hob den Greis herab, wie eine Puppe, gelenkig und leicht. Achmed, der die Augen geschlossen hielt, wiegte noch immer den Kopf, ohne ein Wort zu sagen, die Lippen über den fehlenden Zähnen zusammengepreßt. Man setzte ihn auf die Erde, den Rücken gegen die Mauer gelehnt, wie es seine Gewohnheit war; seinen Stock legte man neben ihn.

»Willst du etwas trinken?« fragte der junge Mann.

Achmed hob leicht das Kinn, ja, er war durstig. Man reichte ihm einen Becher mit kühlem Wasser, Achmed trank, öffnete die Augen und betrachtete die Menschen, die ihn umgaben.

»Warum seid ihr heute abend hier?« fragte er.

»Um dir zu lauschen«, kam die Antwort von allen Seiten, »um deine Geschichte zu hören.«

Achmed nickte mit dem Kopf.

»Ja, meine Geschichte. Sie wird bald ein Ende haben, ich muß mich beeilen, denn mein Leben erlischt wie eine Lampe, der gestrige Wind hat darauf gehaucht, und von der Flamme ist nichts geblieben als ein matter Schimmer . . . Ich hatte mich am Palast meines Herrn zum Schlafen gelegt; ich kehre oft dorthin zurück, um mit ihm zu plaudern, von den Dingen des Lebens zu sprechen, doch da wollte mich der Schlaf nicht mehr verlassen, hielt mich am Boden gefangen, wie gelähmt war ich, unfähig, mich zu erheben, unfähig selbst, es zu wollen. Dieser Jüngling ist gekommen, ich bin ihm gefolgt. Ich muß jetzt zu Ende bringen, was ich begonnen habe, muß Dschafar aus meinem Inneren befreien, damit ich ihn nicht mit meinem Tode ersticke. Wenn er endlich frei ist, wird er tun, was Allah will, wir sind alle in seiner Hand.«

Achmed schwieg eine Weile, trank noch einen Schluck Wasser, die Augen zum Himmel gerichtet.

So glühend heiß wie unser Sommer jetzt war auch der Sommer des Jahres 185. Die Straßen glichen einem Dampfbad, die Gesichter und Körper der Menschen waren schweißbedeckt. Man ging nur des Nachts aus und schlief auf den Dachterrassen, oder, in den reichen Häusern, an den Brunnen der Gartenhöfe, dort, wo das Murmeln des Wassers die Träume erfrischt, die Körper zur Ruhe kommen läßt. Dschafar, Abassa und Harun sahen sich fast jeden Tag. Die Prinzessin war jetzt unverschleiert in Begleitung ihres Bruders und ihres Gemahls, sie speiste bisweilen mit ihnen und suchte sie oft am Abend auf, wenn sie würfelten oder Schach spielten, der Musik oder Gedichten lauschten. Dem Bruder gegenüber zeigte sie sich ehrerbietig, vor Dschafar war sie kühl, verschlossen; sie mied es, ihn anzusehen, ihn zu berühren. Wenn sich beim Würfeln ihre Finger streiften, so wich sie hastig zurück, und Harun, der sie beobachtete, lächelte. Er liebkoste meinen Herrn jetzt nur noch selten vor Abassa, sein ganzes Gebaren aber verriet, daß er glaubte, ihn völlig zu besitzen. Und Dschafar? – sein Haß war so sehr mit seiner Lust vermengt, daß er nicht mehr wußte, was in seinem Herzen überwog. Das eine lebte vom anderen.

In jenem Jahr fiel der Ramadan auf den Monat Juli, und der Hof versank in einen tiefen Schlummer: keine Gastmähler, keine Feste mehr. Abassa liebte es, bei Sonnenaufgang allein in den Gärten zu wandeln, bevor sie in ihre Gemächer zurückkehrte und auf den Abend wartete. Ihre zarte Gestalt bewegte sich zwischen den Beeten auf und ab, nahm am Rand des Brunnenbeckens Platz, ließ die Hand ins Wasser gleiten; oder sie sah lange den Vögeln in dem großen Käfig zu, als betrachtete sie sich in einem Spiegel. Dschafar kam während des Fastenmonats nur selten in den Palast, doch er schickte Abassa täglich eine Nachricht, die ich ihr selbst überbrachte. Einmal, ein einziges Mal, sah ich die Prinzessin weinen. Sie weilte im großen Gartenhof, neben ihr eine gezähmte Gazelle, die nicht von ihrer Seite wich. Abassa nahm den Brief entgegen, öffnete ihn aber nicht.

»Was sollen all die Worte«, sprach sie zu mir, »wenn der Mund, der sie spricht, wenn die Hand, die sie schreibt, für immer fern sind.«

»Für immer – das gibt es nicht, Prinzessin Abassa. Mein Herr liebt dich mehr als sein Leben, warum sollte er dir seine Liebe nicht eines Tages beweisen können?«

Abassa blieb stehen und schlang ihre Arme um den Hals der Gazelle.

»Vielleicht hast du recht, Achmed, aber sage ihm, daß er sich eilen soll. Ich fühle mich einsam und verloren, je länger ich warte, und mein Mut verläßt mich. Ein Jahr ohne ihn – ich würde es nicht überleben.«

Ich betrachtete sie. Ihr Gesicht war verhüllt, ihre Augen aber waren so ausdrucksvoll, als wäre sie unverschleiert.

»Prinzessin, mein Herr wagt nichts zu unternehmen, weil er fürchtet, er könne dir schaden; doch bei dem geringsten Zeichen von dir wird er herbeieilen.«

»Dann sage ihm, er solle sich bereithalten. Und sollte es mein Leben kosten, so bin ich doch, bevor ich sterbe, seine Frau gewesen.«

Ich brach in Lachen aus.

»Prinzessin Abassa, mit fünfzehn Jahren stirbt man nicht!«

Zorn blitzte in ihren Augen auf, mit einer Geste scheuchte sie die Gazelle fort.

»Glaubst du das wirklich? Dann hast du nie geliebt!«

Wir sahen uns eine Weile schweigend an. Und als die Prinzessin in meinen Augen las, daß sie mich verletzt hatte, legte sie besänftigend die Hand auf meinen Arm.

»Sage Dschafar, daß ich ihn bald rufen werde und daß er mir gehorchen muß, was ich auch entscheide.«

Ich verneigte mich und ging; am Ende der Allee drehte ich mich noch einmal um; die Prinzessin saß am Brunnenrand und las den Brief ihres Gemahls; sie weinte nicht mehr.

Die Festlichkeiten am Ende des Ramadan waren heiter. Trotz der Hitze wurde getanzt, die Straßen waren bevölkert, man verteilte Lammfleisch und süße Kuchen. Im Goldenen Palast wurde ein großes Fest gegeben, an dem Dschafar mit seiner ganzen Familie teilnahm. Jahja und Fadl hatten begriffen, daß die glänzende Hochzeit meines Herrn nichts als eine Farce gewesen war, sie ließen es aber niemanden wissen. Wenn ein Freund oder ein Kunde nach dem Wohlergehen der Braut fragte, so bekam er zur Antwort, daß die Gesundheit der Prinzessin ausgezeichnet und das Glück des jungen Paares groß sei.

Bei dem Fest in der Moschee sprach Harun selbst das Gebet. Es herrschte großes Gedränge, die Frauen nahmen den Platz ein, der ihnen zugewiesen war, die Männer versammelten sich in der Gebetshalle. Die Familie des Kalifen war zugegen und die der Barmakiden – sie standen dichtgedrängt und hielten doch gebührenden Abstand. Fadl al Rabi wandte den Kopf ab, als er Dschafar begegnete; sein rundes, zufriedenes Gesicht zeigte deutlich, daß er ihn nicht fürchtete.

Andächtige und erregte Stimmung beim Gebet, Rascheln der Gewänder, die über die Marmorfliesen schleiften, grünliches Halbdunkel, wie von Licht unter Wasser. Inmitten der Gemeinde sprach Harun, der Imam, das Gebet, und die lauschende Menge folgte gebannt seinen Gesten, unter den unzähligen Öllampen, in Kristallkugeln verborgen. Das Echo seiner Worte erstarb an der Bronzetür der Moschee, an den Gittern aus Zedernholz, hinter denen die Frauen beteten, und auf den Teppichen, über welche die nackten Füße glitten; die Hitze selbst blieb draußen, jenseits der mächtigen Mauern des Bauwerks. Es war kühl.

Am Abend empfing die Prinzessin Aziza in ihren Gemächern; es war das erste Fest, das sie in ihrem eigenen Namen gab, und Harun war erfreut über ihre Aufgeschlossenheit und Unbefangenheit. Er empfand noch immer zärtliche Liebe für sie, und sie hatte soeben ein drittes Kind, eine Tochter, zur Welt gebracht. Der zweite Kronprinz, Al Mamun, war an ihrer Seite, ein kleiner Junge mit lebhaften Augen und einem heiteren Gemüt, das seinen Vater, seinen Vormund und all jene entzückte, die ihn umgaben. Prächtig geschmückt mit dem Geschmeide, das der Kalif ihr geschenkt hatte, verborgen hinter einem silberdurchwirkten Schleier, so empfing Aziza ihre Gäste. Sie war noch immer schön, wenn auch stattlicher geworden, und ihre Augen, deren tiefes Grün durch die Smaragde an Ohren, Hals und Armen noch betont wurde, schienen durch die Geladenen hindurchzusehen, denn sie suchten jemanden, der auf sich warten ließ.

Endlich trat Abassa ein, hinter ihr Dschafar, ihr Gemahl, Harun und die Königin Zubaida, die an der Hand den Thronfolger führte, Al Amin, mager und schwarz in seiner bestickten Galabija, die Augen hart und grimmig. Stets hatte er seine Mutter mit Verachtung von der Perserin und ihren Söhnen sprechen hören, so oft, daß er ein mißtrauischer, hochmütiger Mensch geworden war. Und so sollte er sein ganzes kurzes Leben lang bleiben.

Aziza erhob sich vor Abassa, begrüßte sie lächelnd. Die Männer zogen sich in einen Winkel des Salons zurück, plauderten von der Jagd, von ihren Falken und ihren Pferden; die Frauen hinter ihren Schleiern lachten gedämpft, bewunderten ihr Geschmeide und ihre bestickten Kleider, oder streckten ihre Hände nach den Kuchenplatten aus. Mit einer unauffälligen, natürlichen Geste hatte Aziza den Arm Abassas genommen und sie in eine Ecke geführt, wo sie allein waren. Der Kalif hielt ihnen den Rücken zugekehrt, er sah sie nicht. Die Prinzessin sprach so schnell und so leise, daß Abassa noch näher an sie herantreten mußte. Sie standen jetzt ganz dicht beieinander, und jede spürte den Atemhauch der anderen.

»Prinzessin Abassa, höre mir zu und unterbrich mich nicht, denn die Zeit drängt. Meine Tante, die Schwester meiner Mutter – Allah schützte sie –, wohnt unweit des Palastes in einem bescheidenen Haus, im Tuchhändlerviertel. Sie hat mich kürzlich in meinen Gemächern aufgesucht, und ich habe sie gebeten, mir ihre Ergebenheit zu beweisen. Sie willigte ein, diese Frau ist wie eine Mutter für mich. Ich habe ihr aufgetragen, ihr Haus einer Freundin zur Verfügung zu stellen, sie einzulassen, ohne etwas zu fragen. Weiter habe ich ihr erklärt, daß diese Frau dort einen Mann empfangen werde und daß, sollte jemand davon erfahren, uns allen der Tod sicher sei. Sie hat nicht die geringste Neugier gezeigt, sie wird es tun. Während deiner Abwesenheit will ich Harun ablenken, doch bleib dem Palast nie zu lange fern. Du mußt schlicht gekleidet, wie eine Dienerin, fortgehen; die Wache wird dich wieder einlassen, der Soldat wurde schon von mir bezahlt. Er weiß nichts, und er wird auch nicht wissen wollen, warum eine meiner Frauen so spät in den Palast zurückkehrt. Er hat den ganzen kommenden Monat Dienst, danach werden wir weitersehen. Während dieses Festes, das ich allein zu diesem Zwecke gab, mußt du Dschafar mitteilen, was ich veranlaßt habe; er soll mir ein Zeichen der Zustimmung geben, wenn er mit meinen Plänen einverstanden ist. Dann werde ich meine Tante wissen lassen, daß sie ihre Tür für euch geöffnet hält. Geh jetzt und sprich mit deinem Gemahl.«

Abassa ergriff die Hand der Prinzessin, unterließ es aber, sie zu küssen, um keine Aufmerksamkeit auf sich zu lenken. Sie trat einen Schritt beiseite, ihre Augen leuchteten. Ich stand nahe bei ihr, sie hegte kein Mißtrauen gegen mich.

»Warum tust du das für mich, Aziza? Auch wenn ich es nicht verstehe – Allah segne dich für deine Hilfe.«

»Abassa, ich stamme wie Dschafar aus Persien und verdanke ihm mein ganzes Glück. Ich weiß, daß er dich liebt, möge Allah euch beiden gnädig sein!«

Die Prinzessin entfernte sich, wechselte einige Worte mit Zubaida – trotz des Hasses, den die Königin für Dschafar empfand, waren sich die beiden Frauen nicht feindlich gesinnt. Nach einer Weile trat sie beiseite und blickte Aziza nach, die sich zum Kalifen gesellte. Dieser wandte sich ihr zu und küßte ihre Hand. Abassa wartete noch etwas, bevor sie sich ihrem Gemahl näherte. Sie begrüßte ihn und berichtete ihm mit gedämpfter Stimme, so als plaudere sie über Belanglosigkeiten, von den Plänen Azizas. Während sie sprach, sah sie Dschafar nicht ein einziges Mal an. Mein Herr bebte, seine Augen strahlten, sonst aber zeigte er keine Regung. Als sein Vater auf ihn zukam, wandte sich Abassa anderen Gästen zu.

Plötzlich war die Welt verwandelt, alles war Liebeslied, köstliche Musik, endloses Gebet. Dschafar schaute durchs Fenster zum Himmel hinauf, er verspürte Lust, mit ihm zu verschmelzen, leuchtend, unbegrenzt, leicht und schwerelos wie er zu werden; er schloß die Augen. Er, Dschafar ben Jahja al Barmaki, war nicht zu besiegen. Bald würde er auch das Letzte besitzen, das noch zu seinem vollkommenen Glück fehlte: Er würde den Körper einer königlichen Prinzessin an seinen pressen, sie in Besitz nehmen, eins mit ihr werden.

Der Prinzessin Abassa schlug das Herz so heftig, daß sie sich setzen mußte und eine Frau sich besorgt nach ihrem Befinden erkundigte, so bleich war sie geworden. Freude und Angst nahmen ihr den Atem. Morgen würde sie zur Frau werden, morgen würde sie sich nackt dem Manne zeigen, den sie liebte, sich ihm hingeben im gelben Licht der Lampe, morgen würde sie seinen Mund, seinen Speichel, seinen Körper besitzen, sie würde seine Haut liebkosen, seinen Leib mit ihren Schenkeln und ihren Armen umschlingen, ihn in sich spüren. Wie verwirrt sie sich plötzlich fühlte! Warum nur, warum?

Dschafar verließ die Männer und schritt auf Aziza zu.

»Ich danke dir, Prinzessin, für deine Gastfreundschaft. Ich muß jetzt zurückkehren in meinen Palast, aber das Bild deiner Schönheit und deines Edelmuts wird mich begleiten.«

Er trat, sich mehrmals verneigend, zurück, und bevor er sich umdrehte, um den Raum zu verlassen, sah er ihr fest in die Augen und nickte, unmerklich fast, mit dem Kopf.

Aziza hatte das Zeichen verstanden und wandte sich dem Kalifen zu, der sich gleichfalls verabschiedete. Er wollte die Nacht mir ihr verbringen und hatte Dschafar nicht zurückgehalten.

Wir ritten Seite an Seite zum Palast meines Herrn zurück. Ich war beunruhigt.

»Was wirst du tun, wenn der Kalif morgen nacht nach dir verlangt? Wird er keinen Verdacht schöpfen, wenn er entdeckt, daß Abassa und du abwesend seid?«

Dschafar lächelte.

»Würdest nicht auch du alles wagen, wenn es um einen Menschen geht, den du liebst, Achmed?«

»Gewiß Herr, aber ich bin nur ein Diener, und das Wagnis, das ich einginge, wäre nur gering. Das gleiche gilt nicht für dich.«

»Glaubst du, Achmed, daß meine Abhängigkeit von Harun so groß ist? Glaubst du wirklich, daß meine Macht neben der seinen so gering ist?«

»Vor dem Kalifen, Herr, ist es sinnlos, sich aufzulehnen, sich aufzubäumen, und wärest du ein Hengst, stolz, edel, hitzig und würdest mit ihm ans Ende der Welt galoppieren, abwerfen kannst du ihn nicht.«

Dschafar verfiel in Schweigen; er war nachdenklich, doch seine Freude blieb.

Schließlich erreichten wir den Palast, und während die Wachsoldaten die Tore öffneten, sah er mich an.

»Die Prinzessin Aziza wird uns helfen und den Kalifen ablenken: Sie versteht es, ihm die Nächte lang und den Argwohn flüchtig erscheinen zu lassen. Wie eine Krone werden Abenddämmerung und Morgenröte sich um unsere Häupter schließen, und Abassa wird zurückgekehrt sein, ehe Harun sich aus der Umarmung der Prinzessin hat lösen können; ich kenne ihn.«

Ich saß ab und ergriff die Zügel seines Pferdes.

»Möge diese Nacht, Herr, kurz sein und die morgige unendlich. Ich werde dich zur Tante der Prinzessin begleiten und mit eigener Hand denjenigen erschlagen, der in dieses Haus eindringen will – und wenn es der Kalif persönlich wäre. Möge Allah dir eine friedliche Nacht schenken, Herr, ich werde mich vor deiner Tür ausstrecken.«

Wie verbrachten wir den folgenden Tag? Ich weiß es nicht, meinem Gedächtnis haben sich weder Worte noch Gesten eingeprägt. Wir ließen die Stunden verfliegen, wie Vogelschwärme, die über die Wüste ziehen, wenn die ersten Tage des Herbstes gekommen sind, ein Rauschen, ein Gleiten von Licht, Wind und Schatten.

Dschafar begab sich zum Palast des Kalifen und nahm an der Ratssitzung teil, er speiste mit Harun zu Abend, die Nacht umhüllte schon die Gärten und den Innenhof, wo das Wasser des Brunnens rauschte. Die Sterne glichen Blüten, Doldensträußen in einer Vase der Unendlichkeit. Die Hitze verlor sich im Weltenraum, der sich der Zärtlichkeit des Abends öffnete, so wie sich die Muschel den Liebkosungen des Meeres öffnet.

Von einem Minarett zum nächsten ertönte der Ruf des Muezzin, ein Ruf der Hoffnung. Dschafar und Harun neigten sich der Heiligen Stadt zu, ihre Arme und Schultern streiften sich, doch ihre Herzen fanden sich heute nicht, eine Welle trennte sie, um sie an ferne Gestade zu tragen, wo verschiedene Frauen sie erwarteten, eine Perserin den Araber, eine Araberin den Perser – Gleichheit selbst in der Gegensätzlichkeit. Ich dachte über diese beiden Männer nach, die sich so nah und doch so fern waren: der Araber, in Persien geboren, der Perser in Medina; sollte ihr ganzes Leben nichts weiter gewesen sein als das Zusammenströmen zweier Flüsse?

Der Kalif und mein Herr spielten eine Würfelpartie im Gartenhof, Grillen zirpten, Nachtvögel riefen sich im Halbdunkel der Speicher und Türme zu. Es war spät.

»Willst du, daß ich bei dir bleibe?« fragte Dschafar.

Er griff nach der Hand des Kalifen und hielt sie zärtlich in der seinen. Der Kalif lächelte.

»Dschafar, mein Schöner, ich lasse dir diese Nacht, weil ich dir untreu sein werde.«

»Untreu, Imam?«

Harun lachte, sein helles Lachen war ohne Falsch.

»Ja, ich will dir untreu sein, mein Bruder, jedoch mit der Frau, die du mir geschenkt hast, mit der Prinzessin Aziza. Ich empfinde im Augenblick große Zärtlichkeit für sie und ein starkes Verlangen. So Allah will, werden wir bald einen neuen kleinen Prinzen haben.«

Er erhob sich, streckte Dschafar seine Hand zum Kusse hin, mein Herr verneigte sich.

»Dann sehen wir uns morgen, Herr. Vielleicht kann ich bis zum Abend dein Verlangen zurückgewinnen.«

»Sei dessen gewiß, Dschafar, und verbringe eine friedliche Nacht.«

Mein Herr wandte sich langsam ab und ging. Ich folgte ihm. Als wir in den Ehrenhof traten und ein Diener sein Pferd herbeiführte, sah ich, daß Dschafars Hände zitterten.

»Auf, Achmed«, sprach er zu mir, »die Prinzessin Abassa wird schon warten.«

Er war bleich, fast konnte ich sein Herz schlagen hören.

Wir ritten zuerst zum Palast Dschafars zurück. Es war unerläßlich, daß man uns heimkehren sah, daß wir die Pferde im Stall ließen, um uns dann ungesehen auf den Weg zu machen. Mein Herr mußte sich in seine Gemächer begeben, seine Diener wissen lassen, daß er nicht mehr gestört werden wollte, und mit mir über die Terrassen und die Gärten den Palast verlassen. Es war gegen Mitternacht, alles war ruhig, wir begegneten der Wache und mehreren Dienern, die uns grüßten. Dschafar schritt schweigend, stolz an ihnen vorbei, in seine Gemächer, und ich schloß hinter ihm die goldbemalte Tür. Rasch streifte Dschafar sein Hofgewand ab, seine Abaja, seine Kufija, seine Galabija, ich reichte ihm einen einfachen gegürteten Umhang aus grauem Leinen, und er umwickelte sein Haar mit einem weißen Turban. Er nahm einen Dolch mit, den er in den Falten seines Gewandes verbarg, und, ohne mir Zeit zu lassen, meine Sandalen zu wechseln, brachen wir auf. Dschafar lachte: Er eilte über die Terrassen wie ein Jüngling, der heimlich eine Frau aufsucht. Dieses Abenteuer steigerte sein Verlangen, machte ihn übermütig, jung und vergnügt.

Der Himmel über uns war klar, vom zunehmenden Mond ging ein dunstiger, blaß schimmernder Atemhauch aus, der die Sterne liebkoste, Hunde bellten, fern auf einer Terrasse ertönte ein Tamburin, nächtlicher Frieden lag über Bagdad.

Wir liefen durch einsame Gassen, über denen der Geruch von Gewürzen und Gerbstoff hing; am Rande eines Brunnens hockte ein alter Bettler, Dschafar legte eine Goldmünze in seinen Schoß. »Allah sei mit dir«, murmelte der Greis, und Dschafar blickte mich an, ja, möge Allah mit ihm sein!

Der Souk der Tuchhändler war menschenleer, die Läden waren geschlossen, wir schritten schweigend die Hauptgasse entlang; ganz am Ende, neben einer überdachten Passage – ein kleines ockergelbes Haus. Um einzutreten, mußte man mehrere Stufen hinabsteigen; die Tür war aus Holz, die winzigen Fenster mit eisernen Gittern versehen. Macht euch nicht die Mühe, dieses Haus zu suchen, es existiert nur noch in meiner Erinnerung. Feuer, ein plötzliches Feuer, hat es vernichtet, vor langen Jahren schon, wenige Monate nach dem Tod meines Herrn. Die alte Frau, die darin lebte, starb in den Flammen, ein Unglück, ja, ein Unglück. Auf der Asche ließ der Kalif eine kleine Medersa errichten, wo die Kinder des Viertels unablässig die heiligen Worte des Koran wiederholen. Die göttlichen Worte tilgen die menschlichen Taten aus, wie auch die Hoffnung die Erinnerungen auslöscht. Wenn ich das Viertel durchstreife, so sehe ich weder Feuer noch Tod noch Rache, ich empfinde Freude und höre gern den Kindern zu, wenn sie den heiligen Text aufsagen. Ich lasse mich nieder und lausche ihnen, bis die Erinnerung an jene Nächte meine Ohren taub macht. Dann tauchen die Bilder aus der Vergangenheit auf, und, um mich nicht an Gott zu versündigen, stehe ich auf und gehe.

Mit dem eisernen Klopfer in der Form einer Faust schlug Dschafar an die Tür. Eine junge Dienerin öffnete uns, und hinter ihr erkannten wir die Tante Azizas, eingehüllt in ein schwarzes Tuch.

»Tretet schnell ein«, flüsterte sie, »und macht keinen Lärm.«

Sie sprach Persisch, ihre Stimme war ein wenig rauh, sinnlich fast.

»Die junge Frau erwartet dich.«

Ich wollte unten bleiben.

»Steig mit hinauf«, sprach Dschafar zu mir, »du sollst vor der Tür warten, damit du mich bei der geringsten Gefahr warnen kannst.«

Die Treppe war schmal, und einen Augenblick mußte ich an unseren ersten Besuch im Hause von Azizas Eltern denken. Ob auch Dschafar sich an diese Nacht erinnerte?

Die alte Frau ging voraus, kleine Gestalt, schwarz, leicht und stumm, Verkörperung des Schicksals oder des Todes. Sie zog einen weißbestickten Vorhang aus rotem Baumwollstoff beiseite.

»Hier ist es«, sagte sie nur.

Die Tür war so niedrig, daß sich Dschafar beim Eintreten bükken mußte.

Ich erkannte Abassa, sie stand im flackernden Licht einer Öllampe, trug ein schlichtes Gewand aus weißem Leinen, das ihre Arme freiließ, sie war barfuß, ihr Haar gelöst. Sie sah Dschafar eintreten, ihr Atem ging schnell, und ihre Augen leuchteten. Dschafar blieb stehen, und seine hohe Gestalt füllte die Öffnung der Tür, ich konnte nur seinen Rücken und die Augen der Prinzessin sehen. Der Vorhang fiel zu, doch bevor ich mich abwandte, sah ich, wie Abassa mit einer einfachen Geste ihr Kleid abstreifte und Dschafar vor ihr auf die Knie sank. Ihr mädchenhafter Körper war zart und zerbrechlich, ihre Brüste waren klein und rund, ihre Taille schmal, ihre Schenkel und Beine schlank und fest. Ihr dunkles, volles, gelocktes Haar fiel bis auf ihre Hüften, die goldenen Kettchen, die sie an Armen und Füßen trug, glitzerten im Licht der Lampe. Dschafar hielt sie mit seinen Armen umschlungen, sie schwieg, hielt den Kopf ein wenig geneigt, legte ihre Hände auf seinen Turban und streifte ihn behutsam ab. Dann strich sie mit den Fingern durch sein Haar und liebkoste es sanft.

Ich sah nichts weiter, hörte nichts, nur dann und wann das Bellen eines Hundes, Stimmen auf der Straße oder die Schritte der alten Frau im Erdgeschoß. Auch diese Geräusche verstummten nach und nach, die Nacht war schon fortgeschritten. Wachsam und angespannt stand ich da, das Licht der Öllampe drang gedämpft durch den Vorhang – dahinter nichts als fernes Murmeln, wie ein Atemhauch – oder war es nur der nächtliche Wind?

Dann der erste Hahnenschrei; ich dämmerte im Stehen vor mich hin und zitterte leicht. Kein Laut kam mehr aus der Kammer, doch es war Zeit aufzubrechen. Am Morgen würden Dschafars Freunde in den Palast kommen, um Geschäfte abzuwickeln und seinen Rat zu holen. Er mußte vor ihnen dort sein, die Ohren und Augen des Kalifen waren überall.

»Herr«, rief ich, ohne den Vorhang zu heben, »der Tag ist nah.«

Ich erhielt keine Antwort.

»Herr«, rief ich noch einmal und zog den Vorhang beiseite.

Dschafar und Abassa lagen nackt, aneinandergeschmiegt auf ihrem Lager und schienen zu schlafen; das Haar der Prinzessin bedeckte die Brust meines Herrn und seine Schultern, ihre Beine waren verschlungen, ihre Körper so dicht beieinander, daß ihre Lippen sich fast berührten. Sie waren so schön, daß ich die Augen schloß.

Ich rief, mit lauter Stimme diesmal:

»Herr, wir müssen aufbrechen!«

Dschafar erschauderte, er löste sich aus der Umarmung der Prinzessin und richtete sich auf. Seine Augen waren dunkel umrändert, seine Lippen geschwollen, doch kaum erwacht, schaute er auf Abassa und lächelte ihr zu. Abassa richtete sich gleichfalls auf und schlang ihre Arme um Dschafars Hals. Und, vor meinen Augen, vereinigten sich ihre Münder aufs neue, ihre Körper fanden zueinander; ich sah meinen Herrn sich zu der Prinzessin hinabbeugen, so wie ein Dürstender sich zum Wasser neigt, und sie, feucht und warm, empfing ihn, um den Durst dieses Wanderers auf seiner endlosen Reise zu stillen.

Ich blieb stehen, betrachtete sie, und auch mein Körper neigte sich zu ihnen, hin zu jener Schönheit, die ich erblickte und die mich zittern ließ. Ich verbarg mein Gesicht in meinen Händen, um sie nicht länger zu sehen und trat rückwärts zur Tür hinaus.

Die alte Frau eilte die Treppe hinauf.

»Der Morgen ist nah«, murmelte sie, »sag deinem Herrn, daß es Zeit ist, zu gehen, in Kürze beleben sich die Straßen, und man darf ihn nicht sehen. Jede Minute, die er verweilt, wäre Leichtsinn.«

Ich rief aufs neue.

»Herr, die Nacht geht zu Ende; um der Sicherheit der Prinzessin willen – beeile dich.«

Dschafar schien mich gehört zu haben, ich vernahm Geräusche aus der Kammer, das Rascheln von Kleidern, dann öffnete sich der Vorhang. Die Züge meines Herrn waren erstarrt, seine Augen abwesend; hinter ihm erkannte ich die Prinzessin, die sich gleichfalls angekleidet hatte.

»Gehen wir, Achmed«, sagte Dschafar nur.

Ohne sich noch einmal umzuschauen, stieg er die Treppe hinab. Der Rückweg, zwischen Hundegebell und Hahnenschrei, erschien mir kurz, mein Herr war schweigsam. Als wir den Palast erreicht hatten und die Terrassen überquerten, erwachte Dschafar aus seinen Träumen, seine Züge belebten sich, seine Augen glänzten.

»Achmed«, sprach er zu mir, und sein Blick war feurig. »Manchmal schenkt Allah den Menschen ein Stück Ewigkeit.«

Wir sprangen auf eine tiefer gelegene Terrasse, die zu den Ställen führte. Mein Herr hatte seinen Turban weit ins Gesicht gezogen, denn niemand durfte ihn erkennen. Vor dem Stall blieb er stehen.

»Achmed, sattle mein Pferd!«

»Dein Pferd, Herr? Aber kehrst du denn nicht in deine Gemächer zurück?«

»Ich möchte wie ein Pfeil dahingaloppieren. Heute morgen, Achmed, ist mir jeder Zwang zuwider; ich fühle mich wie der Falke, den der Wind ruft. Beeile dich!«

Ich versuchte, ihn umzustimmen:

»Aber mußt du nicht deinen Vater und deine Vettern empfangen?«

»Laß, Achmed. Sag ihnen, daß ich auf die Jagd geritten sei und daß sie nicht warten sollen.«

»Werde ich dich denn nicht begleiten, Herr?«

»Nein, Achmed, ich will allein sein.«

Ich verneigte mich, es war das erste Mal, daß mein Herr mich zurückwies. Ich ging, sein Pferd zu satteln. Dschafar war erhitzt und erschöpft und verspürte zugleich fast übernatürliche Kräfte. Er schwang sich in den Sattel, drückte die Fersen in die Flanken seines Tieres, das sich aufbäumte, dann stieß er einen rauhen, kriegerischen, triumphierenden Schrei aus und sprengte davon.

Ich sah ihn erst am Abend wieder, er hatte unter Beduinen gegessen und geschlafen, sein Gesicht war ruhig, glücklich. Der Friede war über ihm und in ihm, denn er hielt in seinen Händen eine kleine arabische Prinzessin, eine Perle aus Ambra, sinnlich und besänftigend, deren wilder Duft ihn trunken machte. Dschafar war an ein Gestade gelangt, Endpunkt der Welt oder des Lebens, hier würde er sich ausstrecken und glücklich sein. Nichts war mehr von Bedeutung.

Den Abend verbrachte er im Kalifenpalast, sein Glück war so vollkommen, daß er Harun mit größtem Wohlwollen entgegentrat. Seine Schwester, sein höchstes Gut, streng behütet und bewacht, gehörte ihm; er hatte sie zur Frau gemacht, er hatte sie besessen, so wie er ihren Bruder besessen hatte, und er fühlte sich stark, groß, unbesiegbar. Seine Macht, sein Reichtum, sein Zauber, all das machte ihn zum einflußreichsten Mann des Reiches, und wenn er dem Kalifen gegenüberstand, so senkte er nicht mehr den Blick. Warum auch hätte er es tun sollen?

Harun und Dschafar spielten bis zum Morgengrauen Würfel, Abassa blieb fern. Der Kalif hatte sich nach dem Befinden seiner Schwester erkundigt; die Prinzessin sei erschöpft von der Hitze und ruhe sich aus, hatte er zur Antwort bekommen. Gegen Morgen legte sich der Kalif nieder; er wollte, daß Dschafar an seiner Seite blieb. Mein Herr betrachtete den Schlafenden und lächelte.

Am späten Nachmittag, als sie den Rat verließen, fragte Dschafar den Kalifen:

»Gestattest du mir, Imam, daß ich meine Gemahlin in ihren Gemächern aufsuche?«

»Geh«, erwiderte Harun, »und richte ihr Grüße von mir aus. Sag ihr, daß es mir eine Freude wäre, sie heute abend bei uns zu sehen.«

Was hatte der Kalif zu fürchten? Man würde uns nicht einen Augenblick allein lassen, und das wußte er.

Mein Herr und ich ließen uns bei der Prinzessin anmelden. Eine ihrer Frauen teilte uns mit, daß sich ihre Herrin in den Gärten erging, eine Dienerin war fortgeeilt, um ihr unsere Anwesenheit zu melden; wir mußten warten. Ein sudanesisches Mädchen, fast noch ein Kind, kam herbeigelaufen, es lachte, und seine Zähne blitzten – schneeweiße Perlen auf seiner schwarzen Haut.

»Die Prinzessin erwartet ihren Gemahl am blauen Brunnen im Rosengarten.«

Wir durchquerten einen kleinen Hof, wo zwischen Orangenbäumen ein muschelförmiger Marmorbrunnen plätscherte, dann ein Gärtchen mit Oliven- und Mandelbäumen, mit Lilien und Farnen, umschlossen von einer niedrigen Steinmauer, an der sich Goldlack und wohlriechende Klettergewächse emporrankten. Endlich, hinter einem halboffenen Tor – der Rosengarten. Ganz am Ende erblickten wir das Wasserbecken, in dem die Prinzessin die seltensten und buntesten Entenarten großziehen ließ. Abassa suchte sie häufig auf, sprach zu ihnen und fütterte sie bisweilen. Die Allee war mit Sand bedeckt, der das Geräusch unserer Schritte dämpfte.

Abassa war in Begleitung von zwei Dienerinnen, sie hielt uns den Rücken zugekehrt, hatte sich weit über das Becken gebeugt und ließ ihre Hand, zwischen Seerosen und Amaryllis, durch das Wasser gleiten. Die grün, blau, gelb und rot schimmernden Enten paddelten im Wasser oder spazierten zwischen den blühenden Gräsern um das Becken. Dschafar stand jetzt dicht hinter Abassa, schaute reglos auf sie hinab, und als sie plötzlich das Bild meines Herrn im Wasser sah, stieß sie einen kleinen Schrei aus und schnellte herum. Sie blickten einander lange an, sie auf den Knien, er hoch aufgerichtet, sie bewegten sich nicht, sagten kein Wort, doch ihre Augen sprachen für sie. Da erhob sich die Prinzessin; sie war so klein, so zart in ihrem bestickten Kaftan, daß sie den Blumen des Gartens glich. Ihr Haar war zu unzähligen Zöpfen geflochten, die, mit Goldfäden durchwirkt und mit Perlen verziert, ihre feinen Züge hervorhoben, fein wie ein ziseliertes Schmuckstück. Sie war schön. Schön waren ihre schwarzen, leichtgeschlitzten Augen, schön ihre vollen Lippen, blühend wie die kleiner Kinder, schön ihre kleinen weißen Zähne, schön war ihre mattbraune Haut, die bedeckt war von einem zarten Flaum, schön ihr Nacken, ihr Körper. Und Dschafar ertrank in all dieser Schönheit. Atemlos, kraftlos stand er vor diesem tiefen Brunnen, in den er sich hätte stürzen mögen.

Ihre Hände fanden sich für einen Augenblick – Besitzergreifung, einzige Liebkosung, die ihnen möglich war. Abassa vermochte ihren Blick nicht aus dem Dschafars zu lösen, und sie lächelte. Dieser Mann, dessen Gesicht, dessen Körper, dessen Kraft sogar die Beduinenfrauen unter ihren Zeltdächern aus Ziegenhaut in der Wüste Arabiens träumen ließ, dieser Mann gehörte ihr, und nicht mehr dem Kalifen. Auch wenn Harun seinen Körper nahm, an sie würde er in der Umarmung denken, ihr würde er sich hingeben, ihr allein, so wie er sich ihr in der vergangenen Nacht hingegeben hatte. Harun hatte sie als sein Eigentum betrachtet, und sie hatte sich gerächt. Mit fünfzehn Jahren ist die Liebe keine Insel, sie ist der Ozean selbst, stürmisch, wild, ungezähmt. Abassa liebte Dschafar mit Leidenschaft, sie hatte durch ihn die Freuden der Liebe erfahren, und dieser Sinnenrausch war die Quelle ihrer Liebe, sie ließ sich hineingleiten und glaubte, selbst wie strömendes Wasser zu sein.

Sie betrachteten sich wortlos; es war ihnen verboten, sich zu umarmen, und diese Ohnmacht ließ sie zittern vor Verlangen.

»Möge der Frieden mit dir sein, Abassa«, sagte Dschafar schließlich. Seine Stimme war tief und bebte.

»Und auch mit dir, Herr. Was verschafft mir die Ehre deines Besuches?«

»Ich erfuhr gestern durch den Kalifen – Allah segne ihn –, daß du leidend seist, und so war ich in Sorge.«

»Nur die Hitze war der Grund für mein Unwohlsein, ich glühte gleichsam, und die Kräfte verließen mich. Deshalb beschloß ich, das Sonnenlicht zu meiden.«

»Gestern aber schien die Sonne nicht, Prinzessin Abassa, der Himmel war leer, die Sonne hatte sich selbst verzehrt.«

Die Dienerinnen, ein wenig abseits von uns, lauschten. Hatten sie den Auftrag, dem Kalifen die Gespräche ihrer Herrin zu hinterbringen? Dschafar bemerkte sie erst jetzt.

»Prinzessin Abassa, ich möchte mit dir im Rosengarten wandeln.«

Abassa gab den Frauen ein Zeichen.

»Folgt uns nach«, befahl sie, »wir wollen uns in den Gärten ergehen.«

Sie hatte die Frauen nicht aufgefordert zu warten; was ahnte, was wußte sie? Dieses leidenschaftliche, dieses unbesonnene Kind war doch zugleich scharfsinnig und umsichtig.

Einige Schritte vor mir gingen sie durch den Rosengarten, hinter ihnen die beiden Frauen. Abassa zeigte auf die Blumen, roch an ihnen, sie lachte, ihre Zöpfe tanzten um ihren Kopf, ihre Hände und ihr Mund sprachen gleichzeitig. Dschafar wurde es nicht müde, sie immer wieder anzusehen, und er lachte über ihre Freude, ihre Worte, ihre Gesten. Ich bewahre dieses Bild der beiden wie etwas Unsterbliches in meinem Herzen, ein Anfang und ein Ende, ein Kranz der Schönheit und des Glücks, geflochten um jene warme und duftende Dämmerung im Rosengarten. In diesem vollkommenen, strahlenden Rund betrachtete ich mich wie in einem Spiegel, sehe verschwommen oder klar mein Antlitz, einmal Mann, einmal Frau, so als wäre ich, je nach Licht und nach Tagen, einmal Dschafar, einmal Abassa. Schönheit und Jugend, mächtige Droge, die das Vergessen schenkt.

Wir wandelten noch immer durch den Rosengarten, sie mochten sich nicht trennen. Die Dienerinnen plauderten, sie flüsterten und lachten hinter vorgehaltener Hand. Der Palast wußte, daß Abassa eine Braut ohne Gemahl war. Der Gedanke, daß diese stolze Prinzessin eine ihnen unbekannte und unbegreifliche Schuld büßen mußte, rief bei den Frauen Schadenfreude, aber auch Mitleid hervor, je nachdem ob sie im Palast darüber tuschelten oder in der Einsamkeit ihrer Nächte darüber nachsannen. Dschafar al Barmaki, den schönsten Mann des Reiches, zum Gemahl zu haben und doch allein zu schlafen: welch sonderbares, welch düsteres Schicksal! Sie selbst betrachteten Dschafar nur verstohlen und wagten nicht, den Blick offen auf ihn zu richten.

Schließlich, als die Dunkelheit hereinbrach, blieb die Prinzessin stehen.

»Ich muß heimkehren, Herr, man erwartet mich zum Nachtmahl.«

»Wird man dich nicht beim Kalifen sehen? Dein Bruder hofft auf deinen Besuch.«

»Wirst du dort sein?«

»Ja, das werde ich.«

»Dann komme auch ich, Herr, denn deine Gegenwart ist mir ein Geheiß.«

Sie wandte sich ab, nahm ihren Weg zwischen zwei Lorbeerhecken und verschwand. Mein Herr und ich verweilten noch einen Augenblick.

»O Achmed«, seufzte Dschafar, »wie verlangt mich nach dieser Frau!«

»Du wirst dich noch an ihr erfreuen, Herr, sei dessen gewiß. Die Quelle ist ebenso durstig wie der Wanderer.«

»Möge die Prinzessin Aziza den Kalifen schon bald wieder in ihre Netze ziehen, sonst sterbe ich vor Durst.«

Er lachte, und ich wußte, daß er keinen Augenblick daran zweifelte, seine Frau erneut zu besitzen.

Die Tage vergingen, Dschafar und Abassa sahen und trennten sich wieder, ihre Blicke, anfangs noch heiter, waren fiebernd geworden: Jeden Abend erwarteten sie ein Wort, eine Botschaft, die nicht kam, und fast jede Nacht verlangte Harun nach meinem Herrn. Wenn Dschafar ihn auch noch begehrte, so vermied er doch vor Abassa jede Liebkosung und gab sich den Anschein der Gleichgültigkeit.

Den Kalifen quälten Sorgen, sein Reich wurde von Unruhen geschüttelt; in Persien, an der byzantinischen Grenze, wo die Kaiserin Irene ihm weiterhin Tribut zahlte, kam es erneut zu Revolten. Auch die Aliden erhoben sich, und Haruns Haß und Gewalttätigkeit steigerten sich mit jedem Tag. Dschafar versuchte, ihn zur Vernunft zu bringen, ihn zu besänftigen: Man müsse die Andersartigkeit der Menschen, ihre unterschiedliche

Natur und Gesinnung achten. Das Reich sei unendlich groß, Muselmanen, Sunniten, Schiiten, Juden, Christen lebten nebeneinander, überall in der Welt bewundere und preise man die Freiheit, die jede Glaubensgemeinschaft hier genieße. Es gelte, auf diesem Wege weiterzugehen, zu zeigen, daß der abbasidische Kalif der Beschützer aller, groß oder klein, reich oder arm sei, so wolle es Allah. Harun hörte seine Worte wohl, doch seine Frömmigkeit, die an Besessenheit grenzte, trieb ihn dazu, alles zu hassen, das anders war als er. Sein Freund Fadl al Rabi bestärkte ihn in dieser Haltung: Man müsse das Reich läutern, es vom Gift, das es verseuche, reinwaschen, so wolle es Allah. Die Christen und die Juden sollten sich klein machen, ganz klein, die Aliden in den Schatten treten, ihre lächerlichen Ansprüche aufgeben und endlich schweigen. Der Kalif stimmte Fadl al Rabi bei. Wäre Dschafar nicht in Bagdad gewesen, er hätte längst eingegriffen. Mein Herr war sich all dessen bewußt, doch seine Ehre verbot ihm, seine Freunde im Stich zu lassen – er mußte dem Kalifen die Stirn bieten. Als Harun erwähnte, er wolle Jahja ben Abd Allah, das Oberhaupt der Aliden, in Medina töten lassen, lehnte sich der gesamte Barmakiden-Clan auf. Harun entgegnete nichts und barg seine Fügsamkeit tief in seinem Innern, dort schlummerte sie wie ein griechiches Feuer, bereit zu zerstören – Sprengkraft viel größer noch, als sie unterdrückt, Gewalt viel heftiger noch, als sie verborgen wurde. Harun und Dschafar mieden von nun an politische und religiöse Themen und begannen, von ihrer Vergangenheit zu sprechen.

Endlich, eines Abends, erschien eine alte Frau im Palast Dschafars. Sie war in ein schwarzes Tuch gewickelt und verlangte auf Persisch, meinen Herrn zu sprechen. Man ließ sie in die Empfangshalle treten, ein Wachsoldat holte mich herbei. Es war die Tante der Prinzessin Aziza, ich führte sie beiseite.

»Melde deinem Herrn, er möge sich heute nacht in meinem Haus einfinden«, murmelte sie nur.

Damit ging sie, ohne ein Wort, ohne einen Blick.

Dschafar verhandelte mit Geschäftsfreunden; ich trat dicht an ihn heran und flüsterte ihm zu, was ich ihm von der alten Frau ausrichten sollte. Dschafars Augen leuchteten auf.

»Bei Gott«, rief er, »mein Diener hat eine Nachricht für mich, die mich erfreut. Ihr alle sollt teilhaben an meiner Freude; geht also und handelt, wie es euch beliebt.«

Die Männer erhoben sich und gingen.

»Wein, Achmed!« befahl mein Herr. »Hol mir kühlen Wein, und laß uns mein Glück zusammen feiern. Wir wollen auf das Wohl der Prinzessin Aziza trinken.«

Während wir tranken, traf ein Bote vom Goldenen Palast ein. Der Kalif ließ seinen Bruder, Dschafar al Barmaki, wissen, daß er abends beschäftigt sei und daß er, Dschafar, frei über seine Zeit verfügen möge. Er versicherte ihm seine Freundschaft und wünschte ihm eine Nacht in Frieden. Dschafar ließ Harun durch denselben Boten antworten, daß er sich am folgenden Morgen zu früher Stunde im Palast einfinden werde, und daß er dem Kalifen eine Nacht in Wohlsein und Frieden wünsche. Als der Bote gegangen war, brach Dschafar in Lachen aus. Er war wieder zwanzig Jahre alt!

Wir nahmen erneut den Weg über die Terrassen und Gärten. Der volle Mond leuchtete uns, Frauen und Mädchen von anderen Terrassen schauten uns nach, sie lächelten: Komplizenschaft, Nachsicht, belustigtes Wohlwollen von Frauen, die sich erinnerten oder noch hofften. Wir gelangten in das Gäßchen, das zum Souk der Tuchhändler führte. Vor uns tauchte das ockergelbe, schon vertraute Haus auf, die Tür öffnete sich, und wir traten ein. Dieselbe kleine Dienerin, sie lächelte uns im Halbdunkel zu; die alte Frau sahen wir nicht. Dschafar eilte sofort die Stiege hinauf, hob den Vorhang. Abassa war da, nackt, auf dem Lager ausgestreckt, und sie schaute ihn an. Die Hitze ließ ihren Körper glänzen, ihr Haar war gelöst, ihr Mund halb geöffnet, eine eigenartige Sinnlichkeit ging von ihr aus, sanft und unbändig, ein fast tierischer Zauber, der Dschafar so stark fesselte, daß er wie versteinert stehenblieb. Sie war es, die ihn rief, er trat an ihr Lager und liebkoste sie sanft mit seinen Fingerspitzen.

Sie schloß die Augen.

Ich zog den Vorhang zu; trotz der drückenden Hitze glaubte ich zu frieren. Das Feuer brannte dort, hinter jenem roten Stoff, und seine Glut erreichte mich nicht. Ein Gefühl der Einsamkeit, so wie ich es noch nie gekannt hatte, durchdrang mich, ich war nicht Dschafar, er war nicht ich, wir waren wie zwei Mandelkerne in einer Schale, aneinander gebunden und doch getrennt, andersartig, nicht austauschbar. Abassa war es, die uns trennte.

Sie sprachen miteinander, Worte, gleitend wie die Perlen der Gebetskette, wenn die Hände ungeduldig sind und die Körper fiebern, Worte, besänftigend und erregend, geflüstert und kaum gehört. Ihre Stimmen vermengten sich, so wie ihre Körper verschmolzen, Macht des Traumes in dem Augenblick, da alle Einsamkeit entschwunden scheint, da die Hände sich umklammern, die Beine sich umschlingen, die Münder sich vereinen. Ich hatte in diesen Augenblicken stets eine Wahrheit gesucht, ein Geben und Nehmen, etwas, das mich wachsen ließ, mich um den anderen vermehrte und uns zu einem größeren, stärkeren und brüderlichen Wesen machte. Hatte ich gefunden, was ich begehrte? Ich weiß es nicht, nein, ich weiß es nicht, Greise haben keine Erinnerung.

Auch habe ich vergessen, wie oft Dschafar und Abassa zusammenkamen in jenem ausklingenden Sommer und beginnenden Herbst. Oft? Vielleicht nicht, aber sie lebten beide nur noch für diese Nächte.

Achmed verstummte, sein Kopf sank vornüber, er schien zu schlafen. Der Kreis um ihn herum schwieg, gebannt den Blick auf den Erzähler gerichtet. Schließlich, nach mehreren Minuten des Schweigens, fragte ein Kind:

»Schweigst du, weil deine Geschichte zu Ende ist, Achmed? Sollen wir morgen wieder hier sein?«

Der alte Bettler hob den Kopf, sein Blick schien verloren, als könne er niemanden sehen.

»Morgen, ja, morgen, so Allah will, denn meine Stimme erlischt, so wie in jenem Winter 186 das letzte Jahr meines Herrn erlosch. Nur ein Jahr blieb ihm noch zu leben, und mir selbst bleiben jetzt nur noch wenige Tage. Deshalb seid morgen wieder hier, meine Geschichte wird ein Ende haben, dann werde ich mich in einen Winkel von Bagdad zurückziehen, um zu sterben – befreit von meiner Erinnerung, befreit von dieser Last, die ich so viele Jahre schon trage, die sich in mir regte und mich schmerzte, so mächtig und stark war sie geworden.

Jetzt geht und verbringt eine friedliche Nacht.«

Zehnter Abend Achmeds

An jenem Abend, dem letzten Abend, erkannte niemand den alten Achmed. Er weilte schon auf dem Platz, als die Dunkelheit hereinbrach, saß auf einem kleinen Gebetsteppich, der in erlesenen Farben und einem kostbaren Muster gewoben war. Wie kam er zu diesem Schatz, wo hatte er ihn verborgen gehalten? Er selbst war mit großer Sorgfalt gekleidet: Er trug einen Kaftan, bestickt in verblichenen Farben, eine schwarze zerschlissene Abaja, durchwirkt mit Goldfäden, und, anstelle des schmutzigen, zerrissenen Turbans, eine Kufija, gehalten von einem schwarzen Leinenband, das mit Silberfäden gesäumt war. Sein weißer Bart war sorgsam gekämmt, er schien sich für ein Fest bereit zu halten, für eine bedeutende Feier, deren Ort und Stunde nur er kannte. Vor der erstaunten Menge saß aufrecht ein alter Mann, der einem Prinzen glich. War ihm denn alles, was er erzählt hatte, wirklich widerfahren, hatte er, der Bettler, dieses Leben im Überfluß und Glanz gelebt? Ehrfurcht und Achtung umgaben ihn jetzt, man neigte sich zum Gruß, und die Kinder wichen einen Schritt zurück. Unendliche Ruhe, unsagbare Würde gingen von dem Greis aus, und ein jeder ahnte, daß etwas geschehen würde. Doch was? Das Ende seiner Geschichte, ein Abschied vielleicht, der Beginn eines anderen Lebens, eines Lebens ohne Suchen, ohne Hunger, ohne Elend? Vielleicht besaß er irgendwo ein Haus mit Dienern und einer Wasserquelle, wo eine Familie, wo Söhne ihn erwarteten! Oder würde er entschwinden wie eine Erscheinung, die durch mondlose Nächte irrt, wie ein Geist aus der Vergangenheit, der zurückgekehrt war unter die Menschen? Reglos hockte er da und stumm, hielt die Augen geschlossen, ein Halbtoter, den die

Nacht der Erinnerungen aufwecken würde. Gerüche von Gewürzen und gebratenem Fleisch verbreiteten sich auf dem Platz, ein leichter Westwind wehte, die Hitze hatte nachgelassen. Achmed öffnete die Augen.

Im Dezember gab der Kalif ein großes Gastmahl zu Ehren der Oberhäupter der arabischen Stämme. Die Diener trugen Hammel auf, Tauben in Honig, zarte Ragouts mit Mandeln und Oliven, süßes Backwerk aus Gries mit dem Aroma von Orangenblüten – doch keinen Wein, denn die Frömmigkeit Haruns untersagte von nun an jedes gegorene Getränk an seiner Tafel. Endlose Verhandlungen fanden im Ratssaal statt, an denen Dschafar und auch Fadl al Rabi teilnahmen. Das Reich erstarrte, und diese Erstarrung machte es rissig, zerklüftet, bereit zu zerfallen. Harun duldete weder Rat noch Wortstreit, er verschloß sich gänzlich, um sich gegen die anderen zu schützen, gegen den Einfluß, den sie auf ihn hatten. Aus dem Kreis der Menschen, die ihn umgaben, hörte er nur noch auf Dschafar und Fadl al Rabi, zwei durch und durch gegensätzliche Männer, die nur Haß füreinander empfanden. Der Syrer riet Harun, sein Reich unter seine Söhne aufzuteilen, Dschafar warnte ihn davor. Die Sorge des Vaters, gerecht zu sein, würde beiden Söhnen zum Nachteil gereichen. Ein zerteilter Adler oder Leopard seien doch nichts als totes Fleisch, Aas und Fäulnis. Al Mamun, sein Mündel, erschien Dschafar am besten geeignet, das Erbe seines Vaters zu übernehmen; er war es auch, der ihm am meisten glich. Fadl al Rabi stand Al Amin nahe, er sah ihn täglich, und der Junge zollte ihm Bewunderung. »Wenn ich Kalif bin«, sagte er zu ihm, »dann wirst du mein Wesir.« Und Fadl al Rabi zweifelte nicht daran.

Man sprach von den aufständischen Aliden, vom Gefangenen in Medina, Dschafar verteidigte ihn mit Leidenschaft: Es war eine Sache der Ehre, ihn zu schützen. Hatte er nicht das Ehrenwort seines Bruders, Fadl ben Jahja, erhalten? Die Barmakiden ließen sich nicht davon abbringen: Von der Sicherheit des Gefangenen hing das Ansehen ihrer Familie ab. Harun lauschte seinem Freund mit großer Aufmerksamkeit, er sagte nichts, zeigte keine Regung, doch bisweilen begegneten seine Augen denen des Syrers, und es war mir, als hegten sie die gleichen Gedanken. Die arabischen Stammesführer teilten Dschafars Standpunkt, sie würden nichts gegen den Aliden unternehmen, der sich zudem völlig friedlich verhielt. Er war Gast in Arabien, er hatte ihr Wort. Man erwartete die Zustimmung des Kalifen, er verharrte reglos, den Kopf unter der schwarzen Kufija leicht vorgeneigt, die Hände auf die Knie gestützt. Schließlich hob er die Augen, ließ den Blick über die Versammlung gleiten, bis er auf Dschafar haften blieb.

»Wenden wir uns einem anderen Thema zu«, sagte er.

Da erhob sich Dschafar und ging.

Tiefes Schweigen breitete sich aus: Was würde der Kalif in seinem Zorne tun? Würde er dem Hochmut der Barmakiden ein Ende bereiten? Ich war meinem Herrn nicht gefolgt, ich musterte Harun. Er schien ruhig, fast belustigt. Um seine Lippen spielte ein sonderbares Lächeln, und – war es Zufall oder Übereinstimmung der Gedanken – Fadl al Rabi lächelte wie er. Man wandte sich anderen Dingen zu.

Beim Nachtmahl war Dschafar wieder zugegen, an der Seite des Kalifen. Harun zeigte sich freundlich gegenüber meinem Herrn; die Barmakiden konnten also weiter das Haupt hoch tragen. Das Ende der arabischen Verhandlungen wurde mit einem glänzenden Fest begangen. Wie es das Protokoll verlangte, wurde Harun, der Gastgeber, von seinen beiden ältesten Söhnen, Al Amin und Al Mamun, begleitet. Unter dem Baldachin, wo er allein mit ihnen speiste, erschien mir der Kalif sorgenvoll, gealtert: Sein schwarzer Bart begann sich mit Silberfäden zu durchziehen, er war stattlicher, schwerfälliger geworden, und seine Jugend schien vergangen wie ein Gedicht, an das man sich vage erinnert, während die Worte, bereits in alle Winde zerstreut, im Sang der Welt sich wiederfinden. Dschafar, der nur zwei Jahre jünger war als er, hatte die Schönheit seines Körpers und seines Gesichtes bewahrt; er war wie eine Frucht im

Hochsommer, eine Frucht, die ein plötzlicher Windstoß ernten würde.

Der Winter setzte frühzeitig ein, es wurde sehr kalt. Man führte mehrmals die Falken auf die Jagd, dann wurde der Kalif vom Fieber befallen und blieb in seinen Gemächern. Abends eilte Dschafar zu Abassa, eingehüllt in eine graue Burda, um sich gegen den kalten Wind zu schützen, der aus dem Osten wehte. Beide streckten ihre Hände dem Feuer ihrer Körper entgegen, um sie an ihrer eigenen Glut zu wärmen.

Eines Morgens, als Dschafar erwachte, glühte auch er im Fieber.

»Geh zum Palast«, befahl er mir, »und melde dem Kalifen, daß mein Befinden es mir verbietet, an seiner Seite zu sein. Und laß ihn wissen, daß ich ihm Wohlsein und Frieden wünsche.«

Ich eilte zum Palast; man ließ mich, den Träger einer Botschaft von Dschafar, ein. Ich begab mich zu den Gemächern des Kalifen, er war nicht da. Und als ich an die Tür des Arbeitszimmers klopfen wollte, wo der Kalif gewisse Boten zu empfangen pflegte, vernahm ich seine Stimme und die des Syrers. Es waren keine Wachen zugegen, da man kein Mißtrauen gegen mich hegte; so lauschte ich.

»Meine Entscheidung ist gefallen, Freund«, sagte Harun, »und muß geheim bleiben. Laß noch heute zwei sichere Männer nach Medina schicken. Sie sollen mich umgehend vom Erfolg ihres Auftrages in Kenntnis setzen.« Harun schwieg einen Augenblick und fuhr mit fester Stimme fort: »Dies alles muß derart ausgeführt werden, daß nichts auf Mord hindeutet. Die Aliden würden sonst einen Märtyrer aus ihm machen, und das könnte uns nur schaden.«

Ich vernahm Schritte und fürchtete, Fadl al Rabi könne heraustreten und mich sehen. Ich entfernte mich hastig und versteckte mich hinter einem Stoffvorhang. Und wirklich erschien der Syrer, durchquerte die Halle und ging. Ich wartete eine Weile, dann klopfte ich an die Tür. Muhammed erschien, um mir zu öffnen. Und während ich ihm das Papier überreichte, sah ich Harun, der an einem Fenster saß und eine Nachricht las. Er schaute nicht zu mir auf.

Viel zu langsam trug mich mein Pferd zum Palast Dschafars zurück. Die Menge in den Souks hielt mich auf, die Brücke war bevölkert, mit Peitschenhieben bahnte ich mir einen Weg. Ich sprengte im Galopp in den Ehrenhof, die erstaunten Wachen sahen mich vom Rücken meines noch trabenden Tieres springen und zu den Gemächern Dschafars eilen. Mein Herr lag auf seinem Lager unter einer Decke aus Marderfell, er schlief nicht. Als er mich atemlos und bestürzt vor seinem Bett stehen sah, richtete er sich auf.

»Was gibt es, Achmed? Mir scheint, die Dschinnen sind dir auf den Fersen.«

»Herr, ich habe ein Gespräch im Palast belauscht, und wenn du meine Worte vernimmst, wirst du von deinem Lager aufspringen, wie der Falke sich von der Faust des Jägers losreißt, wenn er Blut gerochen hat. Der Kalif will Jahja ben Abd Allah töten lassen.«

Und wirklich – Dschafar schlug seine Decke zurück und war mit einem Satz auf den Füßen. Auf seinem Antlitz, das noch matt war von der Krankheit, flammte heftiger Zorn auf.

»Was sagst du da, Achmed, bist du ganz sicher?«

»Ganz sicher, Herr. Ich habe mit eigenen Ohren die Stimme des Kalifen gehört, als er Fadl al Rabi den Befehl erteilte.«

Dschafar streifte hastig einen Kaftan über, seine Abaja, umwickelte seine Kufija mit einem Band und stürzte zur Tür hinaus.

»Schnell, Achmed, laß uns zum Palast meines Vaters reiten, wir haben keine Zeit zu verlieren.«

Wir sprengten im Galopp davon, der Ksar al Tin war nicht weit, in wenigen Minuten hatten wir den Palast erreicht. Wir waren kaum von unseren Tieren abgesessen, als der alte Jahja schon aus seinen Gemächern trat. Diener hatten ihm gemeldet, daß etwas Ungewöhnliches vor sich ging. Dschafar begrüßte ihn, nahm ihn am Arm und führte ihn in das Privatgemach, wo die Familie sich zu versammeln pflegte.

»Vater«, begann er mit keuchender atemloser Stimme, »Vater, man plant, Jahja ben Abd Allah zu ermorden.«

Der alte Mann fuhr auf.

»Das ist nicht möglich.«

»Es ist die Wahrheit, Vater, wir müssen auf der Stelle handeln.«

Jahja blickte Dschafar lange an, bevor er mit ruhiger, sanfter Stimme sagte:

»Mein Sohn, ich weiß, daß es dir widerstrebt, gegen den Kalifen Partei zu ergreifen, und ich verstehe deine Gründe wohl. Willst du dich plötzlich gefährden und in eine Sache verwikkeln lassen, mein Sohn, aus der du dich stets hast fernhalten wollen?«

»Vater, es geht hier nicht um leere Worte, es geht um unsere Ehre, und da kann ich nicht tatenlos zusehen. Wir müssen handeln, Jahja heimlich aus Medina schaffen, damit die Reiter Haruns sein Haus leer vorfinden. Vielleicht wird der Verdacht gar nicht auf uns fallen, jeder alidische Anhänger könnte diese plötzliche Flucht veranlaßt haben.«

»Du vergißt, mein Sohn, daß Jahja ben Abd Allah niemals freiwillig Medina verlassen wird. Schließlich hat er sein Wort gegeben.«

Dschafar brach in ein kurzes spöttisches Lachen aus.

»Der Kalif wird verstehen, daß man nicht jedes Wort halten muß.«

Jahja legte die Hand auf die Schulter meines Herrn.

»Richtet sich dein Plan nicht weit mehr gegen Fadl al Rabi als auf die Rettung Jahja ben Abd Allahs? Möge deine Entscheidung keine Rache sein, sondern allein der Entschluß eines Edelmannes. Leben oder Tod unseres Freundes sind nicht von Bedeutung, wir sind allein in Allahs Händen.«

»Vater, ich weiß, wer wir sind und welches Vertrauen wir bei unseren Freunden genießen. Wie könnten sie uns weiter als Freunde betrachten, wenn sie an unserem Wort zweifeln? Noch nie haben wir es gebrochen.«

Hinter Jahja tauchte jetzt Fadl auf, begleitet von seinem Sohn Al Abbas, der schon ein Jüngling war.

»Dschafar hat recht, wir müssen sogleich ein paar sichere Diener fortschicken. Sie sollen Jahja ben Abd Allah überreden, sie zu begleiten, und ihn hierher führen, wo niemand es wagen wird, die Hand gegen ihn zu erheben.«

Fadl suchte den Blick meines Herrn und lächelte ihm zu:

»Du fieberst, mein Bruder«, sagte er nur. »Geh und ruh dich aus.«

Und so ritten wir zum Palast meines Herrn zurück.

Wir durchlebten bange Tage – ein Spiel wurde gespielt, schnell, unerbittlich, ein Mann war der Einsatz, aber ging es wirklich um diesen Mann? Ich sah wieder das Lächeln des Kalifen und des Syrers, und ich hatte Angst. Etwas viel Wichtigeres als das Schicksal Jahja ben Abd Allahs stand vor der Entscheidung.

Zwei Wochen verstrichen, wir waren noch immer ohne Nachricht. Mein Herr war von seiner Krankheit genesen und begab sich täglich in den Palast des Kalifen. Harun und Dschafar wirkten nach außen ganz ruhig, und doch warteten beide voller Ungeduld auf eine Botschaft, die nicht kam. Sie verbrachten eine Nacht zusammen. Was konnten sie einander sagen, sie, die erstarrt waren in ihrer Entschlossenheit und ihrem Schweigen? Was suchten sie sich in ihrer Umarmung zu beweisen, was wollten sie vergessen? War es Liebe oder der Wunsch, den anderen zu zerstören, was sie vereinte? Doppelbild, erwünscht und auch verworfen. Sie gaben sich nicht mehr einer dem anderen, sondern nahmen vom anderen die Kraft, sich zu behaupten. Zerrspiegel: Wenn sie sich darin betrachteten, sahen sie sich noch größer, noch mächtiger und wunderten sich dann, diesem trügerischen Bild nicht zu entsprechen.

Eines Morgens, noch vor Sonnenaufgang, wurden wir durch großen Aufruhr im Palast geweckt: Zwei Reiter, erschöpft und staubbedeckt, verlangten, auf der Stelle vor Dschafar geführt zu werden. Sie gaben vor, direkt aus Medina zu kommen. Mein Herr erhob sich augenblicklich, die Diener zündeten die Lampen in seinem Privatgemach an, mit einer Geste schickte er sie fort, und die Reiter traten ein.

Wechselspiel vom gelben Lichtschein der Öllampen und vom mattgrauen Schimmer, der durch die Fenster drang; die Silhouetten der beiden sich verneigenden Männer tanzten im Flackern der Flammen, und ihre Schatten an den Wänden folgten der Linie der verschlungenen Ornamente aus Stuck. Es herrschte absolute Stille, Dschafar stand unbeweglich da und wartete. Die Männer richteten sich auf, einer von beiden trat vor, gefolgt von seinem Schatten, der, wie eine lautlose Katze, über die golddurchwirkten Kissen glitt.

»Herr«, sagte er, »wir haben deinen Befehl befolgt, Allah ist unser Zeuge, doch dein Freund wurde von Männern entführt, die weit stärker waren als wir, und wir haben nichts tun können.«

Ich beobachtete Dschafar, zwei tiefe Furchen gruben sich in seine Stirn, seine Augen glänzten, seine Stimme war kalt, gebieterisch.

»Wie konnte das geschehen?«

»Wir waren in Medina, Herr, bei Jahja ben Abd Allah. Erst als er erfuhr, daß wir auf Befehl der Barmakiden handelten, war er bereit, uns zu folgen. Wenige Stunden von der Stadt entfernt, kurz von Chaibar, wurden wir von Kamelreitern eingeholt. Es waren zehn, in Schwarz gekleidet, vermummt und bewaffnet. Wir haben unsere Dolche gezogen, doch dein Freund selbst hat uns zurückgehalten. ›Setzt euer Leben nicht aufs Spiel‹, sprach er zu uns, ›ihr seht doch, daß sie euch weit überlegen sind. Laßt mich; es ist der Wille Allahs, daß ich Medina nicht verlasse.‹ Er schien zu glauben, einer der arabischen Stammeschefs habe von seinem Aufbruch erfahren und veranlaßt, ihn nach Medina zurückzuführen. Ein Kamel stand für ihn bereit, und er saß auf. ›Herr‹, rief ich, als sich die Gruppe in Bewegung setzte, ›ein Wort, und wir kämpfen für dich.‹ Er wandte sich um. ›Möge Allah euch den Frieden schenken, Freunde, kehrt zurück zu euren Herren und laßt sie wissen, daß sie bis zu meinem Tode in meiner Erinnerung und in meinem Herzen leben.‹«

»Hat er unseren Namen ausgesprochen?« fragte Dschafar.

»Nein, er hat nur ›eure Herren‹ gesagt, das ist alles.«

»Hat man euch verfolgt?«

»Ich glaube nicht.«

»Geht«, sagte Dschafar, »und sprecht mit niemandem über das, was geschehen ist.«

Die beiden Männer zogen sich zurück, ich blieb allein mit meinem Herrn.

»Der Kalif muß von unseren Plänen erfahren haben«, murmelte Dschafar. »Wie aber? Und durch wen?«

»Die Ohren Haruns sind überall, Herr, hier in deinem Palast, im Ksar al Tin, in der ganzen Stadt und im ganzen Reich, sie vernehmen selbst ein Murmeln, und sei es noch so leise gehaucht.«

»Möge Allah uns beschützen!« sprach mein Herr. »Der Zorn des Kalifen wird furchtbar sein. Möge Allah auch Jahja ben Abd Allah beistehen, denn sein Leben wiegt jetzt nicht mehr als eine Falkenfeder. Und wer weiß, ob der Atem des Todes sie nicht schon davongetragen hat.«

Ich versuchte, meinem Herrn wieder Mut zu machen.

»Vielleicht weiß Harun nicht, daß die Männer, die Jahja ben Abd Allah begleiteten, die euren waren. Warum sollte er nicht alidische Gefolgsmänner verdächtigen?«

»Er weiß, wohin sich die Reiter begeben haben; in diesem Augenblick schon werden ihm Spitzel im Goldenen Palast Bericht erstatten, und heute morgen noch, sei dessen gewiß, wird der Kalif mich rufen lassen.«

Und in der Tat, gegen zehn Uhr meldete ein Bote Haruns meinem Herrn, daß der Kalif ihn in einer dringenden Angelegenheit zu sprechen wünsche. Dschafar legte seine Hofgewänder an, und wir brachen schweigend auf. Es war kalt; eingehüllt in unsere Wollmäntel, gefolgt von mehreren Wachsoldaten, durchquerten wir die Stadt. Die Straßen waren ruhig, Menschen eilten von den Souks zu ihren Häusern, Händler wärmten sich an Kohlenbecken auf, die in ihren Läden oder an den Straßenecken brannten, der graue Himmel tauchte die ockergelben Häuser in fahles Licht.

Wir ritten in den Palasthof ein, ein Hund bellte vor Dschafars Hengst, der sich aufbäumte. Fast hätte er meinen Herrn aus dem Sattel geworfen, doch er stürzte nicht. Ich sah darin ein Zeichen des Schicksals.

Der Kalif empfing Dschafar in seinem Privatgemach; er wartete an einem der Fenster. In einem Winkel des Raumes, den Säbel gezückt, stand Muhammed; er sah uns eintreten, sein Gesicht war ohne jeden Ausdruck.

»Möge der Friede Allahs mit dir sein!« sprach Dschafar.

Er ging auf den Kalifen zu, um seine Hand zu küssen. Harun wich zurück; sein Blick war gereizt und abweisend.

»So sollen mich nur Freunde begrüßen, Dschafar ben Jahja, bist du ein solcher?«

Dschafars Stimme bebte nicht.

»Wie könntest du daran zweifeln, Imam? Bin ich nicht dein Bruder?«

Die Augen des Kalifen musterten ihn kalt. Dschafar aber schien ganz ruhig und hielt seinem Blick stand.

»Mein Bruder, Dschafar! Wisse, daß meine Brüder mich nicht verraten.«

»Dich verraten, Herr! Was willst du damit sagen?«

Der Kalif führte seine Hand an die Perlenschnur, die an seinem Gürtel befestigt war, er beherrschte sich aber und ließ von ihr ab. Seine trockene Stimme verlor an Sicherheit und zitterte leicht. Schließlich rief er:

»Wann endlich hörst du auf, mich herauszufordern, Dschafar ben Jahja? Weißt du nicht, daß ich dich vernichten, dich aus diesem Palast werfen kann wie einen Bettler?«

Mein Herr bebte am ganzen Körper, unendlicher Zorn stieg in ihm auf. Ich hatte Angst, er könne die Beherrschung verlieren.

»Herr«, flüsterte ich sanft.

Dschafar warf mir einen Blick zu, seine Erregung ließ nach, er hatte sich wieder in der Gewalt.

»Nenne mir die Ursache deines Zorns, Imam, was habe ich getan, daß ich so dein Mißfallen errege?«

»Deine Heuchelei, Dschafar, ist unerhört. Kannst du mir erklären, warum Jahja ben Abd Allah seinen Wohnsitz in Medina verlassen hat?«

Dschafar atmete tief, die Frage war gestellt, klar und deutlich, er konnte jetzt handeln.

»Herr, ich erfuhr, daß man ihm nach dem Leben trachtete. Ich wußte, wie sehr dir dieser Mord mißfallen, wie sehr er deiner Politik schaden würde, und wollte ihn deshalb in Sicherheit bringen. Wie es scheint, wurde er nach Medina zurückgeführt, wo du ihn wirst beschützen können.«

Der Kalif betrachtete meinen Herrn, sein Zorn schien zu schwinden.

»Wer sprach dir von Mord?«

»Ein Gerücht, Herr, nichts als ein Gerücht, doch ich betrachtete es als meine Pflicht, es ernst zu nehmen.«

»Niemand wollte Jahja ben Abd Allah ermorden. Wenn er jetzt aber stirbt, so bist du dafür verantwortlich, denn die arabischen Stammesführer haben kein Vertrauen mehr in sein Wort.«

»Wenn es dein Wille ist, daß er lebe, Imam, so wird er leben – und Allah wird mit dir sein.«

Haruns Züge und Glieder entspannten sich, seine Arme hingen jetzt locker an seinem Körper, er beugte sich ein wenig vor.

»Dschafar, ich habe dir vertraut, doch du hast dich meines Vertrauens nicht würdig erwiesen. Wie könnte ich dir fortan glauben?«

Da fiel mein Herr vor dem Kalifen auf die Knie, ergriff seine Hand und drückte seine Lippen darauf.

»Harun!« sagte er nur.

Es war das erste Mal, daß ich ihn den Kalifen bei seinem Namen nennen hörte. Seine Stimme war warm, sinnlich.

»Schweig!« befahl Harun mit schwankender Stimme. »Ich bin schwach vor dir, und diese Schwäche erzürnt mich aufs höchste. Man soll mir nie mehr von Jahja ben Abd Allah sprechen, hörst du, Dschafar?«

Dschafar richtete sich auf; die beiden Männer standen sich gegenüber, jetzt noch fester verbunden durch giftige Ketten, die ihre Körper aneinanderfesselten.

»Mein Vertrauen in dich ist grenzenlos, Imam, ich fürchte nichts mehr für meinen Freund und will vor dir seinen Namen niemals mehr erwähnen.«

Der Kalif stieß ein kurzes höhnisches Lachen aus.

»Ich muß mich um dein Vertrauen nicht verdient machen, mein Bruder, ich brauche deine Freundschaft und Liebe nur zu erbitten, vergiß das nicht. Geh jetzt und komm gegen Ende des Tages in meinen Palast. Ich möchte dann eine Partie Schach mit dir spielen, das Nachtmahl mit dir einnehmen, und später könnte es mich gelüsten, die Nacht mir dir zu verbringen.«

Bei diesen Worten musterte er meinen Herrn, in seinen Augen stand ein merkwürdiger Schimmer.

»Ja, es ist sehr gut möglich, daß es mich heute nacht nach dir verlangen wird.«

Dschafar erbleichte.

»Imam, habe ich mich jemals deinem Verlangen entzogen? Du brauchst mir nicht zu befehlen, daß ich an deiner Seite bin!«

Harun lachte erneut.

»Erzürne nicht, mein Bruder, denn meine Zuneigung zu dir ist voller Glut und Leidenschaft.«

Er trat näher und strich Dschafar liebevoll über den Arm. Da ergriff mein Herr voller Eifer seine Hand und drückte sie heftig. Sie sahen sich an. Schließlich lächelte Harun.

»Geh«, sprach er, »und kehre bald zurück.«

Seine Stimme war dumpf, schwankend, sein Blick fast flehend. Ich wußte, was in ihm vorging, und es schnürte mir das Herz zusammen. Wir verließen den Palast.

Niemand hat je etwas vom weiteren Schicksal Jahja ben Abd Allahs erfahren. Er wurde weder an seinem Wohnsitz in Medina noch an einem anderen Ort im Reich gesehen. Niemals mehr erwähnten die Barmakiden seinen Namen am Hofe, aber sie ahnten, was geschehen war, und Jahja blickte erstaunt auf Harun, sein Mündel. So hatte er ihn also ermorden lassen? In Persien erhob sich ein leichter Wind des Aufruhrs, doch die Brise legt sich, nur der Orkan vernichtet.

Die ersten Anzeichen des Frühlings im März erwärmten unsere Herzen, gaben unseren Augen neuen Glanz. Die Mandelbäume blühten, die Häuser von Bagdad schienen aufs neue das Licht der Sonne auszustrahlen, man ging wieder auf die Jagd, ließ sich im Innenhof, geschützt vom Wind, am Brunnenrand nieder und lauschte der Musik.

Zwischen Harun und Dschafar schien Frieden zu herrschen, ihre Blicke, ihre Worte wollten nicht unentwegt eine Überlegenheit bekunden, die im Grunde doch keiner begehrte. Allein, fern vom Kalifenhof und von der Stadt, hätten sich diese beiden Männer wohl wirklich geliebt. Nach einem Nachtmahl, da Harun bei besonders guter Laune war, sprach er zu meinem Herrn:

»Mir scheint, die Prinzessin Aziza wird mit dem Frühling immer jünger; sie warf mir heute einen Blick zu, der für einen Gemahl ein Befehl ist. Ich werde sie heute nacht aufsuchen. Geh, Dschafar, mein Bruder, und sei nicht betrübt, denn der größte und edelste Teil meiner Seele gehört dir.«

Dschafar verneigte sich, er dachte daran, daß er in wenigen Augenblicken bei Abassa sein würde, und sein Herz tanzte vor Freude.

So selten kamen sie zusammen, daß ihr Begehren wie am ersten Tage war. Wenn sie im Goldenen Palast sich sahen, so war das Feuer ihrer Leidenschaft durch Gewißheit und Erinnerung besänftigt, doch wenn sie sich im Haus der Perserin umfingen, loderte diese Flamme mit jedem Atemhauch erneut auf. Aus dem Mädchen war eine Frau geworden, erfahren, gierig, leidenschaftlich, ihre Arme, ihre Beine umschlangen Dschafar, wie eine Liane sich um den Baum rankt, und er, ruhig, stark, gab dieser innigen Umarmung seine Kraft, um sie noch fester zu umfassen, sich ihr noch besser anzugleichen. Vereint waren sie ein rauschender Wald, dunkel, feucht, tief, eine ganze Welt, ein Universum, und ihr Murmeln glich dem erstickten Schrei des verborgenen Wildes. Ich betrachtete sie bisweilen und wandte mich, einsamer Reisender, ihnen zu wie einem unheilvollen Land, ohne Grenzen und ohne Namen, betört und zugleich angsterfüllt von dieser verborgenen Gewalt, dieser feuchten, morastigen Sanftheit, der Hemmungslosigkeit dieser Liebe.

Abassa, die meinen Herrn gewöhnlich nackt auf ihrem Bett erwartete, stand an jenem Abend angekleidet am Fenster. Sie sah uns eintreten und hielt ihre Hände fest aneinandergepreßt. Dschafar ging auf sie zu, sie breitete ihre Arme aus und warf sich an seine Brust.

»Was ist, meine Liebste?« murmelte Dschafar. »Was ist?« Und er strich mit einer Hand zärtlich über ihr Haar, während er sie mit der anderen fest umfing.

Abassa weinte. Sie hatte den Kopf an seine Schulter gelehnt und bebte am ganzen Körper. Er nahm sie am Kinn und zwang sie, ihn anzuschauen.

»Sag mir, Prinzessin, sag mir, was ist geschehen?« Abassa rang nach Luft, trocknete die Tränen mit dem Zipfel eines rosafarbenen Seidentuchs, das um ihren Kaftan geschlungen war. »Herr, ich weiß nicht, was ich tun soll. Harun wird mich töten.«

Sie brach erneut in Weinen aus.

Dschafar war beunruhigt, er nahm sie bei den Schultern und schüttelte sie.

»Warum denn, Abassa? Warum sollte dich der Kalif töten wollen?«

Nach einem tiefen Atemzug, während die Tränen weiter über ihre Wangen flossen, murmelte die Prinzessin:

»Ich bin schwanger.«

Dschafar ließ sie los und wich einen Schritt zurück. Warum hatte er nie daran gedacht, warum war er so leichtfertig gewesen? Verwirrt und sprachlos stand er da. Abassa blickte ihn an, sie weinte nicht mehr.

»Und jetzt?« fragte sie. »Was soll jetzt geschehen?«

Plötzlich war Dschafar wie verwandelt, er warf den Kopf zurück und lachte.

»Ein Kind! Allah segne uns; ich werde einen Sohn von meiner Abassa haben!«

Die Prinzessin blickte ihn erstaunt an, dann lächelte auch sie.

»Ja, Dschafar, es ist ein Geschenk Gottes; nichts könnte mich glücklicher machen, und doch werde ich sterben.«

»Sterben, Abassa? Wie kannst du so etwas denken? Du mußt Bagdad verlassen, mußt an einen ruhigen Ort gehen, weit von hier, um meinen Sohn zur Welt zu bringen. Dann kehrst du zurück.«

Die kleine Prinzessin schien ihren Kummer vergessen zu haben, sie lachte, ergriff Dschafars Hände, und sie sprachen mit verschlungenen Fingern. Die Stimme Abassas war jetzt fröhlich, ausgelassen fast.

»Ich werde nach Mekka zu den Eltern meiner Mutter gehen; dort finde ich Schutz. Bei ihnen wird mich niemand behelligen, selbst Harun nicht, denn er achtet und liebt sie sehr. Ich werde ihn bald schon wissen lassen, daß ich sie sehen möchte und den Sommer bei ihnen verbringen will. Sie sind alt, mein Bruder wird meinen Wunsch verstehen. Nächsten Monat breche ich auf, meine Schwangerschaft wird noch nicht sichtbar sein.«

Dschafar drückte die Lippen auf das Haar seiner Frau.

»Wann wird mein Sohn geboren?«

»Im Oktober, so Allah will.« Die Stimme der Prinzessin wurde ernst. »So lange Zeit ohne dich ...«

»Ich will im Herbst eine Pilgerreise nach Mekka unternehmen, dann werden wir zusammensein. Bereite deinen Aufbruch vor, umgib dich mit vertrauenswürdigen Dienerinnen, und alles wird gut.«

Er schloß sie fest in seine Arme, küßte ihre Stirn, ihre Wangen, ihren Mund, sie ließ ihn gewähren und lachte. Ich konnte ihre Freude nicht teilen; dieses Kind, ich spürte es, war ein Keim des Todes.

Der Morgen dämmerte, ich hatte nicht bemerkt, wie die Zeit verstrich, so sehr waren meine Gedanken damit beschäftigt, alles vorauszuplanen, alles zu bedenken. Gegen die Gefahr, die meinem Herrn drohte, konnte ich nichts unternehmen, ja, ich hätte sie nicht einmal in Worte fassen können.

Auf unserem Heimweg war Dschafar unendlich glücklich. Die Familie des Propheten und die der Barmakiden würden einen gemeinsamen Stamm gründen. Die Gunst oder Mißgunst des Kalifen konnte ihm jetzt nichts mehr anhaben, sein Kind würde der Vetter Al Amins sein, des Sohnes der hochmütigen Zubaida, dieser Gedanke erfüllte ihn mit spöttischer Freude. Was machte es schon, daß diese Geburt geheim bleiben mußte, er wußte darum, und er würde die Kalifenfamilie fortan mit anderen Augen betrachten. Im Leibe Abassas, der Haschimidin, würde ganz Persien sich entfalten, ganz Persien und all jene, auf welche die Abbasiden mit dem Hochmut des Adels und der reinen Rasse herabblickten. Mein Herr lachte, und dieses Lachen schnürte mir die Kehle zu.

Wenige Tage darauf fragte Harun meinen Herrn, ob er von den Plänen Abassas wisse, das Frühlingsende und den Sommer in Mekka zu verbringen.

»Nein«, erwiderte mein Herr, »ich sehe die Prinzessin nie allein. Wenn ich sie aufsuche, ist sie stets von ihren Dienerinnen umgeben, und das macht jedes persönliche Gespräch unmöglich.«

Der Kalif lächelte:

»Das ist gut so, mein Bruder, das ist es, was ich verlange, du weißt es ja. Ihr Wunsch ist durchaus verständlich, weil sie selbst unter der Gegenwart dieser Frauen leidet, die doch unvermeidlich ist. Sie sehnt sich ein wenig nach Einsamkeit und Ruhe, die sie bei ihren Großeltern – Allah sege sie – finden wird. Nach ihrer Rückkehr wird es wohl besser sein, wenn du sie nicht mehr aufsuchst, denn diese Heirat macht sie nicht glücklich.«

Dschafar stieß ein kurzes Lachen aus.

»Wer spricht von Heirat, Imam, du?«

»Schweig«, erwiderte Harun, »vielleicht war mein Entschluß falsch, doch der Kummer meiner kleinen Schwester schmerzt mich, denn ich liebe sie unendlich. Wir werden nächstes Jahr die

Scheidung vollziehen, und ich will einen Gemahl für sie auswählen, der, wie ich hoffe, ihr das Lächeln wiederschenkt.«

»Ich bin ihr Gemahl, Herr, willst du nicht, daß ich sie glücklich mache?«

»Nicht du«, sprach der Kalif mit schroffer Stimme, »niemals!«

Dschafar verneigte sich, ich spürte, wie Zorn in ihm aufstieg, doch er beherrschte sich, und ein Gedanke, den ich wohl erriet, ließ ihn sogar lächeln.

Abassa traf die Vorkehrungen für ihre Reise. Eine Karawane stand bereit, Dromedare für das Gepäck, Reitkamele, mehrere Soldaten der Kalifengarde als Geleit. Sie sah Dschafar vor ihrem Aufbruch nicht wieder, mein Herr wartete jeden Abend auf eine Nachricht, die nicht kam.

Eines Morgens, als wir den Palastgarten durchquerten und uns zum großen Ehrensaal begeben wollten, wo eine Reihe von Besuchern warteten, sprach Dschafar zu mir:

»Achmed, ich will der Prinzessin eine vertrauenswürdige Frau mitgeben, die über sie wacht, und die mir Nachrichten von ihr übermitteln kann. Ich brauche jemanden, der mir ergeben ist und treu wie Amina. Sie wird Abassa begleiten.«

Ich fuhr zusammen.

»Die Afghanin, Herr! Aber sie liebt dich doch, wie sollte sie deine Gemahlin beschützen?«

Dschafar lachte.

»Gerade weil sie so an mir hängt! Was mir gehört, das muß ihr heilig sein.«

»Herr, auf eine Frau, die liebt, ist nie Verlaß, ich weiß es.«

Dschafars Lachen wurde spöttisch.

»Was verstehst du schon von den Frauen, Achmed? Mach dir doch nicht immer Sorgen um Dinge, die es nicht verdienen. Du siehst überall Fallen und Verrat, aber Allah ist mein Zeuge, daß ich meinen Freunden vertrauen kann.«

Noch am selben Tage, nach dem Nachtmahl, trug er mir auf, Amina holen zu lassen.

Die Afghanin traf bald darauf ein, sie war verschleiert. Ihre

Augen leuchteten, und ihre Freude zeigte, daß sie den Grund für ihr Hiersein nicht kannte. Sie trat auf Dschafar zu und küßte ihm die Hand, dabei neigte sie ihren Körper, geschmeidig, unterwürfig und aufreizend.

»Erhebe dich, Amina«, sagte mein Herr mit sanfter Stimme. »Ich habe mit dir zu sprechen.«

»Ja, Herr, ich höre.«

»Amina, du weißt, daß meine geliebte Gemahlin, die Prinzessin Abassa, den Wunsch hat, sich für gewisse Zeit bei ihren Großeltern in Mekka aufzuhalten.«

»Ich hörte es von einer Dienerin.«

»Zu ihrer Begleitung bedarf ich einer treuen und ergebenen Person. Du sollst mit ihr reisen, du wirst ihre Begleiterin sein und Vermittlerin zwischen ihr und mir.«

Amina starrte Dschafar an. In ihren Augen stand ein sonderbarer Glanz.

»Reisen, Herr, dich verlassen?«

»Ich will es, Amina, nimm deine Tochter mit. Die Prinzessin Abassa wird dir ihre Geheimnisse anvertrauen, die du in den Tiefen deiner Seele bewahren mußt. Ich weiß, daß du es tun wirst.«

»Ich werde es tun, Herr, wenn du es verlangst, doch es schmerzt mich unendlich, deinen Palast zu verlassen.«

Dschafar lachte, und ich ahnte, wie dieses Lachen die junge Frau verletzen mußte.

»Ich vertraue dir mein höchstes Gut an«, fügte mein Herr hinzu – und ich zitterte bei diesen Worten. »Keinen größeren Beweis meines Vertrauens könnte ich dir geben. Jetzt geh und halte dich bereit für den Aufbruch.«

Amina wich einen Schritt zurück, noch immer war jener Glanz in ihren Augen.

»Willst du mich denn heute nacht nicht bei dir behalten, Herr?«

»Nein«, sagte Dschafar, »kehr zu den Frauen zurück, ich will allein sein, geh!«

Er wandte sich ab. Ich hätte seine Arme nehmen, sie um

Amina legen mögen. Hätte er es getan – sein Schicksal hätte vielleicht einen anderen Verlauf genommen. Ja, möglich ist es. Jene, die geliebt werden, kennen die Gedanken derer nicht, die lieben. Ich, ich kannte sie, und was ich in den Augen der Afghanin sah, verstand ich sofort. Ich sagte nichts, was hätte ich auch sagen sollen? Dschafars Welt war nicht die meine.

Eines Morgens, im April, brach die Karawane auf, die Abassa nach Mekka bringen sollte. Hoch oben auf ihrem Dromedar saß die Prinzessin, sie zog einen Zipfel des Baldachins zurück, der sie verbarg, und betrachtete meinen Herrn ein letztes Mal. Ihre Blicke, ineinander versunken, vermochten sich nicht zu lösen, sie trieben im Wogen des Tieres dahin, Wogen der Erinnerung und der Hoffnung, ein Lächeln trennte sie, der Vorhang fiel hinab. Dschafar sollte das Gesicht Abassas nie wiedersehen. Er wollte die Prinzessin bis vor die Tore der Stadt geleiten, doch Harun hielt ihn zurück.

»Bleib«, befahl er, »mich schmerzt die Abreise meiner Schwester; ich brauche deine Gegenwart.«

Dschafar reichte mir die Zügel seines Hengstes und folgte dem Kalifen; sein Gesicht zeigte keine Regung.

Schön waren die letzten Apriltage, mild die Morgen, sanft die Abende. Wir erfuhren, daß die Prinzessin in Mekka eingetroffen war und sich im Hause ihrer Großeltern eingerichtet hatte. Dschafar blieb in jener Nacht allein, er wandelte durch die Gärten, verweilte lange am Fenster seines Gemaches und betrachtete den Mond. Was sah er darin? Dachte er, daß derselbe Mond Abassas Bett dort unten in Arabien beschien? Daß sie dort ruhte, kleine zarte Muschel im Perlmutterglanz der Nacht?

»Spiel mir die Laute, Achmed«, sprach er zu mir.

Ich spielte, er streckte sich bäuchlings auf seinem Lager aus, den Kopf zwischen den Armen, und lag unbeweglich da. Schließlich wandte er mir das Gesicht zu.

»Ich sollte mich freuen, mein Freund, und doch bin ich betrübt. Die Mauern dieses Palastes, umschlossen von den Mauern Bagdads, beengen mich. Ich wünschte, mein Körper glitte, gleich dem Wind, unter all den Türen und Toren dahin, um sich in der Wüste zu verlieren und in ihren Sternennächten aufzulösen. Ich trug unendliche Hoffnungen in mir, und nun lebe ich mit Erinnerungen in einer Gegenwart, die nicht mehr die meine ist. Was ist nur geschehen, daß ich mich plötzlich wie in einem Gefängnis fühle, umgeben von Mauern, die ich nicht einmal habe wachsen sehen? Was ich begehrte, habe ich bekommen, doch ich habe wohl das Falsche begehrt. Ich hätte, wie die Soldaten des Propheten, in gerader Richtung bis ans Ende der Welt galoppieren sollen, auf einem schwarzen Pferd, das ohne Zügel mich davontrüge. Unter seinen Hufen hätten sich alle meine Begierden verloren, und ich wäre im Einklang mit der Welt gewesen. Achmed, findest du mich schön?«

»Ja, Herr, du bist der schönste unter den Männern, und du weißt es.«

»Diese Schönheit hat mich zugrunde gerichtet, mein Freund, sie war die Maske, die mein wahres Antlitz verbarg, mich zum Zauberschatten machte. Man hat mich begehrt, doch ich wollte niemanden, ich suchte nur eines, aber was? Ein Menschenbild vielleicht, das mich träumen ließ; dich zuerst, dann den Kalifen, aber nicht ihr ward es, die ich suchte, sondern mich selbst.«

Ich setzte mein Lautenspiel fort. Dschafar hatte die Augen geschlossen.

»Was immer ich jetzt tun werde, es wird klein und gering sein. Der Berg liegt hinter mir, ich wandere durch die Ebene. Was bleibt mir fortan zu tun?«

Ich spielte noch immer, es war ein persisches Lied, wehmütig und klagend.

»Herr, verlangt es dich so sehr, bei Abassa zu sein? Fehlt sie dir so sehr?«

Dschafar betrachtete mich.

»Nein, Achmed, ich brauche weder sie noch irgend jemanden sonst. Wenn uns der Kalif geschieden hat, die Prinzessin und mich, so werde ich Bagdad verlassen und nie zurückkehren.«

»Aber Herr, das wird Harun niemals zulassen.«

Dschafar lächelte.

»Glaubst du das, Achmed, glaubst du, der Kalif sei allmächtig?«

»Herr, sag so etwas nicht. Solche Worte könnten dir sehr zum Schaden gereichen!«

»Ich sage es, Achmed, und ich werde es tun. Ich werde meinen Sohn nehmen, und wir werden zusammen nach Chorasan gehen, oder wohin immer sonst, irgendwo wird das Rad meines Schicksals anhalten, und dort bleiben wir, aber nicht in Bagdad. Bei Gott, nicht ein Gesicht ist hier, das ich wiederzusehen wünschte.«

Er verstummte eine Weile, richtete seinen Blick auf mich und fügte sanft hinzu:

»Bis auf dich, Achmed, denn du bist der einzige, der mich mit meinen eigenen Augen sieht.«

Ich brach mein Spiel ab. Wir waren uns nah in jener Stunde, näher als wir es jemals waren. Es verlangte mich, ihn zu berühren, doch ich tat es nicht; ich wußte, daß Dschafar fortan diesen Körper, dieses Antlitz, das alle so geliebt hatten, nicht mehr anderen schenken wollte. Ich sagte nur:

»Ruhe in Frieden, Herr, und denke an deinen Sohn. Die Dunkelheit, in der er wird leben müssen, bedarf deines Lichtes, vergiß das nicht.«

Dschafar ergriff meine Hand und drückte sie fest.

»Möge Allah meinen Sohn behüten, sollte ich wirklich einen Sohn bekommen, denn er wird seinen Schutz bitter nötig haben.«

Ich zog mich zurück und streckte mich vor seiner Tür aus. Kein Laut drang zu mir aus dem Gemach meines Herrn.

Abassa konnte nur völlig belanglose Nachrichten schreiben, und Dschafar las zwischen den Zeilen. Er schrieb zurück, ließ mich aber nicht einen seiner Briefe lesen; sie müssen banal und nichtssagend gewesen sein, da sie von Haruns Spitzeln geöffnet wurden.

Der Sommer war endlos lang. Von Mai bis Oktober drückte die Hitze auf die Stadt, ließ sich in ihr nieder, erhitzte die weißgetünchten Mauern, die Gärten, die Straßen. Dschafar ging häufig auf die Jagd, kehrte am Abend erschöpft, schweißnaß und staubbedeckt zurück, nahm ein Bad, speiste und gesellte sich zum Kalifen oder verlangte nach einer seiner Konkubinen. Nicht eine Nacht blieb mein Herr allein. Im Goldenen Palast gab Harun Feste und Gastmähler, und in der sommerlichen Dämmerstunde setzten die scharfen Gewürze die Körper in Brand. Dschafar teilte das Lager des Kalifen, teilte seine Frauen mit ihm, und er lachte; ich allein wußte, daß sich hinter diesem Lachen eine tiefe Wehmut verbarg.

Als er sich eines frühen Morgens, nach einer in Sinnenlust verbrachten Nacht, zum Schlafen legen wollte, sprach er zu mir:

»Ich kann es nicht erwarten, Achmed, daß endlich mein Kind geboren wird, damit wieder ein Hauch von Lebenslust in diesen Palast weht. Die Sommer von Bagdad lassen alles verfaulen.«

Und lachend fügte er hinzu:

»Aber bei Gott, wie ich das Leben liebe!«

Er verlangte etwas zu trinken, ich trug ihm ein Glas frisches Wasser herbei. Er leerte es mit einem Zuge, trocknete seine Lippen und schaute mich an.

»Achmed, hast du den jungen Knaben gesehen, der den Kalifen bediente. Er ist schön, so wie du mit fünfzehn Jahren warst, hast du ihn bemerkt?«

»Ja, Herr, ich habe ihn bemerkt.«

»Willst du, daß ich ihn in meine Dienste nehme? Harun wird ihn mir nicht verweigern.«

»Du bist der Herr, wenn du ihn willst, so nimm ihn.«

Dschafar musterte mich. Als er mein ausdrucksloses Gesicht sah, lachte er auf.

»Wie ernst du bist, Achmed, und wie humorlos! Doch hab keine Angst. Ich werde ihn vom Kalifen erbitten und einen Eunuchen für meinen Harem aus ihm machen.«

Ich sah das Gesicht, den Körper dieses Jünglings vor mir und empfand Mitleid mit ihm. Kann ein unglücklicher Mensch denn nichts als Unglück verbreiten?

Oktoberende, abnehmendes, mildes Licht, ein Licht, das die Feuer des Himmels besänftigt. Trauben, Äpfel, Birnen waren reif, und die Kinder aßen sie lachend in den Souks. Die Blumen in den Gärten entfalteten ihre üppige Pracht, die Kletterrosen fielen in Garben über die Lauben, wo man abends den kühlen Wein trank. Die Greise verließen wieder ihre Häuser, die Frauen trafen sich auf den Terrassen, Bagdad erwachte aus einem fünfmonatigen Schlummer.

Eines Nachmittags verlangte der Führer einer Karawane, die aus Arabien kam, vor meinen Herrn geführt zu werden. Dschafar empfing ihn; er wußte, daß dieser Mann ihm von Abassa sprechen würde. Der Fremde verneigte sich:

»Herr, ich komme aus Mekka und habe eine Botschaft von deinem Onkel. Er hat mich beauftragt, dir zu melden, daß deine Dienerin zwei Söhne zur Welt gebracht hat, die bei guter Gesundheit sind.«

Dschafar zeigte keine Regung.

»Danke für diese Nachricht, und möge der Friede Allahs mit dir sein.«

Er gab mir ein Zeichen.

»Begleite den Mann hinaus, Achmed, und laß ihn reichlich belohnen.«

Der Mann verneigte sich noch einmal und verließ mit mir das Zimmer. Wenig später suchte ich meinen Herrn in seinen Gemächern auf. Er saß da, den Kopf auf die Hände gestützt, wie gelähmt. Ich berührte seine Schulter.

»Zwei Söhne, Herr. Du siehst, daß Allah mit dir ist.«

Dschafar hob den Kopf, er lächelte, Tränen standen ihm in den Augen.

»Achmed, ich empfinde ein Glück, das ich nie mehr glaubte, empfinden zu können. Ich muß nach Mekka aufbrechen, um meine Kinder zu sehen. Ich werde dem Kalifen sagen, daß ich eine Pilgerreise zu unternehmen wünsche.«

»Übereile nichts, Herr, sei geduldig. Wenn die Botschaft dem Kalifen zu Ohren kommt, so wird er sich wundern, wie sehr es dich drängt, eine Sklavin aufzusuchen. Unternimm noch nichts; warte.«

Dschafar stimmte mir zu, er wußte, daß ich recht hatte. Doch er konnte es kaum erwarten, seine Söhne mit eigenen Augen zu sehen. Ich war sicher, daß er auch an Abassa dachte.

Abends fand im Palast des Kalifen ein Fest statt, zu dem auch Dschafar geladen war. Er verweilte aber nicht lange und verabschiedete sich frühzeitig unter dem Vorwand, sich müde und schwach zu fühlen. Er kehrte in seinen Palast zurück, um an seine Söhne zu denken. An jenem Tag hätte ihn nichts zurückhalten können.

Genau eine Woche war verstrichen. Zur selben Stunde, da sich der Karawanenführer im Palast Dschafars gemeldet hatte, traf ein Bote im Goldenen Palast ein und verlangte, den Kalifen persönlich zu sprechen. Man wollte ihn fortschicken, der Kalif empfing an diesem Tage nicht. Der Fremde aber beharrte darauf, und so eilte einer der Wachsoldaten, um Muhammed, den Sklaven Haruns, der stets an seiner Seite war, zu holen. Der große Schwarze erschien, lauschte dem Mann und gab ihm ein Zeichen, ihm zu folgen. Der Kalif wollte ihn sofort hören.

Es war ein gewöhnlicher Tag im Palast Dschafars. Mein Herr empfing seine Kunden, speiste mit seinem Vater, wandelte durch seine Gärten, schrieb, plauderte mit seinen Freunden. Als er sich anschickte, zum Kalifenpalast zu reiten, wurde ihm eine knappe Nachricht, gezeichnet von der Hand Haruns, überbracht.

»Bemühe dich nicht in den Palast«, hieß es, »denn das Fest wird nicht stattfinden. Ich will allein sein.« Kein Gruß, keine Höflichkeitsformel.

Dschafar hob die Brauen, faltete das Pergament und steckte es in seine Gewandfalten.

»Was hältst du davon, Achmed?« fragte er mich.

»Alles ist möglich, Herr, das Schlimmste wie auch das Alltäglichste. Morgen wirst du wissen, welche Bewandtnis es mit diesem Brief hat.«

Mein Herr sprach nicht weiter davon. Er schien unbesorgt.

Am folgenden Tag begab sich Dschafar zum Palast. Muhammed verweigerte ihm den Eintritt zum Audienzzimmer. Ein Wachsoldat ließ ihn wissen, der Kalif sei leidend, er würde heute keine Ratssitzung halten. Wir kehrten zu Dschafars Wohnsitz zurück. Der Tag schien unendlich lang. Dschafar versuchte, sich zu beschäftigen, sich abzulenken, doch er war zerstreut, er aß kaum, ich wußte, daß er unruhig, beklommen war. Der Abend brach herein, und noch immer war keine Nachricht aus dem Goldenen Palast eingetroffen. Dschafar hatte dem Kalifen einen kurzen Brief geschrieben, um sich nach seinem Befinden zu erkundigen, doch er hatte keine Antwort erhalten. Nachts schlief er nicht. Hatte Harun etwas erfahren? Waren Abassa und ihre Söhne in Gefahr?

Im Morgengrauen beschloß Dschafar, blaß, mit tief umränderten Augen, Kinn und Wangen rauh vom Barthaar, den Kalifen aufzusuchen und, koste es was es wolle, den Grund für sein Schweigen in Erfahrung zu bringen. Wir trafen am frühen Morgen im Palast ein, und Muhammed führte uns umgehend zu seinem Herrn. Harun stand vor dem Wasserbecken im Innenhof und las ein Gedicht. Als er uns erblickte, lächelte er.

»Der Friede sei mit dir, Dschafar. Was verschafft mir die Ehre deines Besuches zu so früher Morgenstunde?«

Dschafar küßte die Hand des Kalifen.

»Imam, ich sorgte mich um dich. Dein Schweigen ließ mich fürchten, daß du leidend seist.«

»Mein Befinden ist hervorragend, wie du siehst, mein Freund. Ich lese soeben ein Gedicht über die Nichtigkeit alles Irdischen und über seine trügerische Schönheit. Liebst du das Leben, Dschafar?«

»Du weißt es, Herr.«

»Du hast recht, das Leben ist ein Geschenk Gottes. Lies selbst diese Verse, sie sind sehr schön. Wir wollen ein wenig spazierengehen.«

Dschafar beruhigte sich, ich sah, wie seine Züge sich entspannten, seine Hände sich öffneten, er lächelte mir zu, doch ich erwiderte sein Lächeln nicht. Etwas Unerklärliches beängstigte mich: War es Haruns Blick, seine Stimme oder sein unnatürliches Gebaren? Später wollte ich mit meinem Herrn darüber sprechen, unterließ es aber. Er hatte Stunden der Unruhe verbracht, warum sollte er sie noch einmal durchleben? Es war ja nur ein ungewisses Gefühl, das mich quälte.

Am folgenden Tag traf der alte Jahja bei seinem Sohn ein, um ihm seinen baldigen Aufbruch nach Mekka anzukündigen. Der Kalif habe ihm am Vorabend mitgeteilt, daß er sich in seiner Begleitung und der seiner Söhne, Al Amin und Al Mamun, auf die Pilgerreise begeben wolle. Warum dieser plötzliche Entschluß? Er wisse es nicht; er sei nur gekommen, um sich von seinen Söhnen zu verabschieden.

Dschafar erbleichte.

»Wünscht der Kalif, daß ich ihn begleite?«

»Er sprach nicht davon«, antwortete Jahja. »Ich erfuhr nur durch Boten von seinen Plänen.«

Mein Herr war wie gelähmt, nachdem sein Vater gegangen war. Harun nach Mekka! Was mochte der wahre Grund seiner Reise sein?

Er begab sich zum Goldenen Palast, der Kalif empfing ihn wie gewöhnlich, ohne jedoch die bevorstehende Pilgerreise zu erwähnen. Dschafar war es, der die Sprache darauf brachte:

»Wünschst du, daß ich dich begleite, Imam? Unendlich wäre meine Freude, an deiner Seite sein zu dürfen.«

»Nein, Dschafar, ich möchte dich in Bagdad wissen, du wirst die Zügel der Regierung in die Hand nehmen; dir allein vertraue ich.«

»Wann brichst du auf, Herr?«

»Morgen, mein Freund, so Allah will, die Prinzen werden mich begleiten. Deine Verantwortung bleibt auf die Politik beschränkt, ich weiß, daß du in meinem Sinne handeln wirst. Geh jetzt, ich bin heute abend beschäftigt und sehe dich bei unserer Abreise. Ich erwarte dich kurz vor Mittag, Allah behüte dich.«

Als wir am nächsten Morgen zum Goldenen Palast kamen, ließ

uns ein Kammerherr wissen, daß der Kalif vorzeitig aufgebrochen und die Karawane schon weit sei; sie habe Bagdad im Morgengrauen verlassen.

Lang waren die Tage und die Nächte. Mitte November mußte Harun Mekka erreicht haben. Keine Nachricht, Schweigen nur, ein Schweigen, das die Zerstreuung trüb, die Speisen fad und die Getränke bitter werden ließ. Ein scharfer Ostwind blies, Vorbote eines frühzeitigen Winters; die Oliven waren frisch, die Datteln saftig. Eine Vielzahl von Dingen schwand dahin, die erst mit dem Frühjahr zurückkehren würden. Dschafar sollte die schönen Tage nicht mehr erleben.

Mein Herr suchte häufig seinen Bruder Fadl auf. Gemeinsam sprachen sie von Regierungsangelegenheiten, von denen Fadl seit langem schon ausgeschlossen war. Sie tauschten ihre Ansichten aus, ihre Gefühle waren dieselben. Am Abend ihres Lebens fanden sich die beiden Brüder wieder, waren wie in ihrer Kindheit innig vereint. An der Seite Fadls fand Dschafar neuen Halt, vergaß er seine Befürchtungen und Ängste; war er nicht ein Barmakide, sollte er zittern wie ein gescholtener Diener? Schließlich sprachen sie auch von Harun. Nie war sein Name zwischen ihnen erwähnt worden; Dschafar wußte, daß sein Bruder die Bande mißbilligte, die ihn mit dem Kalifen vereinten, und es widerstrebte ihm, sich zu rechtfertigen. Jetzt aber, so als ahnten sie, daß ihre persönlichen Gefühle bedeutungslos geworden waren, begannen sie, von sich zu sprechen. Fadl lauschte Dschafar, und Dschafar lauschte Fadl, beide verstanden sich und spürten, daß sie vor dem Kalifen machtlos waren. Harun entzog sich ihnen, um nicht an ihrer Freundschaft, ihrer Zuneigung, ihrer Liebe zu ersticken, um nicht mehr ihre Weisheit, ihre Stärke, ihre Überlegenheit anerkennen zu müssen. Nicht länger wollte er dulden, daß sie seine Macht in den Schatten stellten. Er haßte sie fortan alle, wagte aber nicht, es zu zeigen, dessen war Fadl gewiß. Er, Dschafar, war sicher, daß der Kalif ihn noch begehrte, daß er nur seine Haut zu berühren brauchte, damit sein Blick sich trüben und sein Atem schneller gehen würde. Ja, er besaß noch die Macht über ihn, aber er wollte sich ihrer nicht mehr bedienen; er war dieses Spiels überdrüssig, das ihm nur noch ein Gefühl des Ekels und der Bitterkeit zurückließ. Und dennoch liebte er Harun, zu viele Stunden ihres Lebens hatten sie geteilt, als daß nicht der eine wesentlicher Teil des anderen geworden wäre. Allah war sein Zeuge: Bei dem geringsten Zeichen des Kalifen würde er zu ihm eilen. Auch der Kalif liebte ihn noch, doch er verabscheute diese Liebe.

An späten Nachmittagen, wenn die Fliegen in den Strahlen der sich neigenden Sonne golden glänzten, wandelten die beiden Brüder in Dschafars Gärten; sie schwiegen oft, sie hatten so viel schon gesprochen, daß die Worte bedeutungslos geworden waren. Mein Herr hatte Fadl von seinem Verstoß gegen Haruns Bedingungen und von der Geburt der Zwillinge erzählt. Fadl blickte seinen Bruder lange an.

»Der Abgrund, in den wir stürzen werden, besteht seit Anbeginn der Zeiten, wir sind unserem Lebenspfad gefolgt, doch es gibt Menschen, die, weil sie nicht von ihrem Weg abweichen können, ihre Augen und Ohren schließen, um nur noch ihren Hoffnungen zu folgen. Wir gehören zu diesen Menschen. Ein Diener mit dem Geist und der Stärke eines Herrn wird aus jedem Haus verjagt, denn es gefällt der Schwäche der Herrscher, sich abzusondern wie der Adler auf seinem Felsen, wo sie zittern vor Angst und Kälte. Unsere Söhne werden ihre Häupter hoch tragen, weil sie wissen, daß wir die unseren nie gebeugt haben.«

Fadl blieb eine Weile schweigsam, dann nahm er seinen Bruder bei den Schultern:

»Du, Dschafar, hast von Allah Gaben erhalten, die du wie der Sämann in alle Winde verstreut hast. Im Frühling werden hier und da Triebe wachsen, deren Wurzel du sein wirst, und all diese Triebe zusammen werden eine Garbe bilden. Unser Ehrgeiz war es, nicht zu siegen, sondern nur voranzuschreiten. Unser Vater hat uns gelehrt, weltoffen zu sein, die Gedanken, die Taten anderer zu billigen, ohne gleiches von ihnen zu erwarten; Dank sei ihm, denn er hat uns eine Freiheit gegeben, die niemand uns wird nehmen können.«

In jenen ersten Dezembertagen war der Himmel von außergewöhnlichem Glanze. Die Strahlen des Vollmondes vereinten die zahllosen Sterne in leuchtenden Bündeln. Hätte Allah mich mit übermenschlichen Kräften versehen, so hätte ich diese Lichterbüschel geerntet und zu funkelnden Garben gebunden, um meine dunklen Ängste zu erhellen. Der Kalif war auf dem Heimweg. Mitte Dezember kündigten Reiter die baldige Ankunft der Pilger an, sie waren schon im Irak, auf der Höhe von Al Hammam. Dschafar wollte ihnen entgegeneilen, Fadl aber riet ihm davon ab.

»Wenn der Kalif von alledem nichts weiß, so laß ihm Zeit, sich nach dir zu sehnen; weiß er es aber, so reize seinen Zorn nicht noch mehr.«

Drei Tage verstrichen, bis die Vorhut des Geleitzuges, die schwarzen Banner tragend, vor den Mauern der Stadt eintraf. Hinter ihr, gehüllt in eine Staubwolke, erschien die Karawane. Inmitten der Soldaten hoben sich zwei Reiter ab: Jahja und Harun, Seite an Seite, der Kalif in Schwarz, sein Vormund in Weiß gekleidet; sie sprachen kein Wort. Der Himmel über ihren Köpfen, leergefegt vom Wind, war tiefblau, ein gelber, feiner Staub wirbelte um die Hufe der Pferde und der Kamele. Man erkannte die Gesichter der Reiter noch nicht, wohl aber ihre Silhouetten, ihre Kaftane oder Abajas, aufgebläht vom Wind, ihre Turbane oder ihre Kufijas. Die Banner knatterten, der Trupp war schweigsam.

Hoch oben auf dem Festungsring hatten sich die Einwohner von Bagdad versammelt. Die Frauen stießen Freudenschreie aus, Kinder drängten sich, Wachen stellten sich zu beiden Seiten des Kufa-Tores auf, um den Durchgang freizuhalten. Angeführt von Muhammed und zwei Soldaten mit den Bannern, gefolgt von den beiden Prinzen, hielten Harun und Jahja, von der Menge umjubelt, Einzug in die Stadt. Dschafar wartete in seinem Privatgemach; er hatte erwogen, zum Ksar al Tin zu reiten, und dann darauf verzichtet. Fortan konnte er nur noch still und unbeweglich verharren, umgeben von dem, was er liebte, seinem Wohnsitz, dem letzten Fleckchen Erde, dem letzten Refugium für den müden Wanderer, der er geworden war.

Der Kalif ließ ihn erst am folgenden Tag zu sich kommen. Er sprach mit unnatürlicher Fröhlichkeit, sein Lachen war zynisch und hart. Er umarmte Dschafar und schaute ihn lange an.

»Es ist gut, wieder unter Freunden zu sein«, sprach er, »ich habe nur noch wenige in meiner Umgebung.«

»War deine Pilgerreise nicht nach deinem Wunsche, Herr?«

»Meine Wünsche entsprechen nicht immer dem, was mir die Wirklichkeit bringt, Dschafar. Ich werde sie forthin annehmen, so wie es Allah gefällt, sie mir zu geben. Träume sind nur Spielzeug für Kinder, das ist mir beim Beten und Nachdenken klar geworden. Hast du an mich gedacht?«

»In jedem Augenblick, Imam, denn mein Leben ist nichts als der Schatten deines Lebens.«

Harun lächelte.

»Schatten können manchmal sonderbar und bedrohlich sein, Dschafar, bisweilen aber auch vertraut, das hängt allein vom Licht des Tages ab. Doch lassen wir das Philosophieren. Dschafar, mein Freund, ich will dich betrachten, dir zuhören, denn Allah nimmt uns manchmal, was er uns geschenkt hat. Eines Tages, wer weiß, wirst du vielleicht nicht mehr an meiner Seite sein.«

Während er diese Worte aussprach, spielte ein fast zärtliches Lächeln um seine Lippen, und seine Augen betrachteten Dschafar, wie man einen kostbaren, zerbrechlichen Schatz betrachtet.

Die letzten Chrysanthemen verwelkten, goldene Blütenblätter trieben in dem blauen Becken, winzige Schiffe in den Farben der Sehnsucht. Wenige Bienen kreisten noch in den Lauben um die von der Sonne getrockneten Trauben; Wehmut des Aufbruchs, Sanftheit des Schlummers, die Hitze glitt über die grünen Mosaiken, ließ die Augen der Nymphen und der Delphine leuchten, die sich umschlungen hielten, für immer erstarrt in dem geordneten und toten Zierwerk, Augen, die seit Jahren schon die Sonne und die Nacht in den schweigenden Gärten des Palastes betrachteten.

Während der folgenden Tage besprachen Harun und Dschafar gemeinsam die Staatsgeschäfte. Harun verlangte, alles zu erfahren, alles zu wissen, so als wolle er ein Buch, bevor er es zuschlug, bis zur letzten Zeile lesen.

An einem Tag im späten Dezember, als Dschafar nach der Ratssitzung den Goldenen Palast verlassen wollte, hielt ihn der Kalif zurück. Sie hatten seit Haruns Rückkehr von der Pilgerreise nicht eine Nacht zusammen verbracht.

»Ich möchte gern mit dir, mein Freund, die Falken auf die Jagd führen. Es verlangt mich, noch einmal diese Freuden mit dir zu teilen, wie wir es früher so oft getan haben; willst du, mein Bruder?«

»Ich will nur eines: dir gehorchen, Imam, und mit dir zu jagen wäre mir eine große Freude.«

Harun lachte, und er sah Dschafar an, so wie man ein Kind betrachtet.

»In drei Tagen?«

»Alles wird bereit sein, Herr, wir brechen in der Morgendämmerung auf.«

»Und weil wir schon so früh aufbrechen müssen, Dschafar, wollen wir zusammen bleiben. Du warst schon lange nicht mehr nachts an meiner Seite, und deine Wärme fehlt mir. Du wirst am Vorabend bei mir bleiben, und wir wollen noch einmal versuchen, von dieser Trunkenheit zu kosten, die mich so schwach machte, daß ich das Haupt nicht mehr hoch zu tragen vermochte. Deine Macht, Dschafar, ist um so gefährlicher, als sie so harmlos erscheint und man sich ihr ohne Mißtrauen aussetzt. Ich will mich ihr noch einmal hingeben, denn ich kann die Liebkosungen deiner Haut, deines Mundes, deiner Hände nicht vergessen – ein Geschenk, das ich heute annehmen will, Allah allein entscheidet über das Morgen.«

Bis zum Vorabend der Jagd sahen Harun und Dschafar sich

nicht wieder. Mein Herr ließ anordnen, daß die Falken, die Pferde und die Diener beim Morgengrauen bereitstehen sollten. Dschafar war ruhig, gelassen, doch alle Lebensfreude schien von ihm gewichen zu sein. Er dachte an seine Söhne. Ahnte er, daß er sie niemals sehen sollte?

So wie Harun es gewünscht hatte, blieben sie am letzten Abend zusammen. Im Nachtgemach des Kalifen brannten wohlriechende Essenzen, das Lager war mit Fellen und Seidenkissen bedeckt, es herrschte fast vollständige Dunkelheit – Kultstätte, an der eine geheimnisvolle Zeremonie abgehalten oder ein letztes Opfer dargebracht werden sollte. Gelbe Blumen welkten in braunen Vasen, in den Fensternischen, verdeckt durch leichte Seidenvorhänge, quollen Jadeschalen über von blauen Trauben, violetten Feigen und braungelben Datteln. Harun, gekleidet in einen goldbestickten Kaftan, erwartete aufrecht und stumm meinen Herrn; eine Lampe, die am Boden stand, warf seinen Schatten an die Wand. Er sah Dschafar eintreten und, zum ersten Male seit seiner Rückkehr aus Mekka, stand Zuneigung in seinen Augen. Dschafar blieb einige Schritte vor ihm stehen. Liebkosend umfloß das goldgelbe Licht die beiden Silhouetten, die schwelenden Duftessenzen drangen in die Seide, den Samt, die Felle und umschmeichelten ihre Haut und ihr Haar wie eine liebeshungrige Kurtisane. Harun und Dschafar betrachteten sich, und eine ganze Welt von Erinnerungen, von Empfindungen, von Gefühlen spiegelte sich in ihren Augen.

Mein Herr trat einen Schritt näher.

»Wie schön du bist, Dschafar«, murmelte der Kalif. »Ich hatte deine Schönheit fast vergessen.«

Da löste Dschafar, ohne den Blick von Harun zu wenden, seinen Gürtel und öffnete seinen Kaftan, der zu Boden glitt. Er stand jetzt nackt vor dem Kalifen, und dieser strich mit den Fingerspitzen sanft, fast scheu, über seine Schultern, seine Brust, seinen Bauch.

Dschafar breitete die Arme aus, seine Augen leuchteten, sein Atem ging schnell, erste Annäherung, letzte Opfergabe, Geschichte einer Liebe irgendwo zwischen flüchtigen Augenblicken und einem ganzen Leben. Die Lichter der Lampen zitterten, und es zitterte Harun in seinem Verlangen, in seinen Gedanken an Vergangenes und an Kommendes. Was würde aus seinen Erinnerungen werden? Wie würde er sie fortan ertragen, wenn sie, der Gegenwart entfliehend, ihm den Körper Dschafars, seine ausgebreiteten Arme, seinen Blick, seinen Mund zurückbringen würden, und das Verlangen nach einer Haut, einem Geruch, einer Glut, fortgespült vom Strom der Zeit?

Der Kalif schloß die Augen, und die Stunden wurden zu Sternen, leuchtend am Himmel ihrer Nacht.

Als der Morgen graute, meldete Muhammed seinem Herrn, daß alles für die Jagd vorbereitet sei. Weder Harun noch Dschafar hatten geschlafen, sie teilten wortlos die Früchte und die saure Milch – besser noch als ihre Münder bewahrten ihre Augen die Erinnerung.

Der frühe Morgen war frisch, wir schwangen uns auf unsere Pferde und trieben sie an zum Galopp, Dschafar und Harun ritten an der Spitze, gefolgt von den Falknern mit den Vogelstangen, die sie an ihren Sätteln befestigt hatten. Unser Ziel lag in nördlicher Richtung, zwei Stunden von Bagdad entfernt, eine baumlose Ebene, wo das Wild den Raubvögeln nicht entkommen konnte.

Eingehüllt in seine weiße wollene Burda, ritt der Kalif schweigend dahin, Dschafar an seiner Seite hielt den Blick starr nach vorn gerichtet, ihre Körper streiften sich, erkannten sich, doch ihre Wege trennten sich fortan, viel schneller noch als der Galopp ihrer Pferde. Die Geschichte der Liebe zwischen dem Kalifen und seinem Wesir war nichts mehr als ein Widerschein, ein Echo, ein Traumbild.

Ein Hase, ein Steppenhuhn, eine Trappe wurden erlegt, die Falken, erregt durch das Blut, schlugen mit den Flügeln und tänzelten auf ihren Stangen, die Sonne stand im Zenit, wir hofften auf eine Gazelle – vergeblich. Eine Taube flog auf, der Kalif befreite seinen Falken von der Kappe. In weiten Zirkeln umkreiste der Vogel seine Beute, leicht und schwerelos war sein Flug, schwerfällig und plump der seines Opfers, das versuchte, sich am Boden niederzulassen. In Sekundenschnelle hatte der Falke die Taube ergriffen, das Blut spritzte auf, schon eilte der Falkner herbei und rief seinen Vogel zurück; gefügig flog er auf die ausgestreckte Faust und erhielt ein Stück rohes Fleisch, das er der Hand seines Herrn entriß. Der Diener bückte sich, hob die Taube auf und hielt sie dem Kalifen hin. Harun ergriff sie, der Vogel zuckte noch. Aber, als hätte er etwas Grauenvolles berührt, warf der Kalif die Taube zu Boden; er hatte das Zucken gespürt, das warme Blut, und sein Gesicht wurde totenblaß. Er wischte seine Hand am Mantel ab, und auf dem Weiß des Wollstoffes breitete sich ein Fleck aus, wie das verwelkte Blütenblatt einer Rose, ja, wie eine Rosenblüte oder wie eine Wunde.

Die Jäger kehrten zurück, die Jagd war nicht gut gewesen. Man mußte noch vor Sonnenuntergang in Bagdad sein, da der Kalif für seine engsten Freunde ein Gastmahl gab. Die Mächtigsten kamen und die Edelsten, und alle sahen, wie Dschafar neben Harun Platz nahm. Starrheit des Protokolls – die Haltung des Kalifen aber hatte sich geändert. Er wollte allein sein: Er war der Herr. Wie von einer trennenden, schützenden Mauer umgeben, sah er weder Dschafar noch irgend jemanden sonst; Harun war fortan nichts als ein Bild, ein Bild seiner selbst. Mein Herr sah den Kalifen wortlos an, sah, wie Harun Zoll für Zoll den Webfaden ihrer Liebe zurückspulte, ihn durch seine Finger gleiten ließ. Wann würde er ihn durchschneiden? Wenige Tage zuvor hatte Dschafar noch geplant, Bagdad zu verlassen, doch dieser Aufbruch hätte einer Flucht geglichen, einer Flucht vor einem Schweigen, einer Leere, nicht einmal vor einer Gefahr. Hätte Harun ihm ins Gesicht geschrien, was er in Mekka entdeckte, so hätte Dschafar nach Auswegen suchen können, vielleicht wäre es ihm gelungen, Haruns Zorn zu besänftigen; seine kalte Zuneigung aber und seine stumme Freundlichkeit hatten ihn erstarren lassen, und fortan war jede Geste, jeder Ausweg unmöglich geworden. Dschafar, der das Spiel liebte, hielt zwar die Schachfiguren in den Händen, konnte sie aber nicht mehr bewegen; sein Gegner beobachtete ihn, stumm und lächelnd, und so irrten seine Hände umher, wußten nicht wohin, was nehmen, wo sich niederlassen. Da ergriff der Kalif das Spiel und schleuderte die Figuren laut lachend in alle Winde. Dschafar hatte nicht verloren, er hatte nur nicht spielen können.

Während die Diener die Fleischspeisen hereintrugen, beugte sich Harun zu meinem Herrn.

»Du ißt kaum, mein Bruder, bist du krank?«

»Ich bin müde, Herr, die Nacht war kurz und die Jagd lang.«

»Ruh dich aus, Dschafar. Du wirst dich ausruhen, und deine Müdigkeit wird vergehen. Ich selbst kann heute nacht nicht schlafen, und meine Mattigkeit wird bleiben. Du wirst schlafen, und ich werde wachen, das Glück ist ohne Zweifel auf deiner Seite.«

»Willst du, daß ich bei dir bleibe, Herr?«

»Nein, mein Bruder, meine Müdigkeit ist so groß, daß ich allein sein will. Die Gegenwart eines Freundes, so süß sie auch sein mag, kann nicht ewig dauern, und ich muß lernen, allein zu sein.«

Dschafar sagte nichts, er empfand keine Angst, eine Beklommenheit vielleicht, eine dunkle Ahnung, nicht mehr.

Als der Hammel, in Kräutern gebraten, aufgetragen wurde, verlangte Harun das Auge und reichte es meinem Herrn.

»Du hast es verdient, mein Freund, für alles, was du bist.«

Man beobachtete Dschafar und Harun, die Geschichte ihrer Liebe schien ohne Ende zu sein. Sie blickten sich an, doch der Kalif sah meinen Herrn schon nicht mehr.

Am Ende des Mahls erhob sich Harun und sprach zu seinen Gästen:

»Ich verlasse euch, meine Freunde; beendet den Abend ohne mich. Ich bin müde, ich wünsche zu ruhen.«

Da erhob sich auch Dschafar.

»Bleib, Dschafar, und genieße dieses Fest, das ich dir zu Ehren gab.«

Sein Blick haftete für wenige Sekunden auf meinem Herrn, auf seinem Gesicht, seinem Mund, seinen Schultern, dann drehte er sich schroff um und verließ mit festem Schritt den Saal. Der Vorhang, der die Tür verhüllte, fiel hinter ihm zusammen.

Mein Herr blieb nur noch eine kurze Weile, dann zog auch er sich zurück. Die Nacht war sternenklar und ruhig, unsere Pferde bewegten sich im Schritt, es war nicht kalt, Hunde bellten, die Straßen rochen nach Mandarinen, Gewürzen und Leder; zwei Männer, die uns unterwegs begegneten, grüßten, und wir erwiderten ihren Gruß.

Vor seinem Palast hielt Dschafar sein Pferd an und betrachtete den Himmel.

»Ich sollte die Astrologie erlernen«, murmelte er, »denn diese Unermeßlichkeit berauscht und stimmt mich traurig.«

»Hast du Grund, betrübt zu sein, Herr?«

»Vielleicht, Achmed, vielleicht auch nicht. Sind wir Perser nicht ein melancholisches Volk?«

»Das ist wahr, Herr, aber sind wir denn noch Perser?«

»Was wären wir denn, Achmed, wenn wir keine Perser mehr wären?«

Wir ritten in den Ehrenhof ein. Die Wachen eilten herbei, um unsere Pferde fortzuführen. Langsam durchschritt Dschafar den Hof. Er blieb am Rand des Brunnenbeckens stehen, schöpfte mit der hohlen Hand das Wasser und trank. Dann, nachdem er ein letztes Mal zum Himmel aufgeblickt hatte, begab er sich in seine Gemächer.

Ich half ihm beim Auskleiden, trug ihm eine Silberschüssel und ein Tuch herbei, damit er Gesicht und Hände waschen konnte; er lächelte mir zu.

»Es drängt mich, meine Söhne zu sehen, ich kenne nicht einmal ihre Namen.«

»Du wirst sie sehen, Herr. Die Prinzessin Abassa wird sich nach dir verzehren!«

»Wird sie warten können? Sie ist noch so jung, so voller Glut, und ich bin so fern von ihr!«

»Sie wird auf dich warten, weil sie dich liebt, das weißt du.«

Wieder lächelte Dschafar.

»Glaubst du, daß sie mich wirklich liebt? Sie liebt den Mann, den der Kalif liebte, den Mann, den Harun ihr verweigerte. Meine Söhne sind es, die sie lieben wird.«

Und nach kurzem Schweigen fügte er hinzu:

»Die wir gemeinsam lieben werden, so Allah es will.«

Er trocknete sorgfältig seine Hände und streifte seine Galabija aus feinem weißem Leinen über.

»Ich muß schlafen, Achmed, ich bin erschöpft heut nacht.«

»Möge Allah dich behüten, Herr, ich werde vor der Tür bleiben und über deinen Schlaf wachen.«

Dschafar legte seine Hand auf meine Schulter.

»Du bist mein einziger Freund, Achmed. Verbring eine friedliche Nacht.«

Ich schloß die Tür und legte mich davor am Boden nieder. Wenig später, als ich keinen Laut mehr vernahm, trat ich noch einmal leise in sein Nachtgemach ein. Dschafar lag bäuchlings ausgestreckt, ein Arm hing von seinem Lager herab, er schien ruhig, entspannt. Ich zog mich zurück.

Wie spät mochte es gewesen sein, als die Wachen des Kalifen erschienen? Der Morgen war noch fern, kein Hahn hatte gekräht. Ich sprang auf, sie drängten mich beiseite und stießen die Tür zum Gemach meines Herrn auf. Dschafar erwachte, sah sie eintreten und richtete sich auf. Ich wollte sie zurückhalten, aber sie zogen ihre Säbel und versetzten mir Stiefeltritte. Dschafar war aufgesprungen, er suchte seinen Dolch, zwei Männer ergriffen ihn, er wehrte sich und konnte sich befreien.

»Rührt mich nicht an, ihr Hunde!« schrie er. »Ihr besudelt mich.«

Zwei weitere Soldaten hatten seine Arme ergriffen, drehten sie nach hinten, um ihn auf die Knie zu zwingen, Dschafars Kraft aber war zu groß.

»Hol Hilfe, Achmed!« rief mein Herr, »meine Wache!«

Einer der Männer lachte höhnisch auf.

»Du besitzt keine Wache mehr, Dschafar al Barmaki, der Kalif hat es so beschlossen. Nichts mehr gehört dir, und du wirst sterben.«

Mit unglaublicher Kraftanstrengung vermochte sich mein Herr zu befreien.

»Eure Befehle kommen vom Kalifen? Dann führt sie aus, und schnell.«

Und mir zugewandt rief er:

»Geh, Achmed, geh – um der Liebe Allahs und um meinetwillen!«

Ich schüttelte heftig den Kopf.

»Niemals, Herr, ich werde dich nicht verlassen, ich werde mit dir sterben.«

Da schlug mir ein Soldat mit der flachen Klinge seines Säbels ins Gesicht, und ich fiel zu Boden. Er lachte:

»Du wirst ihn sterben sehen, deinen Herrn, dessen hündischer Diener du warst, sieh gut zu!«

Dschafar wehrte sich nicht mehr, die beiden Männer ließen ihn niederknien, ein dritter, der sich von hinten näherte, holte mit seinem Säbel aus und schlug ihm eine große Wunde im Nacken. Ein Blutstrahl ergoß sich über den Seidenteppich, auf dem ein aus rosa und blauen Blumen gebundenes Flechtwerk bunte Feuervögel umrankte, die das Blut noch heftiger aufflammen ließ. Dschafar fiel vornüber, ein zweiter Säbelhieb trennte seinen Kopf vom Rumpf, ich erbrach mich. Da packten die Soldaten den Kopf meines Herrn bei den Haaren, traten achtlos mit ihren Stiefeln über meinen ausgestreckten Körper und stürmten davon. Die Blutlache vor seinem Rumpf breitete sich weiter aus, nur kriechend konnte ich mich ihr nähern, denn ich hatte mehrere Rippen gebrochen. Ich tauchte meine Hände in das rote Naß, das aus Dschafars Schultern quoll und rieb es über mein Gesicht, noch spürte ich seine Wärme, seine feuchte Glut ... Was weiter geschah, weiß ich nicht mehr; eine Frau forderte mich auf zu gehen, alle Diener müßten den Palast verlassen, und ich floh. Wohin? Es ist meinem Gedächtnis entfallen.

Eines Nachts erwachte ich wimmernd in einem fremden Bett,

ein Greis eilte herbei, er hielt eine Lampe in der Hand, sprach Arabisch mit einem persischen Akzent, war also ein Freund. Er hatte mich in einer Straße aufgelesen, wo ich mich vor Schmerzen am Boden wand, verwirrten Geistes, und hatte mich mit in sein Haus genommen. Dort erfuhr ich, daß der Kopf meines Herrn an eine der Brücken Bagdads genagelt worden war und daß die Gaffer vorbeizogen, um zu sehen, was von seiner Schönheit und von seinem Hochmut geblieben war. Ich erfuhr auch, daß Jahja und Fadl noch in derselben Nacht gefangengenommen und weit von Bagdad, nach Rakka in eine Zitadelle geführt worden waren, ein Gefängnis, das noch nie jemand lebend verlassen hatte. Die Paläste der Barmakiden waren in den Besitz des Kalifen übergegangen, die Diener waren geflohen, nur Schweigen bewohnte noch diese Stätten. Die Blumen in den Gärten verwelkten, die Vögel in den Käfigen starben, merkwürdige Wesen irrten dort noch umher, die im Morgengrauen und in der Abenddämmerung die Wachen des Kalifen erschreckten.

Ich genas, doch waren in mir mächtige, unerbittliche Kräfte, die mich in einen tiefen, immer tieferen Abgrund drängten. Aus dessen Tiefe betrachtete ich den Himmel, aber er war nun so fern, daß er jeden Glanz verloren hatte. Um mich wiederzufinden, um diesem Abgrund zu entsteigen, mußte ich die verstreuten Reste meiner Selbst suchen, sie zusammenfügen, nach Rakka aufbrechen und dann nach Mekka.

Achmed verstummte. Die Augen dieses würdigen Greises in seinem verschlissenen Kaftan waren ohne jeden Ausdruck, wie stehende Gewässer, in denen sich ein ganzes Leben spiegelt. Keine Tränen, Gleichgültigkeit für die Gegenwart, für das, was er geworden war, ein einsamer, wunderlicher Greis. Auf dem großen Platz von Bagdad verstummte Achmed, und mit ihm schwiegen die Männer und Frauen ringsumher, versunken in eine andere Welt, die aus der Nacht auftauchte. Wie Sklaven folgten ihre Gedanken den Worten des alten Mannes, der sie einfing oder von sich stieß, je nach den Launen seiner Erinnerung. Es war heiß, es war spät, doch die Zeit schwebte, wie ein Falke, der in der Brise dahingleitet, ruhig, schwerelos, ewig.

Achmed blickte auf zu den Sternen.

Die Nacht schreitet fort, und ich will, daß meine Seele bis zum Morgengrauen Frieden gefunden hat. Geht oder bleibt, bald wird es keinen Erzähler mehr geben, nur noch einen Greis im Angesicht des Todes ...

Auf einer Mauleselin des Persers brach ich auf nach Rakka. Ich mußte Jahja und Fadl sehen, sie in ihrer Einsamkeit wissen lassen, daß ihre Diener sie nicht vergessen hatten. Bei eisiger Kälte erreichte ich die Stadt, die ich so gut gekannt hatte, Rakka, einst so lebensvoll und erfüllt von den Freuden des Hofes. Wie würde ich zu meinen Herren gelangen? Ich wußte es nicht, doch mit Allahs Hilfe würde es mir gelingen. Ich kannte die Wachen, die Diener im Palast, einen Stallknecht vor allem, der oft mit mir gesprochen hatte und dessen Blicke wohl verrieten, was er für mich empfand. Ich suchte ihn auf, er erkannte mich und erschrak, denn der Gedanke an die Barmakiden ließ sie alle erschaudern. Es gelang mir, ihn zu beruhigen, er hatte ja nichts zu befürchten, ich wollte sie nur sehen. Er fragte mich, was er als Lohn für seine Hilfe bekäme, ich lächelte ihm zu, und er ergriff meine Hand, er verstand, ja, er würde mir helfen.

Jahja und sein Sohn kamen einmal täglich, begleitet von Wachen, in den Innenhof der Zitadelle. Bisweilen eilten Diener über den Hof, um sich zu den Küchen oder Gärten zu begeben; mein Freund konnte mich mitnehmen. Wir wollten uns Reisig auf die Arme laden und es zum Wachsaal tragen, um die Feuer anzuzünden; bei der Kälte liefen viele Diener umher.

Hinter der Tür eines Holzverschlages warteten wir auf das Erscheinen der Gefangenen. Die Zeit verging, der Stallknecht ergriff mehrmals meine Hand, doch ich zog sie heftig zurück. Weißes Winterlicht auf dem gepflasterten Hof; der Atem der Wachen löste sich darin auf, und das Geräusch ihrer Schritte hallte dumpf auf dem Pflaster wider.

Endlich erschienen Jahja und Fadl, bewacht von mehreren Soldaten. Ich erkannte sie zuerst nicht, sie waren in Wollmäntel, ähnlich den Umhängen der Schäfer, gehüllt, an ihren nackten Füßen trugen sie Ledersandalen. Jahja war ein Greis geworden, gebrechlich und gebeugt, wie ein Baum, den der Ostwind geneigt hat. Fadl stützte ihn, er war ausgezehrt und blaß, doch der Stolz in seinem Blick war ungebrochen. Ich fand die Augen Dschafars wieder, und ein Schmerz durchzuckte meine Brust wie ein Säbelstich.

Wir verließen zusammen den Schuppen und traten in den Hof; weder die Wachen noch die Gefangenen beachteten uns, ich ging auf sie zu. Ein Soldat musterte mich, sah das Holz, wandte den Blick ab, er trat sogar zur Seite, um mir Platz zu machen. Ich täuschte vor zu stolpern, und das Reisig entglitt meinen Händen; ich stieß einen heftigen Fluch aus. Beim Klang meiner Stimme wandten sich die Barmakiden nach mir um. Fadl erkannte mich als erster, er ergriff den Arm seines Vaters und rief ihm ein knappes Wort auf Persisch zu: »Unser Diener!« Der alte Mann blickte mich an, und ich las Freude in seinen Augen, Freude, eine Welt wiederzusehen, die er längst entschwunden glaubte, dann – war es der eisige Wind oder seine Erinnerung – traten Tränen in seine Augen. Wie zu ihnen sprechen, wie ihnen sagen, daß sie nicht allein waren, daß selbst in der Ferne, in der Gefangenschaft, die Liebe der Ihren sie umgab, für immer. Vater und Sohn waren stehengeblieben und sahen zu, wie ich das Reisig auflas. Was erhofften sie? Ich konnte ihnen nichts geben als diesen kurzen Augenblick meines Lebens. Es war Fadl, der mich als erster ansprach:

»Du bist schwer beladen, mein Freund, hast du denn niemanden, der dir hilft?«

Ich wies auf den Stallknecht, der mich verwirrt betrachtete.

»Wir sind zu zweit, Herr, aber es ist so kalt, daß wir ständig das Feuer neu anzünden müssen.«

»Es ist in der Tat sehr kalt, der Winter will nicht enden. Werden wir die schönen Tage wiedersehen?«

»Gewiß, Herr, wir werden sie bald wiedersehen.«

Ein Soldat näherte sich.

»He, Diener, mach dich fort, es ist nicht erlaubt, mit den Gefangenen zu sprechen!«

Ich las das Reisig auf und sah sie ein letztes Mal an.

»Möge der Friede Allahs mit euch sein!«

»Bleibst du in Rakka, Freund?«

»Nein, Herr, ich breche zu einer Pilgerreise nach Mekka auf.«

Jahja neigte den Kopf, er hatte verstanden.

»Möge Allah dich auf deiner Pilgerfahrt beschützen, Freund, und dir Frieden geben.«

Der Soldat packte mich am Arm und zog mich fort.

»Hab ich dir nicht verboten, mit den Gefangenen zu sprechen? Geh oder du wirst ausgepeitscht.«

Ich folgte dem Stallknecht, der sich bereits entfernt hatte. Ein letztes Mal wandte ich mich um. Ich sah die Barmakiden, aufrecht, ärmlich gekleidet, abgemagert, im Wind dieses eisigen Wintertages. Was war geblieben von den mächtigen Wesiren des abbasidischen Reiches? Zwei Männer, die sich stützten, um nicht gänzlich zu fallen.

Ich sollte sie nicht wiedersehen, weder Jahja noch Fadl. Jahja starb als erster, nach zwei Jahren Gefangenschaft, Fadl drei Jahre nach dem Tod seines Vaters. Ich erfuhr später, daß er grausam geschlagen worden war, weil er versucht hatte, Kontakt mit einem Freund aufzunehmen. Man hielt ihn für tot, doch er lebte noch viele Monate. Eines Abends, als er gerade sein Gebet beendet hatte, erfuhr der Kalif von seinem Tod. Haruns Frömmigkeit hatte sich zu Fanatismus gesteigert, und die strenge Gestalt Fadl al Rabis folgte ihm wie ein Schatten. Er las die Botschaft vom Tod seines Milchbruders; nach Dschafar, nach Jahja, war er der letzte der großen Barmakiden. Der Brief glitt zu Boden, Harun verbarg das Gesicht in seinen Händen und murmelte: »Ich werde ihn nicht lange überleben.« Der Kalif starb wenige Monate später. Ich erfuhr diese seine Worte von einem Diener, der bei ihm weilte und dessen Frau Perserin war.

Jetzt mußte ich weiterziehen nach Mekka, mußte Abassa finden und die Kinder meines Herrn, um ihnen zu dienen, so wie ich ihrem Vater gedient hatte. Nur für sie wollte ich fortan leben, für sie hoffen. Ich traf auf eine Karawane, die Gewürze und Seidenstoffe von Bagdad nach Arabien brachte, und bot den Karawanenführern an, ihnen zu dienen und ihre Kamele zu versorgen; man nahm meine Dienste an. Der Weg war lang und beschwerlich, der Frühling war noch mild im Irak, aber schon heiß an den Grenzen der Wüste. Während der kalten Nächte streckte ich mich neben den Tieren aus, um mich an ihnen zu wärmen, ich schaute hinauf zu den Sternen und versuchte, den Willen Allahs zu ergründen. Die Gesichtszüge Dschafars entglitten mir manchmal, ich sah wohl seine Augen, seine Nase, seinen Mund, doch die Teile fügten sich nicht zum Ganzen, so als wäre sein Gesicht in meiner Erinnerung zerfallen – rote Rosen entblättert vom winterlichen Wind, Blütenblätter verstreut auf einem Seidenteppich, dessen rotgestickte Blumen Blutflecken glichen. Im Schlaf hörte ich bisweilen seine Stimme: »Du bist führwahr mein einziger wahrer Freund, Achmed.« Oder: »Geh, Achmed, geh – um der Liebe Allahs und um meinetwillen!« Dann erhob ich mich, der Schweiß rann über mein Gesicht, und ich biß mir heftig auf die Lippen, um nicht laut aufzuschreien. Die Kameltreiber betrachteten mich und schüttelten die Köpfe, sie empfanden weder Neugier noch Verachtung für den Verwirrten, nur Mitleid.

Die Karawane blieb mehrere Tage in Medina, ich schlief am Straßenrand, half den Händlern oder den Handwerkern in den Souks, um mein Brot zu verdienen; nichts besaß ich mehr, nur diesen Teppich, den ihr hier seht, und den Kaftan, den ich trage und der meinem Herrn gehörte: Ein Diener des Palastes hatte sie mir gegeben.

Die Karawane brach erneut auf, sie war kleiner geworden, ich war nun Diener eines alten Händlers, dem es gefiel, mir seine Lebensgeschichte zu erzählen. Die Kamele bewegten sich langsam vorwärts, Schatten und Lichter, über der Wüste schwankend im Wiegen ihrer lautlosen Schritte. Die Männer dämmerten vor sich hin, eingelullt vom ruhigen, stetigen Auf und Ab, wogend unter der glühenden Sonne. Das Wasser war frisch in unseren Mündern, auf unseren ausgetrockneten Lippen. Vor meinen Augen zogen bisweilen, vom Horizont aufsteigend, Bilder von stillen, verlassenen Gärten und Innenhöfen vorbei. Aus ihren Brunnen sprudelte kein Wasser mehr, die Mosaiken waren moosbedeckt. Woher kamen diese grünen Rasenflächen, diese Wasserbecken, diese Blumenbeete, die aus der Wüste aufstiegen? Und warum glichen sie alle den Gärten meines Herrn? Ich schloß die Augen, sie waren wohl im Innern meines Herzens, denn sie blieben gegenwärtig, unbewegt, klar wie ein Ruf.

Schließlich erblickten wir Mekka, das Ziel unserer Reise, eingebettet in graue Hügel, wie ein Gebet in der Hand Allahs. Lange betrachtete ich die Mauern der Stadt, braune Schutzwälle für die Kinder Dschafars. Endlich würde ich vor ihnen niederknien können!

Unbekannte Straßen – nur zweimal war ich als Pilger in die Heilige Stadt gekommen –, gleichförmige Häuser, verschlossene Türen. Das Haus der Großeltern Abassas war das reichste der Stadt, hohe Mauern, unterbrochen von Fenstern hinter geschnitzten Gittern aus Zedernholz, weiße und ockergelbe Fassade, eingerahmt von zwei eckigen Türmen, schwere Holztüren mit Bronzenägeln beschlagen; ich klopfte heftig. Man musterte mich durch ein Guckloch, eine Stimme fragte:

»Was willst du, Fremder?«

»Ich komme aus Bagdad, um die Prinzessin Abassa zu sehen.«

»Die Prinzessin Abassa empfängt keine Besucher, wer bist du?«

Die Stimme war trocken, schroff.

Bei Gott, ich wußte, der Mann würde mir auf der Stelle öffnen, wenn er meinen Namen erfuhr.

»Ich bin Achmed, der Diener von Dschafar ben Jahja al Barmaki.«

Kurzes Schweigen.

»Einen Augenblick, Fremder, ich will mit meinem Herrn sprechen.«

Ich brauchte nicht lange zu warten, bis sich die Tür öffnete. In der Eingangshalle, erhellt durch ein sanftes Licht, das vom Innenhof kam, stand ein alter Mann, gekleidet in einen Kaftan. Er musterte mich, und in seinem Blick standen zugleich Wohlwollen und Angst.

»Bist du wirklich vom Haus der Barmakiden, Fremder?«

»Das bin ich, Herr, die Prinzessin Abassa wird mich erkennen.«

»Dann möge der Friede Allahs mit dir sein. Mein Haus ist das deine, tritt ein.«

Ich folgte ihm in den Innenhof, der mit kleinen runden Steinen gepflastert war. In der Mitte sprudelte ein Marmorbrunnen, ein alter Feigenbaum lehnte an der Mauer; es war angenehm frisch. Zum ersten Mal seit dem Tode meines Herrn empfand ich ein Gefühl von Ruhe. Auf der anderen Seite des Hofes öffnete sich ein Saal, daneben ein kleines Zimmer, das mit Kissen, Teppichen und mehreren niedrigen holzgeschnitzten Tischen ausgestattet war. Hier blieb der alte Mann stehen. Ich verneigte mich vor ihm und küßte ihm die Hand. Mit einer Geste wies er mich an, mich zu erheben.

»Du bist aus Bagdad gekommen, um meine Enkelin zu sehen?«

»Die Prinzessin und ihre Kinder, die Söhne meines Herrn, seine letzte Freude.«

Der Blick des alten Mannes trübte sich unmerklich, doch er betrachtete mich noch immer mit Wohlwollen.

»Weißt du denn nicht, mein Freund, daß die Zwillinge meiner Enkelin geraubt wurden?«

Ich vermochte nicht zu sprechen, doch mein Blick schien es statt meiner getan zu haben, denn der Großvater der Prinzessin bat mich, Platz zu nehmen. Verzweifelt versuchten meine Gedanken, irgendwo Halt zu finden, doch es gelang ihnen nicht. Mein Blick klammerte sich an einen bronzenen Vogel mit einer Krone, der vor mir auf dem Tisch stand. Ich bemerkte, daß er den Schnabel geöffnet und einen Griff am Rücken hatte, sicherlich war es ein Wasserbehälter zum Reinigen der Hände. Der Greis würdigte eine Weile mein Schweigen, dann fuhr er fort:

»Eines Nachts, noch bevor wir von Dschafars Tod wußten, sind Männer gekommen. Sie haben die Tür zu meinem Hause aufgebrochen, haben die Diener beiseite gestoßen und auch mich selbst, der ich, von dem Lärm aufgeweckt, mich ihnen entgegenstellte. Im Zimmer der Amme schliefen die beiden Kinder, die Eindringlinge haben sie ergriffen, und als die Frau einen der Entführer am Mantel festhalten wollte, schlug er ihr die Hand ab.

Die Prinzessin sah, wie die Männer mit ihren Kindern flohen, ich nahm sie in meine Arme, was konnte ich tun? Wir haben bis heute nicht erfahren, was aus den Kindern geworden ist. Ich habe gesucht, ich habe mich umgehört, habe alle arabischen Stammesführer gefragt, ob sie etwas von dieser Freveltat wüßten, doch niemand konnte mir helfen. Möge der Wille Allahs geschehen, mein Freund, die Prinzessin aber, die nur wenige Tage später vom Tod ihres Gemahls erfuhr, lebt nicht mehr in dieser Welt. Ihr Gesicht, ihr Körper sind die einer Sechzehnjährigen, doch ihr Herz und ihre Seele sind tot. Willst du sie sehen?«

»Ja, Herr, denn die Prinzessin Abassa war meinem Herrn teuer, und ich bin ihr Diener.«

Mein Gastgeber klatschte in die Hände, ein kleines Mädchen kam herbeigelaufen:

»Aicha, sag deiner Herrin, daß ein Vetter aus Bagdad gekommen sei, sie soll ihn in ihren Gemächern empfangen.«

Man bot mir ein Glas Wasser und Datteln an. Eine kleine Dienerin glitt lautlos über die Kacheln aus gebranntem Ton, eine Frau schritt vorbei, die einen Korb mit Gemüse auf dem Kopf trug. Unglaubliche Ruhe herrschte in dem großen Haus, nirgendwo spielte ein Kind, niemand sprach; durch die kleinen Fenster drang gedämpftes, mattes Licht, das die Winkel aller Räume, die ich durchschritten hatte, im Dunkel ließ. Eine Katze sprang lautlos auf einen der Zedernholztische und blickte mich an. Nichts war zu hören, nur das Summen der Fliegen, die in den Sonnenstrahlen tanzten.

Schließlich kam das Mädchen zurück, ich hatte es nicht gehört und fuhr zusammen.

»Die Prinzessin Abassa erwartet dich, Herr.«

Der alte Mann zeigte mir den Weg; ich folgte ihm durch weitläufige Räume. Wir durchquerten einen zweiten Innenhof, an dessen Ende sich eine geschnitzte halboffene Tür befand, der Greis klopfte, und wir traten ein.

Abassa saß auf einem niedrigen Stuhl am Fenster. Die Sonne, die durch das geschnitzte Holzgitter drang, zeichnete Dreiecke aus Licht und Schatten auf ihre Haut, sie hielt den Kopf der Straße zugewandt; ich sah nur ihr volles gelocktes Haar und den Rücken eines Kaftans aus weißer Seide. Sie schien uns nicht zu hören und saß weiter unbeweglich da. Ihr Großvater trat auf sie zu.

»Abassa«, sprach er mit sanfter Stimme.

Die Prinzessin schrak nicht zusammen, sondern wandte uns langsam das Gesicht zu. Sie sah zuerst ihren Großvater an und lächelte ihm zu, dann erblickte sie mich, und ihr Lächeln erstarb.

»Achmed!« sagte sie nur. Und ohne etwas hinzuzufügen, wandte sie das Gesicht erneut der Straße zu. Ihr Großvater berührte ihre Schulter.

»Abassa, Achmed ist aus Bagdad gekommen, um dich zu sehen.«

Die Sonne legte einen rötlichen Schimmer auf das Haar der Prinzessin. Vor ihr, auf dem Fenstersims, stand eine Schale aus rosafarbenem Marmor, gefüllt mit Mandeln und Rosinen, von der Straße klangen Rufe herauf, Geräusche von Schritten und von Rädern. Die Katze war uns gefolgt, sie sprang auf den Schoß der Prinzessin, doch diese berührte sie nicht. Im Halbdunkel sah ich das Profil des alten Mannes und sein trauriges Lächeln.

Abassa drehte uns erneut den Kopf zu, eine Hand legte sich auf den Rücken der grauen Katze, sie lächelte mir zu.

»Ich bin erfreut, dich zu sehen, Achmed, welche Botschaft

überbringst du mir? Hast du Dschafar gesehen? Hat er dir nichts für mich ausrichten lassen?«

Ich wußte nicht, was ich erwidern sollte, der Greis berührte meinen Arm.

»Sorge dich nicht, Abassa, alles ist gut, Achmed ist nur gekommen, um dich zu begrüßen.« Wir blickten uns an, die schwarzen Augen der Prinzessin waren nicht traurig, sie drückten nichts aus als einen verschwommenen, sanften Gedankenschatten, sie streichelte die Katze, und die Sonne färbte ihre Wangen golden wie Sommerfrüchte. Sie war schön und so jung! Plötzlich flackerte in ihrem Blick ein wirrer Glanz auf, ihre Hände bewegten sich unruhig, die Katze sprang zu Boden.

»Wenn du wieder in Bagdad bist bei Dschafar, so sage ihm nicht, daß ich seine Söhne verloren habe, er darf es nicht wissen. Sie sind fort, doch ich werde sie wiederfinden, das ist gewiß. Aber ich flehe dich an, sag ihm nichts; ich fürchte mich so vor seinem Zorn.«

Sie zitterte, ihr Großvater legte eine Hand auf ihr Haar.

»Achmed wird nichts sagen, mein Kind, und wir werden deine Söhne wiederfinden; hab keine Angst mehr.«

Abassa schien sich plötzlich zu beruhigen und wandte ihr Gesicht erneut dem Fenster zu, sie sah mich nicht mehr, wußte nicht einmal, daß ich noch bei ihr war.

»Komm«, sprach der alte Mann zu mir.

Und wir gingen.

Ich hatte mit dem Tod meines Herrn alles verloren, Abassa aber noch viel mehr. Ich weinte. So blieb also nichts von der Vergangenheit, alles war verwüstet, alles war geplündert, alles war zerstört. Harun hatte gewonnen, aber sein Sieg, das wußte ich, schmeckte so bitter, daß es ihn ekelte. Hatte er sie gesehen, seine kleine Schwester, die er zu lieben vorgab? Was mochte er empfinden, wenn er ihrer gedachte?

Ich ging, und mein Gedächtnis bewahrte von Abassa nur den verlorenen Blick ihrer Augen und ihr gelocktes Haar im Licht der Morgensonne, die durch ein Fenstergitter drang. Ich wollte nicht im Haus des alten Mannes bleiben, was hätte ich dort auch tun können? Niemand brauchte mich mehr.

Die Nacht von Bagdad hüllte Achmed in ihr Schweigen ein. Nichts war mehr zu hören als der ferne Gesang einer Stimme, ein heiserer, vergnügter Gesang. Dann ein Lachen, eine Männerstimme rief einen Namen, und der Gesang verstummte. Nie war der Himmel so voller Sterne gewesen. Der aufsteigende Mond erleuchtete die Häuserfassaden, die den Platz umgaben wie ein weißbraunes Geflecht, hier und da durchbrochen vom Purpur der Kohlenbecken, deren leuchtende Glut Lichttupfer auf den schwarzen Erdboden setzte, wie lebende Blumen im verlassenen und kahlen Garten der schlummernden Stadt.

Plötzlich, in der Ferne, erhoben sich Geräusche, deutliche, klare Geräusche – ungewöhnlich so spät in der Nacht. Zwei Pferde galoppierten heran, der Lärm schwoll an, verstärkt noch durch die Stille ringsumher; bald erfüllte er den ganzen Platz. Die Zuhörer wandten die Köpfe und wichen zurück.

Zwei Männer tauchten auf, in Schwarz gekleidet, die Gesichter verhüllt. Waren sie einäugig? Es wurde später behauptet, doch niemand hatte sie wirklich gesehen. Der Wind des raschen Galopps blähte ihre Gewänder auf, und es schien, als glitten sie durch die Nacht, wie Erscheinungen oder Trugbilder in der grellen Sonne der Wüste. Achmed erblickte sie; er rührte sich nicht, zog nur einen Zipfel seiner Kufija vor das Gesicht und verbarg es vor den Augen der Männer, dann wartete er. Die Reiter drangen in die Menge, die sich teilte, die Frauen und Kinder flohen lautlos. Es schien, als würde jede Geste, jede Bewegung langsam, aufgesogen von der Zeit, wie Regen, den der Sand verschluckt, kaum daß er gefallen ist, wie ein Ton, der auf der unbewegten Saite der Laute verklingt.

Vor dem alten Erzähler hielten die Reiter an, ein Säbel schnellte hoch, ein schöner Säbel aus Stahl mit einem saphirbesetzten Knauf.

»Du hast die Ohren des Kalifen beleidigt, Greis, durch deinen

Unverstand, und er verlangt, daß du für immer schweigst. Es ist Zeit, daß du dich zu diesen Hunden gesellst, denen du einst dientest, und deren Name heute von niemandem mehr ausgesprochen werden darf.«

Der Säbel sauste nieder. Der alte Bettler war so zerbrechlich, so federleicht, daß die Klinge seine Schulter bis zum Ansatz des Halses durchtrennte, er blieb sitzen, aufrecht, seine Augen aber waren gebrochen. Da hob der Reiter noch einmal den Säbel und schlug ihm den Kopf ab, der auf den kleinen Gebetsteppich rollte. Die weitgeöffneten Augen starrten gen Westen, über den Fluß, zu einem verlassenen Palast, den ein Mann einst so geliebt hatte.

Die Menge zerstreute sich, und das Hämmern der Hufe verhallte in der Nacht. Der Platz war nun verlassen, die Stille vollkommen; an einer Mauer von Bagdad war in dieser Nacht ein Greis gestorben, ein Mann ohne Besitz und Stand, in der Runden Stadt mit den drei Festungswällen – Stadt, die einer alternden Frau glich, entschlummert in entschwundener Zeit, und die ein alter Erzähler in zehn Nächten aus ihren Träumen geweckt hatte. Die Morgendämmerung war nicht mehr fern, ein Hahn krähte, und ein Hund, der um den zusammengesunkenen Körper strich, begann das Blut aufzulecken.

Von einem Minarett ertönte der erste Ruf des Muezzin, von Moschee zu Moschee folgten andere Stimmen, wie ein Echo, und die Stadtmauern, zwischen Chorasan- und Basra-Tor, färbten sich purpur, wie jeden Morgen, seit Al Mansur den Blick auf dieses Stück Erde gerichtet hatte.

Lizenzausgabe für die Büchergilde Gutenberg,
Frankfurt am Main, Olten, Wien,
mit freundlicher Genehmigung der
Verlagsgemeinschaft Ernst Klett Verlag – J. G. Cotta'sche Buchhandlung
Der Titel der Originalausgabe lautet:
«Le grand vizir de la nuit»

Design: Heinz Edelmann
Einbandgestaltung: Hennes Maier, Frankfurt am Main
Satz: Hans Janß, Pfungstadt
Druck und Buchbinderei: Wilhelm Röck, Weinsberg
Printed in Germany 1984
ISBN 3 7632 2937 X